Stephanie Doench

Ich fand mein Herz durch dich

Roman

Bibliografische Information der Deutschen Nationalbibliothek:
Die Deutsche Nationalbibliothek verzeichnet diese Publikation
in der Deutschen Nationalbibliografie; detaillierte
bibliografische Daten sind im Internet über dnb.dnb.de
abrufbar.

Herstellung und Verlag: BoD – Books on Demand,
Norderstedt

ISBN: 9783754335215

Inhaltsverzeichnis

»Alle Menschen sind äußerlich unterschiedlich. Doch innerlich sind wir alle gleich. Jeder von uns trägt ein Herz in sich, das schlägt. Und eine Seele, dass es trägt.«

Stephanie Doench

Der Prolog

Heute in Mississippi, USA

Es ist ein verregneter Tag, der Himmel ist dunkel, als ob das so sein müsste. Denn als sie gegangen ist, hat der Himmel angefangen zu weinen. Jede einzelne Träne gilt dir, meine Liebste.

»In der Dunkelheit der Trauer leuchten die Sterne der Erinnerung für die unter uns, die dich schmerzhaft vermissen. Gott möge dir deine letzte Ruhe geben. Der Herr behüte und beschütze dich, sodass du nun Ruhe und Frieden findest in Ewigkeit. Die Engel nehmen dich in Empfang. Geduldig wartest du auf die, die du liebst. Herr gebe ihnen allen ein langes Leben und wenn sie bereit sind zum ewigen Tode, dann nimmst du sie mit offenen Armen entgegen, so wie sie einst dich in deinem Leben mit offenen Armen empfangen haben«, spricht der Pastor.

Viele Menschen sind auf die Beerdigung gekommen. Es ist schön zu sehen, wie beliebt sie war. Doch in mir ist tiefe Trauer. Glücklich, sie noch kennengelernt zu haben und doch traurig, sie verloren zu haben. Die anwesenden Menschen heute und hier sind alle in Schwarz gekleidet. Sie sind alle da, jeder will ihr die letzte Ehre erweisen. Ich bin traurig, ja, das bin ich. Mum hält mich im Arm, auch sie ist traurig. Bei ihr kann ich es noch am meisten verstehen. Aber ich, ich muss sagen, dass ich sie unendlich geliebt habe. Sie hatte nicht nur Klasse, sondern auch Stil, Würde, Anmut und zeitlose Eleganz. Wenn ich nur ein bisschen von ihr hätte, würde mir das reichen bis ans Ende meines Lebens. Doch im Endeffekt kann ich zu ihr sagen: Welch ein Glück, dass ich dich kennenlernen durfte.

Im Haus von ihr ist es erst still und bedrückend. Doch dann sehe ich in die Gesichter der Menschen, und immer mehr erkenne ich das Strahlen in ihren Augen. Das Strahlen vor Glück, sie gekannt zu haben und ein Teil ihres Lebens gewesen zu sein. Auch ich gehöre dazu. Und Mum, Dad, Benjamin, seine Eltern und alle anderen, die sie auch in ihr Herz geschlossen haben. Schwarze und weiße Leute, alle vereint. Alt und Jung, alle sprechen miteinander. Sie unterhalten sich über ihr gelebtes Leben und über die Göttlichkeit vom Leben im Allgemeinen. Das Glück, am Leben zu sein, Gesundheit zu erleben, Brot auf dem Tisch zu haben und seine Liebsten bei sich Wissen zu dürfen, ist ein großes Geschenk. Auf einmal wird gelacht und bei Gott auch getratscht. Lord, im Himmel, verzeih uns das. Wir sitzen alle zusammen in der Gemeinschaft. Das macht mich stolz, irgendwie dazuzugehören. Sie fangen an, in die Hände zu klatschen, den Lord zu preisen und mit ihren kräftigen Stimmen zu singen. Ich bekomme Gänsehaut. Dad stupst mich an. Er will mich ermutigen mitzusingen. »Sing, so laut, du kannst. Sing für sie, sing für Gott und für den Himmel. Mach

es für sie, sie würde sich freuen!« Selbst Benji klatscht und singt mit der Gruppe. Schüchtern sitze ich da und weiß nicht, ob ich mich so weit öffnen kann. Ich bin in Trauer, wie all die anderen Leute auch, und trotzdem finden sie den Mut und singen einen herrlichen Lobpreis. Dann sieht Mum mich an, sie sagt nichts, doch ich weiß, es ist jetzt Zeit für mich. Zeit loszulassen und mich dem Leben hinzugeben, so wie sie es getan hat. Also nehme ich meinen ganzen Mut zusammen und klatsche erst mal in die Hände. Die anderen Trauergäste werden immer euphorischer; sie klatschen wild und laut in die Hände, sie tanzen und sie feiern das Leben. Mir kommt es so vor, als ob sie ihr vollbrachtes Leben feiern. Ich steige beim Wort *Halleluja* mit ein. Ich mache weiter, nichts, hält mich davon ab, ich singe mit der Einheit, ich bin nicht allein, ich gehöre dazu. Meine Bedenken lasse ich fallen und mache einfach mit. Letztendlich singe ich, als wenn es keinen Morgen gäbe. Und bei Gott, es macht mir Spaß. Am tollsten ist es für mich, dass ich nicht darauf achte, mich gut zu benehmen, sondern in diesem Moment einfach lebe. Dafür danke ich dir im Himmel. Der Gesang kommt mir so vor, als hätte er einige unter den Gästen in Ekstase gebracht. Doch das macht nichts, es ist eine Zusammengehörigkeit, die ich vor einigen Jahren so ausgeprägt noch nicht kannte.
Zusammengehörigkeit gab es zwischen mir und meinen Eltern, auch zwischen mir und Katy. Aber nicht mit so vielen anderen Menschen, wie sie

heute hier auf ihrer Beerdigungsfeier sind. Und wenn ich das Gefühl doch kannte, dann habe ich es unterdrückt. Erst durch sie habe ich dieses Gefühl wieder offen ausgelebt. Ich danke ihr dafür. Nachdem "Halleluja" und "Price the Lord" zu Ende gesungen wurden, stürzen wir uns gemeinsam auf das Buffet. Denn zu jeder Feier sei sie auch noch so traurig, gehört was Anständiges zu essen. Süßkartoffel-Auflauf, Mais, selbst gebackenes Brot und andere Köstlichkeiten gibt es zum Verzehr. Nun sitze ich da mit meinem vollen Teller und will essen, doch ich kann nicht. Ich bekomme keinen Happen herunter. »Nimm was zu dir. Du verhungerst sonst. Sie hätte nicht gewollt, dass du in Hungerstreik gehst«, sagt Mum zu mir. »Ich kann gerade nicht, ich muss immer zu an sie denken.« Mir ist schlecht, vielleicht mag ich lieber zu reden, anstatt zu essen. Benjamin und mein Dad sitzen neben mir und ich glaube, sie wollen mir sagen, dass ich etwas essen soll. Doch sie sprechen das nicht aus. Sie kennen mich eben viel zu gut und wissen, welch Sturkopf neben ihnen sitzt. Ich bin froh, als eine Nachbarin von meiner Großmutter anfängt zu sprechen. Ich höre gerne den Leuten zu, das lenkt ab. ›Ich brauche nichts zu essen und vielleicht erfahre ich so noch mehr über sie?‹, frage ich mich. Die Nachbarin scheint total nett, sie spricht in einer ruhigen Art, was wiederum mich beruhigt. »Ich wusste gar nicht, dass sie eine Tochter und eine Enkelin hat? Ich dachte, sie sei mit ihren Romanen verheiratet gewesen«, führt die Nachbarin aus und alle müssen lachen, weil dies, bevor wir in ihr Leben traten, auch so war. Anscheinend kennen die Leute sie gut, das zeigt, dass sie ein toller Mensch war und von ihren Mitmenschen gesehen wurde. Ich weiß nicht, was ich auf die Nachbarin antworten soll? Ich will so viel sagen und doch kann ich es nicht. Und in diesem Moment danke ich meiner Mum, denn sie kann Antworten im Gegensatz zu mir: »Wir haben sie vor Kurzem erst kennengelernt.« Der Mann von der Nachbarin scheint interessiert und will mehr über uns und die Situation mit meiner Großmutter erfahren: »Warum habt ihr sie so spät erst kennengelernt?«, meine Eltern und ich sehen uns schweigend an. Wir wollen antworten, denn wir sind glücklich und stolz über unsere fast unvorstellbare Zusammenfügung. Der Nachbar und seine Frau versichern uns, dass sie uns nicht zu nahe treten wollen.

»Es ist voll okay, dass ihr fragt«, alle Augen schauen auf mich. Denn ich bin diejenige, die diese Worte ausgesprochen hat. Aber ich habe das Gefühl, dass ich dies aussprechen muss. »Die Frage ist nicht, *warum* wir sie vor Kurzem erst kennengelernt haben? Sondern die Frage ist vor allem, *wie* wir sie kennengelernt haben?« Alle um mich herum schweigen und sind sichtlich verblüfft von meiner Art auf die Frage zu reagieren, denn sie lässt eine Antwort erhoffen. Andere Nachbarn, Kollegen von der Wohltätigkeitsorganisation und Freunde haben sich um die Couch herum versammelt und richten ihre Blicke gezielt auf meinen Mund. »Ja genau. Warum und wie habt ihr sie kennengelernt?«, will der aufgeschlossene und freudige Nachbar wissen. Die anderen Nachbarn nicken und stimmen dem zu, was darüber wissen zu wollen. Nur Mum schaut mich fragend an: »Du musst dazu nichts sagen, wenn du nicht willst. Es zwingt dich keiner!« Mir ist klar, dass ich damit die Neugier der Menschen geweckt habe, und was man anfängt, soll man auch zu Ende bringen. Das habe ich aus ihrer Geschichte gelernt. Bringe zu Ende, was du angefangen hast. Also schaue ich meine Mum mit ernster Miene an und bin mir sicher, dass ich nichts so sehr will, wie unsere gemeinsame Geschichte zu erzählen. »Es ist okay. Bitte lass mich. Es ist mir wichtig, das den anderen zu erzählen!« Mein Dad legt seine Hand auf meinen Rücken, dadurch kommt es mir vor, als würde seine Kraft in mir hinübergehen. Meine Mum schaut erst meinen Dad an und dann mich. »Okay Schatz. Wenn du reden möchtest, dann rede.« Die Leute starren mich an, doch in Wahrheit schauen alle auf sie, denn es ist ihre Geschichte und die meine. Die Trauergäste des Hauses versammeln sich um uns herum. Einmal tief Luft geholt schaue ich in Benjamins Augen; er zwinkert mir zu und flüstert leise: »Das machst du richtig und ich vertraue dir.« Kurz blicke ich noch einmal zu Großmutter ihr Schwarz-Weiß-Foto hinüber und beginne somit unsere Geschichte vor allen anderen zu erzählen. Ich mache sie zu Zeugen unserer unglaublichen und doch wahrhaftigen Story. Dies ist mein Wunsch und ich bin mir sicher, auch der meiner einzigartigen und geliebten Großmutter.

»Also, das war so …«

1.

Nach unzähligen Jahren voller Schmerzen, Ungewissheit und auch Angst lag ich wieder im Krankenhaus. Es schien mir, als hätte ich zwei Leben. Ein Leben zu Hause und ein Leben im Krankenhaus. Welches davon ich lieber mochte, scheint jedem eindeutig, der schon mal länger im Krankenhaus lag. Manchmal kam es mir so vor, als ob die meiste Zeit meines Lebens im Krankenhaus stattfand. Ich las Bücher, besonders gerne Romane; die drehen sich um Liebe und davon hätte ich gerne mehr gehabt. Denn mein Freund Jack, (ich weiß gar nicht mehr, wieso ich überhaupt noch mit ihm zusammen war?), den ich schon seit der Schule kannte, war mir in letzter Zeit eher Last wie Freude. Mein Name ist Isabella, ich bin 20 Jahre alt und litt etliche Jahre an einer chronischen Herzmuskelentzündung. Dadurch war ich oft schlapp und müde, hatte nicht immer die Power, die ich gerne haben wollte. Durch die Krankheit musste ich mehr Jahre, als ich zählen konnte, in Krankenhäusern und Spezial-Kliniken verbringen. Ich war jung und wollte mein Leben führen, Sport machen, auf Konzerte gehen, mit Freunden abhängen, studieren und vieles mehr. Doch das meiste konnte ich nicht machen, weil mein Herz diese Anstrengung nicht mitmachte. Zumindest nicht immer und in vollem Umfang. Meine Eltern liebten mich, ich hatte viele Freunde, die mich auch immer besuchten und mein Freund Jack, er war auch immer da, obwohl ich spürte, dass er lieber mit seinen Jungs Sport machen würde und einfach seine Zeit genießen wollte. Obwohl ich krank war und es immer schlimmer wurde über die Jahre und ich damit eigentlich genug zu tun hatte, spürte ich seit langer Zeit, dass ich irgendetwas vermisste und dass etwas nicht stimmte. Es war so, als würde ein Teil von mir fehlen, etwas oder jemand, der zu mir gehört, den ich vermisste. Und ich spürte, dass dieses Gefühl erst aufhört, wenn ich finden würde, was ich suchte. Meine Eltern und die Ärzte sagten, das gehöre zu meiner Krankheit. Die chronische Herzmuskelentzündung und das Ständige im Krankenhaus liegen, ließen mich zu sehr nachdenken. Sie nahmen mich alle nicht ernst mit meinen Gedanken und Gefühlen. Ich meinte, dass da draußen auf der Welt noch jemand ist, der zu mir gehört und den ich vermisse. Das verstand niemand auf empathische Art und Weise. Ich kam mir schon vor wie eine *Verrückte*. Letztens sagten die Ärzte zu meiner Mutter, dass Sie meinen Frohsinn, meinen Witz und meine Art, mit der schweren Situation umzugehen, immer hoch angesehen haben. Ich war ihnen stets ein *Zeichen von Unerschütterlichkeit*. Doch langsam waren sie zu der Vermutung gekommen, dass ich eine leicht depressive Störung in mir tragen könnte. Mein Dad fragte mich auch, wo denn sein *Power-Mädchen* geblieben wäre? Was sie aber alle nicht erkannten, dass ich immer noch ich war, dass ich weiterhin und trotz meiner Krankheit stark war. Und dennoch hatte ich eine so starke Verbindung zu meinem Herzen, das es mir sagen wollte, nicht und niemals aufzugeben. Außerdem sagte mein Herz mir: Das, was du fühlst, ist richtig. Höre auf mich, denn ich lebe noch und will dir was zeigen.

Was genau mir mein Herz zeigen wollte, wusste ich zu dem Zeitpunkt noch nicht. Aber meine innere Stimme sagte mir, auch wenn sie dachten, dass ich verrückt geworden bin, dass ich nicht aufhören sollte, zu hoffen, dass mein Herz eines Tages das findet, wonach es sucht. Und bis dahin konnten sie alle von mir denken, was sie wollten. Mein Körper war mittlerweile so geschwächt, dass ich zu Hause nicht mehr in der Lage war, Sport zu machen, geschweige denn die Treppen in unserem Haus hochzugehen, ohne die pure Anstrengung zu empfinden. Es war sogar so schlimm, dass ich kurz vor der letzten Stufe meiner Krankheit angekommen war. Kaum einer bekam ein neues Herz eingesetzt. Da bei mir aber alles immer dramatisch ablaufen musste, schien klar, dass ich in diesem Leben nicht ohne ein Spenderherz auskommen würde. Dieser Gedanke machte mir Angst. Denn er war mit Hoffnung verbunden. Würde ich wirklich eine Herztransplantation benötigen und wenn ja, würde es ein passendes Spenderherz für mich geben? Frage um Frage drängte sich in meinen Kopf und schien das kluge, selbstsichere Mädchen aus

Louisiana zu verunsichern. Mein Traum vom Studium war in diesem Moment auf Eis gelegt. Meine Krankheit, die Ängste, die damit zusammenhingen und das Gefühl, jemanden zu vermissen, waren zu dem Zeitpunkt meine Realität. Ein weiterer Fakt, meine Freunde und Familie, sie verstanden mich nicht. Verstand ich mich denn? Ich wusste es nicht genau. Meine Blutwerte wiesen deutlich auf den Kampf hin, den mein Körper mit meinem Herzen führte. Ein Kampf, den ich nicht kämpfen mochte. Ich wollte diese Schlacht nicht austragen. So oft hatte ich mich gefragt, warum mir das alles passiert? Warum ausgerechnet ich? Bisher hatte ich die Antwort noch nicht darauf gefunden. Obwohl meine Freundinnen ständig sagten, dass sie meinen Ehrgeiz und meine positive Art bewunderten. Doch was brachte mir das? Mein Zimmer im Krankenhaus war voll mit Blumen, Fotos und weiteren Geschenken. Jack brachte mir letztens ein Stofftier mit. Es sollte mich aufheitern, wenn ich wieder denke, dass ich jemanden vermisse. Und so was sollte mein Freund sein? Gerade von ihm dachte ich, dass er zu mir hält und meine Gefühle ernst nimmt. Ein leises Gefühl in mir sagte: Jack ist nett, aber sein Herz schlägt nicht in derselben Sprache wie mein Herz. Wo unser gemeinsamer Weg uns hinführen sollte, konnte ich aus damaliger Sicht noch nicht sagen. Denn leider wusste ich nicht einmal genau, ob ich nächstes Jahr überhaupt noch lebe? Traurig, aber wahr. Gerne mochte ich meinen Wissensdurst stillen und wissen, was die Zukunft für mich zu bieten hatte? Ob Jack und ich zusammenbleiben, ob ich jemals gesund werden würde, studieren könnte und das Wichtigste, ob ich jemals finden würde, was mein Herz zu suchen versuchte?

2.

Zur gleichen Zeit irgendwo in Mississippi, USA

Ein weißes Haus, die typisch weißen Säulen auf der
Veranda zierten den Eingang. Vor dem Haus steht
ein buntes *Blumenmeer.* Die Blumenpracht war so
mächtig, dass die Schönheit des Hauses fast schon
überdeckt wurde. Das Strahlen der Blumen leitete
den Weg zum Eingang des mondänen Hauses.
Vermischt mit dem Duft von selbst gemachter
Zitronenlimonade und frisch gekochtem Essen, lud
das Haus ein hineinzutreten. Überwältigt von den
leckeren Gerüchen wurde man schon fast
gezwungen, einzukehren, um zu schauen, ob sich
der liebliche Geruch im inneren des Hauses
wiederfand?

»Mensch Ava, dein wievielter Roman ist das jetzt?«,
Mary konnte selbst kaum mehr mitzählen, während
sie die Wäsche in Avas Schlafzimmer trug. »Der
51.«, sagte die Stimme aus dem Schreibzimmer.
»Ich habe noch nie gesehen, dass du so lange für
die Beendigung eines Romans benötigt hast!«,
wunderte sich Mary schon seit längerer Zeit. Die
Frau aus dem Schreibzimmer gab keinerlei
Auskunft über ihren 51. Roman. Ava war gehemmt,
irgendetwas schien ihr nicht zu passen. »Wenn du
so weiter machst, dann bin selbst ich schneller im
Schreiben als du«, lachte Mary über das nicht
beenden können von Avas Roman. »Normalerweise

schreibst du so schnell wie der Blitz, doch dieses Mal erkenne ich dich nicht wieder, du wirst doch nicht etwa alt?«, Mary kriegte sich vor Lachen nicht mehr ein. Ein Seitenhieb gegen ihre langjährige Freundin war für sie ein Aufmunterungsversuch, der sich positiv auf Ava und ihr Schreiben auswirken sollte. Stolz und erhobenen Hauptes saß Ava da und versuchte, ihren Roman zu Ende zu bringen. Sie spürte, dass es an der Zeit war, diesen Roman anders als die 50 davor zu gestalten. Doch sie konnte nicht, sie war beeinflusst, gehemmt und hatte Angst, sich so zu offenbaren. Denn jeder Roman, in dem es um Liebe ging, offenbarte ein Stück weit ihre eigene Geschichte. Eine Frau, die das Leben liebte und auch mal einen Mann geliebt hat. Wenn Sie es wirklich schaffen würde, den einundfünfzigsten Roman zu vollenden, und zwar nicht auf dieselbe Art und Weise, wie sie es vorher immer tat, dann wäre es ihre *Lebens-Offenbarung*. Würde sie das tatsächlich schreiben können? »Aber nicht, bevor wir eine Partie Scrabble gespielt haben«, das gehörte zum allabendlichen Ritual der zwei Frauen dazu. Die meiste Zeit gewann Ava bei dem Wörter-Spiel doch diesen Abend nicht. Mary gewann haushoch. »Ich fasse es nicht. Du hast dich gar nicht konzentriert. Hast du mich etwa mit Absicht gewinnen lassen?«, lachte und meckerte Mary aus Mississippi. ›Was ist denn heute bloß mit Ava los? Seitdem sie ihren letzten Roman schreibt, ist sie nicht mehr wiederzuerkennen‹, dachte Mary skeptisch. »Wir werden alt. Bis morgen Ava«, Mary nahm das Versagen ihrer Freundin aufgrund ihres hohen Alters in Schutz. An der Garderobe nahm Mary ihre Handtasche und ging in den Feierabend, bis sie am nächsten Morgen wieder in Avas Haus trat.

Der nächste Tag wurde von der lieblich warmen Sonne eingeleitet. Ava saß wie jeden Tag piekfein in ihrem Arbeitszimmer und versuchte, ihren derzeitigen Roman fertigzustellen. Eine warme Tasse Tee sollte sie dabei begleiten. Niemals hatte Ava in ihrem Leben den Mut verloren, doch seit sie versuchte, mit diesem Roman ein Stück weit ihr Leben aufzuarbeiten, wurde sie leicht nervös. Diesen Zustand mochte die alte Dame überhaupt nicht. Ihre Liebesromane waren in ganz Amerika berühmt und bei Frauen weltweit hoch im Kurs. Warum sollte sie ihren lebenslangen Ritualen nicht treu bleiben? Sie könnte es ganz einfach haben und so weiter machen, wie sie es bei allen anderen Romanen zuvorgetan hatte. So langsam, wenn die Tage sich dem Enden neigten, fragte sie sich mit ihren 80 Jahren, ob es in ihren letzten Tagen nicht Sinn ergeben würde, etwas vollkommen anderes auszuprobieren? Sie merkte, dass sie in ihrem Leben noch eine Rechnung offen hatte und nicht gehen wollte, bevor diese Rechnung beglichen war. Während Mary die Fenster im Hause von Ava sauber putzte, starrte sie heimlich auf Avas Notizen. »Hast du immer noch nicht die zündende Idee, oder was fehlt dir noch zu diesem Roman?«, mochte ihre gute Freundin Mary wissen. Ava schwieg zunächst, sie fühlte sich von Mary ertappt, denn keiner kannte sie so lange und so gut wie sie. Da Mary alles über ihre Freundin wusste, ahnte sie schon, dass dieses Mal irgendetwas nicht ganz in Ordnung war. Sie machte sich Sorgen und dachte, dass mit ihrer Gesundheit was nicht stimmte. Mary war halb so alt wie ihre engste Vertraute. Ihr war klar, dass man in einem so hohen Alter nicht allzu viele zündende Ideen mehr hat. Aber so eine intelligente Frau wie Ava hatte Mary in ihrem Leben noch nie zuvor gesehen. Bisher schien Ava immer topfit zu sein; geistig wie körperlich. Die stetige Veränderung, seit ihre Freundin diesen Roman schrieb und leider nicht zu Ende bekam, machte Mary große Sorgen. Die ernst gemeinten Sorgen ließ sie sich aber nicht anmerken. Zwei Wochen später war ihr Werk immer noch nicht fertiggestellt. Während Mary die Wäsche am Waschen war, bekam sie mit, wie nachdenklich ihre Vertraute zu wirken schien. »Was hältst du davon, wenn wir beiden Mal wieder zusammen spazieren gehen?« Mary dachte sich, dass die Bewegung an der frischen Luft ihre Freundin zum Schreiben inspirieren sollte. Ava war immer der gesundheitsbewusste Typ und hatte sich nie gehen lassen, selbst als sie älter wurde, nicht. Da musste sie Mary zu jeglicher Bewegung überreden, die außerhalb von Hausarbeit lag. Nun war es umgekehrt, diesmal wollte Mary sie überreden, mit herauszukommen. Doch Ava schien wie getrieben, so als ob sie die Lösung finden müsste, und fertigstellen, was fertigzustellen war. Benjamin, den alle nur Benji nannten, kam gut gelaunt zu Ava und Mary. »Hallo Ava, Hallo Tante Mary«, begrüßte er die beiden Damen. Die grüßten ihn auch liebevoll zurück. Der Neffe von Mary war oft bei Ava zu Besuch. Er hatte dasselbe fröhliche, sonnige Gemüt wie seine Tante. Und auch das große Mundwerk. Der Duft von frisch gebackenen Keksen zog Benjamin oft dorthin. Heimlich nahm er sich ein paar Kekse mehr, weil er kaum widerstehen konnte. Mit vollem Mund besuchte er Ava in ihrem Büro. »Vielleicht machst du ihr Mal *Beine*, damit sie diesen Roman fertig bekommt. An dem sitzt sie nämlich schon eine halbe Ewigkeit«, stiftete Mary ihren Neffen zu Fragen an. Benjamin mochte seine Tante sehr und auch die Frau, für die sie arbeitete. Die Romane der Vertrauten seiner Tante waren selbst ihrem jungen Neffen ein Begriff. Für ihn schien in dem Haus von Ava eine andere Zeit zu gelten, in der Schreiberei und Bildung noch eine große Rolle spielten. Dort war die Welt anders als die Welt da draußen, die zum größten Teil von Gewalt und Rassismus beherrscht wurde. Heimlich hatte er nicht nur die Kekse gegessen, sondern auch oft die Inhalte der Liebesromane von Ava durchgelesen. Dies hatte er natürlich nie bei seinen Kumpels durchdringen lassen. Er und Tante Mary lebten in einer anderen Welt als Ava. Die Schriftstellerin gab den Menschen in ihrem Haus einen Platz, egal wo sie herkamen, welche Hautfarbe sie hatten oder wie hoch ihr Vermögen war. Rassismus gab es in diesem Haus nicht. Ava machte nie einen Unterschied zwischen Schwarz und Weiß. An diesem Tag war Benjamin, ohne es zu wissen, in ein Fettnäpfchen bei Ava getreten. »Darf ich mich zu dir setzen?« Benjamin wusste, dass er sich immer neben die Autorin setzen durfte, auch heute. Er kam sofort zum Wesentlichen. »Ava, deine Romane handeln immer von Liebe. Und zum Schluss gibt es ein *Happy End* zwischen Mann und Frau. Doch warum kommen in deinen Büchern und Geschichten eigentlich nie Kinder vor? Kinder gehören zum Leben dazu. Und wenn zwei Menschen sich lieben, dann wollen sie doch auch ein Kind haben oder nicht?«, fragte Benjamin interessiert. Das war zu viel für Ava. Sofort erhob sie sich von ihrem Bürostuhl, ging zum Fenster und schaute dort hinaus. Mit ruhiger Stimme sagte sie zu Benji: »Du solltest jetzt gehen, deine Eltern warten bestimmt schon auf dich!« Dabei schaute sie ihn nicht einmal an, ihr Blick richtete sich ziellos aus dem Fenster. Der junge Mann war irritiert, denn auch wenn Ava immer sehr kontrolliert und bestimmend wirken konnte, hatte er nicht mit dieser Reaktion gerechnet. Dass sie nicht auf seine Frage antworten würde, das hatte er nicht erwartet. Völlig fassungslos fragte er seine Tante Mary, was im Moment mit Ava nicht stimmen würde? Besorgt schaute sie ihren Neffen an und meinte dasselbe wie ihre Chefin: »Du solltest jetzt nach Hause gehen.« Benji kam sich vor, als wäre er im *falschen Film* und beide Frauen würden ihm einen Streich spielen. Das war nicht unüblich. Denn in der Vergangenheit hatten die beiden Frauen schon öfters Streiche ausgeheckt, die aber meistens spätestens aufgedeckt, sobald Benjamin das Haus verlassen wollte. Doch dieses Mal rief ihm niemand hinterher: »Stopp. Halt an, das war ein Witz.« Nein, Benjamin verließ das Haus und wusste nicht, was mit Ava und seiner Tante los war?

Die Wochen vergingen und die Belastung in Avas Kopf und Herzen wurde immer größer. Irgendetwas aus ihrer Vergangenheit versuchte sie zu verarbeiten, etwas, was sie immer verdrängt und weggeschoben hatte. Doch dieses Mal sollte es hochkommen. Die Frage von Benjamin, warum sie in ihren Liebesromanen lediglich über Paare, aber nie von Kindern schrieb, hatte sie aus der Fassung gebracht. Noch mehr wie zuvor. Und das Benjamin deutlich machte, dass, wenn zwei Menschen sich lieben, dann auch logischerweise Kinder möchten, schien für ihn selbstverständlich. Ava reagierte blockiert. Innerlich wie äußerlich. Jegliche Frage von Mary wies sie von sich. Sie verschloss sich ihrer besten Freundin und war sogar froh, wenn sie mal nicht nach dem aktuellen Stand des neuen Liebesromans fragte. Im Moment wollte sie einfach nur ihre Ruhe haben. »Wie, lange willst du dich noch verschließen und zu machen? Bist du vielleicht krank? Kann ich dir irgendwie helfen? Wir kennen und schon so lange und wissen beinahe alles voneinander. Sag mir doch, was ich für dich tun kann?«, flehte Mary ihre engste Vertraute an. Benjamin war seit einigen Wochen und seit jenem Tage, an dem er ihr im Büro die Fragen stellte, nicht mehr in ihrem Hause gewesen. Normalerweise war jenes Haus ein offenes *Gebäude für jedermann*. Freudig und herzlich wurde ein jeder von Ava und ihrer Haushälterin Mary empfangen. In Sachen Heimlichkeiten dienten sie lediglich einem guten Zweck, brauchte sich die Familie um Mary nicht zu verstecken. Ihr Neffe, der heimlich die Kekse aus der Küche stahl, nur weil sie so lecker waren, so heimlich rief Mary Doktor Houston Junior an, um ihn zu bitten, nach Ava zu schauen. Kurz darauf erschien Doktor Houston Junior in Avas Haus, das immer noch von bunten, duftenden Blumen umringt war. Ava war es sichtlich unangenehm, dass der Doktor extra ihretwegen angereist war. Sie wirkte leicht beschämt und sagte direkt, dass sie nichts habe und dass er umsonst gekommen sei. »Ich verstehe auch gar nicht Herr Doktor, wer sie eigentlich hierher gerufen hat?«, dabei hatte sie schon einen Verdacht. Ihre Augen fielen auf ihre *beste* Mary, die sich ertappt fühlte und wegdrehte. »Daher weht also der Wind«, fügte Ava hinzu. Doch der Doktor ließ sich nicht nehmen, Ava gründlich zu untersuchen. Die Lunge wurde abgehört, Blutdruck gemessen, des Weiteren stellte Doktor Houston junior einige Fragen an Ava. Zu guter Letzt nahm er ihr Blut ab. Ava reagierte sauer, denn schließlich sei sie immer gesund gewesen, habe Sport gemacht, stetig gearbeitet und sich fit gehalten. »Madame, Sie sind keine 20 Jahre alt mehr und wenn ich mir erlauben darf zu sagen, sind sie 80 Jahre alt und ich halte es darum für meine Pflicht, ihnen Blut abzunehmen. Selbst wenn Sie es für unnötig halten!« Doktor Houston Junior verabschiedete sich und fuhr in seine Praxis zurück. Mary ging sofort in die Küche, damit sie ihrer Freundin keinerlei Rechenschaft ablegen musste. Dies sollte Ava recht sein, sie zog sich in ihr Arbeitszimmer zurück. Eine Woche später kamen die Ergebnisse vom Besuch Doktor Houston Junior an. »Ich wusste doch, dass ich kerngesund bin. Das hätte man sich auch sparen können«, sagte Ava selbstgefällig. Doch Mary wäre keine Freundin, wenn sie nicht dazu etwas zu sagen hätte: »Und, trotzdem hast du was. Du verhältst dich seit Wochen total komisch und jede Frage, die man dir stellt, weichst du aus oder ignorierst sie. Ich mache mir einfach Sorgen um dich!« Ava bekam ein schlechtes Gewissen und wusste, dass es so nicht weitergehen konnte. Entweder schrieb sie aus, was sie schon vor Jahren hätte ausschreiben müssen. Oder sie würde für immer Schweigen und ihr Schweigen akzeptieren, solange sie noch lebte. ›Das Schweigen kann ja schließlich mit einem Glas Wein am Abend erträglicher gemacht werden‹, dachte sie sich. ›Aber es muss eine Entscheidung getroffen werden; besser jetzt als irgendwann. Denn irgendwann kann vielleicht schon zu spät sein. In meinem Alter sollte man nicht so lange auf Entscheidungen warten, sondern sie treffen und zügig umsetzen‹, dachte sie sich ebenfalls. »Ich bin zu alt, um Entscheidungen aufzuschieben«, motivierte sich die feine alte Dame selbst. Ihr war nicht klar, ob dies ihr letzter Roman sein würde? Doch die Möglichkeit wäre in Betracht zu ziehen gewesen, darum stellte sie sich gedanklich selbst die Frage: ›Ist dies mein letzter Roman? Und wenn ja, kann und will ich mich in ihm offenbaren?‹ Noch bevor die Nacht anbrach, schlug Ava Mary vor, noch nicht nach Hause zu fahren, sondern ihr Gesellschaft zu leisten bei einem Gläschen Wein oder auch zwei. Dankend nahm Mary das Angebot an und zündete den *romantischen* Kamin mit einem Feuer an. Gemeinsam und so wie damals saßen die beiden Frauen am Kamin, während sie sich über das Leben und seine Freuden unterhielten. Dazu ein Glas Rotwein nach dem anderen und viel Gelächter ließen die Damen die ganze Flasche Rotwein bis auf den letzten Tropfen zurück, bevor sie sich voneinander verabschiedeten. Benjamin holte seine Tante mit dem Auto ab, damit sie nicht alleine und leicht beschwipst vom alkoholischen Getränk nach Hause fahren musste. »Du weißt, du kannst auch jederzeit hier bei mir schlafen«, bat Ava Mary an. Doch obwohl das Verhältnis der beiden Frauen so gut war, schlief sie jederzeit bei sich zu Hause.

Die Nacht schlief Ava tief und fest, beabsichtigte morgen aufzuwachen und eine Lösung für das Fertigstellen ihres Romans gefunden zu haben.

3.

Zurück in Louisiana, USA

Mittlerweile war Isabella nach ihrem Krankenhausaufenthalt wieder zu Hause angekommen. Extrem geschwächt und müde von ihrer chronischen Herzmuskelentzündung musste sie sich zu Hause weiter ausruhen. Die kleinste Anstrengung hätte zu einem Rückfall zurück ins Krankenhaus geführt. Jegliche Bewegung, die in Richtung Sport gegangen wäre, wurde ihr untersagt. Sie war 20 Jahre alt und wollte leben. Spaß haben und das getan haben, was ihre gleichaltrigen Freunde taten. Ihre Eltern wollten sie immer Beschützen und hatten sie aus Liebe schon fast überbehütet. Das nervte Isabella zeitweise schon, doch war sie sich bewusst, wie schön es war, Familie und Freunde an der Seite zu haben. Ihr sonniges Wesen brachte viel Licht und Wärme in die Herzen von ihren Mitmenschen. Trotz ihrer Krankheit hatte sie sich die Lust am Leben nie nehmen lassen und war immer für einen Spaß zu haben. Doch die letzten Krankenhausaufenthalte hatten ihr zugesetzt. Viel zu oft war sie weg von zu Hause und musste immer mehr und mehr Zeit im Krankenhaus verbringen. Die Ärzte und Pfleger kümmerten sich unentwegt um Isabella und die anderen Patienten. Und trotzdem waren die letzten Aufenthalte in den Kliniken für Isabella kaum mehr zu ertragen. Sogar ihren Eltern war aufgefallen, dass sie ein Stück weit ihre positive Art verloren hatte, was die Eltern traurig und nachdenklich stimmte. Sie liebten ihre Tochter über alles und wollten nur eins: dass Isabella am Leben bleibt!

Weiter und weiter haderte Isabella mit ihrer Krankheit, den Gedanken um ihre Zukunft und dieses komische Gefühl, was sie in letzter Zeit immer häufiger aufsuchte. Das Gefühl war wie eine Art Kompass, ein Gespür, dass ihr sagen wollte, dass sie sich auf den Weg machen sollte, um zu suchen. Doch wen oder was war zu suchen? Irgendetwas fehlte in ihrem Leben, sie vermisste jemanden und weiter fragte sich Isabella in Gedanken, als sie zu Hause auf ihrem Bett saß: ›Oder meine ich jemanden zu vermissen, weil ich in Wahrheit mich selbst vermisse? Weil ich mein Leben vermisse, dass ich gerne leben würde, aber nicht kann? Oder weil ich es vermisse, mit meinen Freunden Spaß zu haben und auszugehen, Sport zu machen und zu studieren?‹ Isabella stutzte und wurde traurig. Weiter dachte sie nach, was ihr das komische Gefühl in ihrem Herzen sagen wollte? Die folgende Nacht konnte Isa nicht schlafen. Sie wälzte und drehte sich in ihrem Bett hin und her. Die Schweißperlen liefen über ihre Stirn, ihr Pyjama war durchgeschwitzt. Ihre Eltern nebenan bekamen mit, dass es ihrer Tochter nicht gut ging, und kamen sofort zu ihr. »Schatz, was ist los? Kannst du nicht schlafen? Sollen wir den Doktor rufen?«, fragte die Mutter aufgeregt. »Mensch Mum, kannst du mich nicht einmal in Ruhe lassen?«, Isabella drehte sich weg. Manchmal hatte sie das Gefühl, durch die Fürsorge ihrer Mutter zu ersticken. Nun schaltete sich auch Isabellas Vater ein: »Isa, du bist nass geschwitzt, Mum hilft dir beim Umziehen und ich hole dir einen nassen Lappen für die Stirn.« Die ruhige Art ihres Vaters tat ihr gut. Sie wusste, dass ihre Mutter sich auch sorgte, doch dramatisierte sie mehr. Ihr Dad hingegen wirkte besonnen, besonders in seiner Stimme. Oft dachte sich Isabella mit einem Grinsen im Gesicht, dass ihr Vater nicht als Polizist, sondern als Hypnotiseur hätte arbeiten können. Seine beruhigende Stimme wog sie als Kind schon in den Schlaf. Aber es war einfach so, dass ihr Dad durch seinen Job als Polizist wusste, wie er schwierige Situationen zu entschärfen wusste. Nachdem Isabella sich umgezogen und der nasse Lappen auf ihrer Stirn verweilt war, lag sie bei ihrer Mutter im Arm. Ganz leise ging ihr ein Dankeschön über die Lippen, ihre Mutter streichelte ihr übers Haar, während Isabella einschlief.

Am nächsten Morgen machte sie sich klar, dass möglicherweise ein Grund wäre, warum ihr Herz jemanden vermisste, die Beziehung zwischen ihr und Jack sein könnte? Isabella hatte des Öfteren die Vorahnung (oder, man könnte auch sagen die energische Meinung), dass sie das Jack nicht mehr weiter antun mochte. Sie wusste nicht, ob sie ihm die Situation zumuten konnte? Die meiste Zeit lag sie im Krankenhaus und wenn sie mal zu Hause war, dann war sie geschwächt und konnte nichts machen, was andere 20-Jährige zur gleichen Zeit machten. Immer wieder redete sie sich ein, dass es das Beste für die beiden wäre, wenn nur einer von ihnen belastet sei. Es reichte, wenn sie krank war und damit leben musste. Sie wollte damit ihren alten Schulfreund Jack nicht belasten. Außerdem sprach er nicht mehr dieselbe *Sprache* wie sie. Jack verstand sie nicht mehr mit ihren Gefühlen. Andersherum und positiv gedacht, schien er Isabella immer noch sehr zu mögen. Er besuchte sie regelmäßig, brachte ihr Geschenke mit und hatte noch niemals über eine mögliche Beendigung der Beziehung gesprochen. Was also sollte sie tun? Isabella beschloss, in diesem Fall noch nichts zu unternehmen und die Zeit ins Land ziehen zu lassen.

»Katy kommt heute, oder? Du freust dich doch, dass sie kommt? Und zur Feier des Tages, dass du wieder zu Hause bist und weil Katy kommt, backe ich gleich einen Apfelkuchen«, Isabellas Mutter war die Freude im Gesicht anzusehen. Isa freute sich auch, denn der Besuch ihrer besten Freundin plus Mamas heiß begehrten warmen Apfelkuchen waren gleich doppelter Trumpf. Isabella dachte sich, dass sie in letzter Zeit ungerecht ihrer Mutter gegenüber war und das, obwohl sie so viel für sie getan hatte. Es wurde mal wieder Zeit für eine gemeinsame Mutter-Tochter-Aktion. Und was könnte da besser passen, als den Apfelkuchen gemeinsam zu backen? Um ihre Mutter zu überraschen, stellte sie sich ohne eine Ankündigung zu ihr in die Küche und zog sich eine Schürze drüber. Annabelle machte große Augen, als sie ihre Tochter mit Schürze in der Küche stehen sah. »Willst du mir helfen?«, war kaum ausgesprochen, da nahm Isa ihre Mutter in den Arm. Völlig überwältigt stand Annabelle sprachlos da und nahm ihre Tochter ebenfalls in ihre Arme. Anschließend backten sie gemeinsam den wohl besten Apfelkuchen aus ganz Louisiana. Isa schälte die Äpfel, entkernte sie und schnitt sie in kleine Stücke, während ihre Mutter den Teig zubereitete. »So duftet die Mittagspause. Das sind meine Mädels. Darf ich mal naschen?«, kam der Vater von Isabella gut gelaunt in seiner Polizisten-Uniform nach Hause. »Dad, du musst ja gleich wieder zur Arbeit. Wir lassen dir aber ein Stück vom Apfelkuchen über«, meinte Isa, während ihr Vater sie mit lang gezogener Schnute ansah. »OK. Gut, dann lassen wir dir eben zwei Stücke über«, grinste sie. »Das ist meine Tochter«, sagte Thomas, während er sich ein Stück Apfel in den Mund schob und wieder raus in den Dienst ging. Zusammen backten Mutter und Tochter den Kuchen fertig und räumten die Küche auf. Im Hintergrund lief Swing- und Jazzmusik. Die Frauen hatten Spaß und bewegten die Füße im Takt der Musik. Ein toller Mittag zog vorüber, bis Isabella sich in ihr Zimmer zurückzog und auf ihre beste Freundin Katy wartete. Derweil kühlte der Apfelkuchen unten in der Küche ab. Sie merkte, während sie Zeit mit ihren Eltern verbrachte, dass das Gefühl, jemanden zu vermissen, außerhalb dieses Familienkreises liegen musste. Aber wo dann? Was wollte ihr Herz sagen? Schon bald würde sie die Antwort darauf finden.

Am Nachmittag erschien Katy dann endlich. Viele Briefe, Postkarten, Nachrichten und Geschenke von all ihren Freunden hatte sie für Isabella mitgebracht. Nach und nach las sie die Karten durch und öffnete die Geschenke. Natürlich *posteten* die Mädels die fröhlich *geschossenen Bilder* für ihre Freundinnen in den sozialen Medien. Isabella beim Auspacken der Geschenke, beim Lesen der Briefe usw. Alles wurde per Foto dokumentiert und selbstverständlich hochgeladen, damit die anderen einbezogen wurden. »Schade, dass du beim Volleyballturnier nicht dabei warst. Du hättest dich *kaputtgelacht*, als Jeremy und Mike mit ihren Köpfen gegeneinandergestoßen sind. Das hat geknallt, das sag ich dir. Den beiden tat's weh, aber die Menge hat gelacht. Jeremy war sogar so verletzt, dass er auf die Krankenstation musste«, berichtete ihre beste Freundin vom Campus. Die beiden mussten laut lachen über die Vorstellung vom *Volleyball-Unfall*. Die gute Laune hielt fortlaufend an. Isa fuhr wieder in alter Form auf und bewarf Katy mit ihrem Kissen. Die Kissenschlacht begann gleichzeitig, während Annabelle versuchte, in das Zimmer ihrer Tochter einzudringen, ohne von einem Kissen getroffen zu werden. »Wenn ihr mich trefft, dann muss auch leider euer Apfelkuchen dran glauben. Oder wollt ihr ihn etwa vom Boden aufkratzen?« Einen Moment wurde es still und die Freundinnen beendeten kurzweilig ihre Kissenschlacht. Der Duft vom Kuchen ließ ganz klar die Prioritäten der jungen Damen erkennen. »Von der Kissenschlacht zur Kuchenschlacht. Na dann mal ran an den Kampf«, Isabella und Katy setzten sich aufrecht hin und genossen den leckeren, saftigen Apfelkuchen. Isabellas Mutter zog sich zurück und überließ den Mädchen ihr Reich. Zwischen Spaß, Fotos machen, mit den anderen Freundinnen kommunizieren und Kuchen essen, dachte Isabella darüber nach, sich ihrer besten Freundin anzuvertrauen. Sollte sie es wagen? Schließlich hatte Katy immer zu ihr gehalten und konnte sie in jeglicher Lebenslage verstehen. Aber war dieses Thema vielleicht ein bisschen zu hoch und zu abstrakt für die junge Katy, die zwischen Uni, Sport und Job am Pendeln war? Isabella war sich nicht ganz sicher in diesem Fall, aber von allen, die sie kannte, würde sie am ehesten sich ihr anvertrauen. Während Katy am Plappern und plappern war, bekam Isa schon recht Ohrenschmerzen durch ihre Freundin. Sie erzählte ihr vom Campus, dem Stundenplan, den langweiligen Professoren und den alles andere als langweiligen Jungs an der Uni. Isabella fühlte sich dadurch zugehörig, so als würde sie nur Ferien machen und bald auch wieder zur Uni gehen. Doch die Realität sah anders aus. Ihre chronische

Herzmuskelentzündung war mittlerweile so weit fortgeschritten, dass ein normaler Alltag in weiter Ferne blieb. »Mein Kopf ist voll leistungsfähig, nur mein Körper nicht«, war ihr wichtig zu äußern, obwohl das jeder wusste. Isabella war so reif und erwachsen durch ihre Krankheit geworden, dass sie sich selbst gut reflektierte und einschätzte. Doch konnte sie auch Katys Meinung realistisch einschätzen? Oder würde sie ihr am Ende sagen, so nach dem Motto: »Hör doch endlich auf *rumzuspinnen!* Nimm das Gefühl nicht ernst. Das kommt, weil du so lange krank bist. Du steigerst dich in was hinein. Es bedeutet nichts.« Würde sie ihr das so sagen? Davor hatte Isabella Angst, denn das mochte sie nicht hören. Sie wollte ernst genommen, vollumfänglich und fair behandelt werden. Und so hörte sie weiter ihrer Freundin beim *Klatsch und Tratsch* über das Uni-Geschehen zu. Manchmal versuchte sie, Luft zu holen und den richtigen Moment zu erwischen. Immer wenn der richtige Moment zu kommen schien, dann war er genauso schnell wieder verflogen. Katy war beim Reden kaum zu stoppen, sie legte ein Tempo vor, das selbst die redegewandte Isabella nicht folgen konnte, geschweige denn sie zu unterbrechen. Also versuchte sie, in mehreren Anläufen einen Versuch zu wagen, doch es gelang ihr nicht. Isa schloss schon fast vor Ermüdung ihre Augen, nachdem ihre Kumpanin eine Stunde am Stück ununterbrochen kichernd geredet hatte. ›Ich glaube, ich komm heut nicht mehr dran‹, dachte sie sich. Das Kichern und

Lachen der beiden Freundinnen nahm kein Ende. Katy erzählte hingebungsvoll von ihrem Schwarm, dass sie nicht bemerkte, immer mehr zur Bettkante zu rücken und schließlich volle Kanne aus dem Bett stürzte. Das gab ein Krach. Doch der Schmerz war nicht allzu groß, denn die beiden Mädels lachten so laut, dass der Sturz aus dem Bett für Katy nicht so schlimm war. Annabelle wollte schauen, ob den beiden etwas passiert war, weil sie einen dumpfen Knall gehört hatte. Isabella klärte sie auf, dass ihre Freundin so am Schwärmen war, dadurch das Bettende übersah und vom Bett hinunterfiel. Das war für die Mutter keine große Überraschung, denn dass die beiden schon immer großen Spaß hatten, war kein Geheimnis. Sie ging wieder runter und konnte weiter das Gekicher der Mädchen von oben hören. Nach der lustigen Zeit war Isabella motiviert, sich Katy anzuvertrauen. Wie würde sie reagieren? Frei nach dem Motto, nicht denken, sondern machen, ergriff Isa die Chance, als ihre beste Freundin mal kurz Luft holte. Stillschweigend saß Isabella da und schaute Katy an. »Du willst mir was sagen? Was ist denn? Hast du nicht mehr lange?«, Katy hatte Tränen in den Augen, denn sie dachte, dass Isabella ihr sagen würde, dass ihre Zeit bald abgelaufen sei. Insgeheim machte sie sich schon länger Sorgen, sie kannte Isabella seit ihrer Kindheit, sie war ihre beste Freundin und wollte sie nicht verlieren. Zumindest zu diesem Zeitpunkt noch nicht. Das wäre zu früh, mit 20 Jahren schon aus dem Leben zu treten. Wem sollte sie dann ihre

Geschichten aus der Uni anvertrauen, mit wem sollte sie lästern, lachen und weinen? Nein, das wäre definitiv zu früh und sie hoffte, dass Isabella ihr jetzt bloß nichts vom Sterben erzählen würde.

Erneut schnappte Isa nach Luft und sagte ihrer Freundin, dass sie ihr tatsächlich etwas Berichten müsste. Katy kannte Isabella so gut, dass ihr klar war, ihr jetzt den Freiraum zum Reden zu geben. Also setzte sie sich still und gerade hin. Sie richtete ihre Augen auf ihre leider todkranke Freundin, verbunden mit der Hoffnung, dass diese noch lange leben sollte. Durch den Blickkontakt wollte sie Isabella klarmachen, dass sie nun aufmerksam zuhören würde, das machte man ja schließlich so als beste Freundin. »Ich … Ich …«, Isabella fing an zu stottern und wurde nervös. Dies ist auch nicht Katy entgangen. Sie wusste nicht, wie sie den Anfang hinbekommen sollte? Die richtigen Wörter zu finden, fiel ihr normalerweise nicht schwer, doch heute ganz besonders. Es ist ja nicht so, als wollte sie ihr ein Geheimnis mitteilen, irgendeine Schandtat, die sie begangen hatte, etwas Grauenvolles. Nein, das war es alles nicht. Es ging lediglich nur um ihre Gefühle. Nur warum hatte sie so Angst vor der Reaktion ihrer Freundin, warum fürchtete sie, sich zu offenbaren? »Du kannst mir auch ein anderes Mal davon erzählen, wenn du möchtest. Du musst jetzt nicht, wenn du nicht kannst!«, Katy wollte in Wahrheit das Gespräch abblocken, denn sie befürchtete das Schlimmste und das mochte sie heute nicht hören. Sie wollte ihre Freundin so in Erinnerung halten wie an diesem Tag. Mit Kissenschlacht, Kuchen und Männergeschichten. Aber definitiv nicht hören, dass sie ihre Freundin bald beerdigen würde.

Isabella tat ihrer Freundin nicht den Gefallen, weder das Gespräch jetzt zu beenden noch zu sterben. Sie fasste sich an ihr Herz und begann zu erzählen.

»Nun sag schon, was ist denn los?«, Katy ließ nicht locker. Isabella versuchte in ihrem Kopf die perfekten Worte zu finden, die ihr Gefühl beschreiben sollte. Doch egal wie perfekt die Worte waren, so könnte es nicht im Ansatz ihr Gefühl wiedergeben. Katy saß erwartungsvoll und mit großen Augen da. »Kennst du das Gefühl, wenn sich in dir alles ändert, aber deine Umwelt bleibt gleich? Das Gefühl ist komisch und damit muss man erst mal klarkommen.« Katy wollte wissen, wie Isabella das genau meinte? »Seit einiger Zeit habe ich ein komisches Gefühl in mir, ganz genau in meinem Herzen und ich weiß nicht, wo es herkommt?« Katy war gerade dabei, innerlich durchzudrehen, denn ihre Befürchtung, dass Isabella ein komisches Gefühl in sich trug, konnte darauf hindeuten, dass ihr Körper dabei war, sich von ihr zu verabschieden. ›Oh nein, ich hab es geahnt. Sie wird sterben, was habe ich im Leben nur falsch gemacht, dass Gott mir meine beste Freundin nimmt?‹ Katy schwebte in Gedanken, während Isabella fortfuhr. »Und, was mich am meisten stört, dass mich keiner ernst nimmt, weder die Ärzte noch meine Eltern noch sonst irgendwer. Die denken alle, ich sei verrückt. Und weißt du, wie blöd es sich anfühlt, wenn keiner einen ernst nimmt?«, regte sich die todkranke junge Frau auf. ›Doch, ich nehme dich ernst. Ich nehme dich sogar so ernst, dass ich erkenne, dass dein Körper dir sagen will: Hey, du da. Du wirst bald sterben. Bereite sich darauf vor.‹ Katys Gedanken gingen immer mehr in die Richtung, dass Isabella bald sterben müsste. Doch ausgesprochen hatte sie bisher noch keinen von diesen Gedanken. ›Warum sagt sie nichts? Denkt sie etwa genauso wie meine Eltern und die Ärzte?‹ Isabella machte sich Sorgen, sie wünschte sich Mitgefühl und Verständnis. Trotzdem redete sie weiter. »Und, was noch viel wichtiger ist, mein Herz spürt seit geraumer Zeit, dass es jemanden vermisst. Also um genau zu sein, ich vermisse jemanden in meinem Herzen. Doch ich weiß nicht wen?« Katy wurde hellhörig und verstand die Welt nicht mehr. Eben sprach Isa noch davon, dass sie ein komisches Gefühl hatte, und jetzt vermisste sie jemanden. »Wie, meinst du das? Du vermisst jemanden in deinem Herzen? Oder dein Herz vermisst jemanden?«, Katy wünschte sich eine genaue und plausible Erklärung. »Es ist ein ganz anderes Gefühl als vorher. Ich weiß, dass ich krank bin, aber dass jetzt, das hat nichts mit der Krankheit zu tun. Ich spüre das. Mein Herz will mir etwas sagen. Und da ist dieses Gefühl, dass jemand fehlt in meinem Leben, ich muss denjenigen suchen. Ich vermisse jemanden und ich frage mich andauernd: Wer ist es denn? Und was möchte mein Herz mir sagen?«, Isabella schaute ihre beste Freundin fragend an. Sie hatte Tränen in den Augen und ihr Gesicht verzog sich bitterlich. Ihr war anzusehen, dass das Anliegen ernst für sie war. Katy nahm Isabella fest im Arm und drückte sie, Isa erwiderte das. Es fühlte sich gut für sie an, sie empfand Mitgefühl von ihrer Freundin. »Hast du denn irgendeine leise Idee, wer in deinem Leben fehlt? Oder wen du vermissen könntest?«, die Fragen von Katy gaben Isabella Hoffnung. Endlich mal jemand, der sich ernsthaft für ihr Anliegen interessierte. »Nein. Ich habe schon so lange darüber nachgedacht, was mein Herz und damit auch mein Körper mir sagen wollen? Wen ich vermissen könnte, wer mir fehlt oder ein Zeichen oben vom Himmel oder von meiner Umgebung? Nein. Ich weiß es einfach nicht. Doch mein Gespür sitzt so tief, es ist in mir drin und geht nicht weg!« Katy dachte immerhin ernsthaft darüber nach, ob die Zeichen von Isabellas Körper bedeuten sollten, dass sie so krank ist und darum bald sterben müsse? Möglicherweise wollte ihr Körper sie warnen oder darauf vorbereiten, dass sie bald nicht mehr am Leben sein würde. Das war ein Schock für die sonst so ebenfalls lustige und lebensfrohe Katy, die außer Studium und Männer nicht viel anderes im Kopf hatte. Doch ein offenes Ohr behielt sie immer für ihre älteste Freundin. »Vielleicht deutest du das Gefühl von Vermissen falsch. Dein Körper ist so krank und geschwächt, er will dir lediglich nur das damit sagen: Also dass du auf dich, deinen Körper und vor allen auf dein Herz achtgeben sollst. Wahrscheinlich bedeutet es nur das und nichts anderes. Du bist krank und ich hoffe nicht, dass es schlimmer wird. Es kann sein, dass dein Herz dir das sagen will«, war Katys Meinung.

»Nein, nein, nein. Das ist es nicht. Ich weiß, dass ich sterbenskrank bin und wahrscheinlich nicht alt werde. Aber das Gefühl ist was anderes. Bitte glaube mir! Dieses Mal ist es was ganz Neues, ein Gefühl, das vorher noch nie da war. Mein Herz will mir was sagen. Ich vermisse jemanden«, Isabella kämpfte weiter mit den Tränen. Ihr Herz schmerzte, ihr Puls stieg an und ihr Gesicht verzerrte sich. Katy dachte nicht, dass dieses Gespräch und der Besuch bei ihrer Freundin nach Kuchen und Kissenschlacht so enden sollte. Sie wollte nicht oberflächlich sein, darum versuchte sie sich in die Gefühle von ihrer Freundin hineinzuversetzen. Und sie ernst zu nehmen. Katy begann intensiv nachzudenken, während Isabella kurz ins Badezimmer verschwand. Und weil Katy am besten nachdenken konnte, während sie sich bewegte, ging sie nach unten zu Annabelle und holte zwei Gläser Wasser nach oben. ›Ich glaube es nicht. Ich hab's. Das könnte eine Idee sein?‹ Katy nahm die Gläser und das Wasser von Isabellas Mutter entgegen. Eine Idee traf sie wie der Blitz. Sie schaute Annabelle an und hatte sofort einen Gedanken, den sie Isabella mitteilen wollte. Oben angekommen war Isa wieder in ihrem Zimmer und die Tränen waren weggewischt. Ihre Freundin reichte ihr ein Glas Wasser zu trinken. Gerne nahm Isabella das frische Getränk an und setzte sich wieder auf ihr Bett. Katy traute sich nicht direkt, ihren *Geistesblitz* Isabella mitzuteilen. Dieses Mal würde Isabella von ihr denken, dass sie verrückt sei. Meistens war Isa für ihre außergewöhnlichen Ideen und lustigen Vorschläge bekannt. Diesmal sprudelte es aus Katy heraus. »Ich habe gerade deine Mutter gesehen«, meinte Katy und starrte Isabella an. »Ich weiß. Du hast sie schon eine Million Mal gesehen«, erwiderte ihre Freundin und war sich nicht sicher, was sie ihr damit sagen wollte?

»Als ich deine Mutter gesehen habe, kam es in mir hoch. Eine wahnsinnige Idee. Du hast mir doch mal erzählt, dass du weißt, dass dein Großvater tot ist. Und deine Großmutter; sie soll am Leben sein, aber du hast sie nie kennengelernt. Du weißt also nicht, wer sie ist, sie müsste schon alt sein. Vielleicht und es ist nur eine Überlegung? Vielleicht vermisst du deine Oma?« Das war es, was Katy unbedingt sagen musste. Würde sie Isabella dafür jetzt lynchen? Zumindest brach sie nicht im Tränen aus, sie lachte aber auch nicht. Keine Reaktion von ihrer Freundin. »Isabella? Bitte sag', doch was. Isa?«, Katy dachte, sie hätte großen Schaden mit dieser Frage und Überlegung angerichtet. Doch Isabella;

sie saß da und dachte nach. Sie überlegte einfach nur. Hin und her, in sich gekehrt, kraftvoll in Gedanken. Momente vergingen und Isa dachte immer noch über das nach, was Katy ihr gesagt hatte. Ihre Freundin bemerkte, dass Isabella sich nun innerlich zurückzog. Mit Vorwürfen geplagt, verabschiedete sich Katy für heute von ihrer besten Freundin in der Hoffnung, dass Isabella die Fragestellung nicht zu sehr belastete. Isa begleitete ihre Freundin nach unten bis zur Türe. Eine starke, feste, freundschaftliche Umarmung zur Verabschiedung stützte beide jungen Frauen.

Die Herzkranke wurde nachdenklich. War was dran an dem Verdacht ihrer Schulfreundin? Würde es wirklich um ihre unbekannte Oma gehen? Das Thema hatte sie schon immer beschäftigt, doch es war nie so wichtig, dass ihr Leben davon abhinge. Sie hatte jetzt die Wahl, zwischen nach oben in ihr Zimmer zu gehen oder sich zu ihrer Mutter zu gesellen und vielleicht dieses heikle Thema anzusprechen? ›Ich zähle jetzt bis zehn. Und wenn ich bei zehn angekommen bin, dann treffe ich eine Entscheidung. In mein Zimmer gehen oder das Thema ansprechen, auch wenn Mum wieder abblockt‹, Isabella sagte sich das in Gedanken, während sie ihren Fuß auf die erste Stufe nach oben setzte. Sie zögerte und setzte ihren Fuß zurück. Als wäre es ihre Intuition, begab sie sich zu ihrer Mutter Annabelle. Solche Angst trug sie in sich, denn bisher hatte ihre Mutter niemals großartig über das Thema der Großmutter gesprochen. Ihre Mutter war mit sich im Reinen und glücklich mit ihrer Familie, der Arbeit und dem Leben. Sie wollte ihrer Mutter nicht wehtun oder sie gar verletzen. Doch dankbar für den Tipp ihrer besten Freundin wollte sie es noch mal versuchen, ihre Mutter auf das heikle Thema *Großmutter* anzusprechen. Draußen wurde es schon langsam dunkel. Der Tag zog schnell vorüber und hatte bisher von allem etwas. Von Spaß bis zur Nachdenklichkeit war alles dabei. Doch was dann folgte, damit hatte niemand in der Familie gerechnet …

Im Wohnzimmer wagte Isabella dann das Unausgesprochene. »Mum, ich wollte noch mal ein Thema ansprechen. Um genau zu sein …«, Isa stockte und unterbrach ihren Satz. Annabelle schaute ihre Tochter fragend an, die einen erneuten Versuch, den Satz zu beenden, startete. »Hast du dich nie gefragt, wer deine leibliche Mutter ist? Und ob sie heute noch lebt?« Isabella war gespannt auf die Reaktion ihrer Mutter. Die antwortete auch prompt: »Was soll ich dazu sagen oder dir antworten? Es ist, wie es ist, und ich habe mich von dieser ungeklärten Frage nie negativ beeinflussen lassen. Du weißt, dass ich die Situation so wie sie ist, immer akzeptiert habe. Ich habe es angenommen, dass ich nicht weiß, wer meine Mutter ist. Lediglich weiß ich nur, dass mein leiblicher Vater schon verstorben ist. Er war ein Schwarzer. Und meine Mutter ist weiß. Aber mehr weiß ich nicht. Nur diese geringen Informationen habe ich mein Leben lang gehabt. Und es ist okay so.« Annabelle bestätigte und schützte sich so selbst. Isabella konnte das nicht verstehen, dass es einfach nur *okay* für ihre Mutter war. Für sie selbst schien gerade nichts in Ordnung. »Was glaubst du denn, warum ich erst so spät mit dir schwanger geworden bin? Ich wollte es gut machen. Denn obwohl ich als ganz kleines Kind adoptiert wurde und es mir dort gut ging, habe ich trotzdem immer Hemmungen gehabt, selbst Mutter zu werden. Ich wollte nicht mein Kind zur Adoption freigeben müssen. Nein, das wollte ich nicht. Derselbe Fehler sollte mir nicht passieren. Ich habe gerne studiert und bin stolz darauf und dann kam es, wie es kommen musste. Ich habe deinen Vater kennengelernt. Er war der Richtige und mit ihm habe ich dich in die Welt gesetzt. Für einige kam dieses späte Mutter-Glück unerwartet, doch für mich war es gut so. Ich war endlich bereit, dazu«, sprach sich Annabelle von der Seele. »Das ist ja auch alles gut so, dass es für dich so gelaufen ist und das es dir gut damit geht. Doch was ist mit meiner Großmutter? Mit deiner Mutter? Willst du sie denn nicht kennenlernen? Vielleicht ist sie schon tot, sie müsste doch schon alt sein? Ich verstehe dich nicht. Warum möchtest du nicht wissen, wo du herkommst?«, Isabella wirkte energisch und redete sich in Rage. Ihre Mutter wurde leicht rötlich im Gesicht, ihr schien das Thema unangebracht, denn sie hatte damit abgeschlossen. »Dein Vater und ich, wir wollten dir das Leben schenken und zugleich im Beruf etwas Gutes tun. Dein Dad ist draußen auf den Straßen als Cop unterwegs und ich als Sozialarbeiterin. Damit kann ich ganz viel Gutes tun. Ich helfe anderen Menschen, die meine Hilfe brauchen und ich mache damit eine gute Arbeit. Du siehst es doch. Besonders die schwarzen Menschen haben es hier schwer. Ich weiß, dass mein Dad auch schwarz war und ich spüre, dass ihm meine Arbeit gefallen hätte.«

»Genau das ist es doch. Du hast ein Gespür dafür, dass du mit deiner Arbeit deinem verstorbenen Vater gefallen würdest. Und ich habe ein Gespür, schon seit längerer Zeit, dass ich jemanden in meinem Herzen vermisse. Ich spüre das, ich fühle das, ich lebe das. Und ich kann nicht verstehen, dass du ein Gespür für deinen toten Vater hast, aber deine Mutter, die vielleicht noch am Leben ist, dafür interessierst du dich nicht«, Isabella wurde lauter. Der Streit zwischen den zwei Frauen drohte zu eskalieren. Die Mutter vermutete etwas anderes: »Ich kann leider auch nichts daran für, dass du mein Schatz sehr krank bist und nicht das Leben führen kannst, das eigentlich für dich vorgesehen ist. Ich habe Sozialpädagogik studiert und ich weiß, dass du auch am liebsten jeden Tag die Uni unsicher machen wollen würdest. Doch das geht nicht, und es tut mir unendlich leid für dich. Du musst jetzt trotzdem das Beste daraus machen. Gott und wir, deine Eltern, helfen dir dabei.« Damit hatte Annabelle einen schmerzlichen Punkt in ihrer Tochter getroffen. »Mum, darum geht es doch gar nicht. Ich vermisse jemanden, von dem ich bis jetzt noch nichts weiß. Und vielleicht ist das meine Oma, die ich so schmerzhaft vermisse? Wie kannst du nicht wissen wollen, wer deine Mutter ist und dafür kämpfen, dass du sie kennenlernst? Die ganzen Jahre, warum hast du nie versucht, sie kennenzulernen?«

Der Vater von Isabella war gerade von seiner Schicht nach Hause gekommen und traute seinen Augen und seinen Ohren nicht. Ein Streit zwischen seinen zwei Mädels, das hatte er so noch nie erlebt. Er küsste seine Frau zur Begrüßung und fragte direkt, was los war? Von Harmonie jedenfalls war nicht viel zu sehen. »Wieder dasselbe Thema. Sie hat nach ihrer Oma gefragt«, erklärte Annabelle ihrem Mann. Der mochte seiner Tochter antworten: »Das haben wir dir doch schon mal erklärt. Deine Mutter hat mit dem Thema abgeschlossen. Sie weiß nicht, wer ihre leibliche Mutter ist und ob sie noch lebt? Doch irgendwann muss ein ungeklärtes Thema innerlich abgeschlossen werden. Sonst macht man sich selbst verrückt.« Isabella verstand die Worte, konnte den Inhalt aber nur schwerlich nachvollziehen. Sie würde es wissen wollen. »Es ist nicht so, dass ich nie versucht habe, herauszufinden, wer sie ist. Jahrelang habe ich in der Vergangenheit mit den Behörden gesprochen. Doch nie gab es informative Auskunft für mich. Man sagte mir, dass bei meiner Adoption alles gut gelaufen ist und dass man Jahre später keine Informationen über meine leiblichen Eltern zur Verfügung stehen hat. Selbst mein Anwalt konnte mir nicht weiterhelfen. Wie gesagt, ich weiß nur, dass es eine Mischbeziehung war. Also, dass meine Mutter eine weiße Frau ist und mein Vater ein dunkelhäutiger Mann war. Und dass mein Vater schon sehr lange tot ist. Und wahrscheinlich besteht eine hohe Wahrscheinlichkeit, dass ich in einen anderen Bundesstaat geboren wurde und dann weggebracht wurde. Also hierhin nach Louisiana. Die Papiere über meinen Geburtsort und die Namen meiner Eltern existieren angeblich nicht mehr«, die Mutter wirkte stark und versuchte Haltung zu bewahren, doch in ihr saß ebenfalls tiefer Schmerz über die Ungewissheit. Sie trug ihr Schicksal trotz aller Widerstände, dennoch mit Fassung. Die Eltern wussten, dass sie an der Situation nicht mehr viel ändern konnten. Sie hatten gemeinsam in der Vergangenheit versucht, jegliche Information über die Herkunft von Annabelle zu erhalten. Nach vielen Jahren schmerzhaften Erfahrungen und einem langen Kampf hatte Isabellas Mutter ihre persönliche Lebensgeschichte akzeptiert und entschlossen, glücklich weiterzuleben. Mit Thomas an ihrer Seite war sie eine starke Frau und Mutter der Herzkranken Isabella geworden.

Doch für Isa war das alles nicht Erklärung genug. Sie wollte ihren Eltern nicht wehtun, aber irgendetwas in ihr sagte, dass ihr Anliegen so wichtig war, dass sie es nicht einfach *unter den Teppich kehren* mochte. In der Highschool hatte sie verschiedene Gruppen geleitet, eine Demo angeführt und wenn es für irgendetwas Gutes zu kämpfen gab, dann war sie mit allergrößter Wahrscheinlichkeit anwesend. Von daher war Isabella es gewohnt, für eine wichtige Sache einzustehen und nicht vorschnell aufzugeben. Dieses Mal hatte sie den *Bogen* überspannt, denn die Gefühle ihrer Mutter hatte sie unwillentlich übersehen. »Mum ich verstehe das nicht. Wie kannst du es einfach gut sein lassen? Gib den Kampf nicht auf! Wenn sie es ist, die ich vermisse? Sie gehört doch zu uns und ich spüre, dass ich sie brauche. Ja, ich fühle immer mehr, dass sie es ist«, Isabella hörte nicht auf, auf ihre Mutter einzureden. Fest entschlossen, dass ihre Großmutter gefunden werden musste (in der Hoffnung, sie würde noch leben), drangsalierte sie ihre Eltern. Sie merkte nicht, wie schmerzhaft das ungeklärte Thema für ihre Mutter war.

Die Wortgefechte gingen hin und her. Es wurde lauter, unangenehmer und intimer. Die Gemüter waren erhitzt und die Diskussion schien kein Ende zu nehmen. Annabelle und Thomas vertraten ihre eigene Meinung, aber Isabella ließ nicht locker. Ihre Mutter hatte Tränen in den Augen, wirkte verkrampft und angespannt. Doch Isabella sah selbst aus, als stünde sie kurz vor einem Zusammenbruch. Dann eskalierte die Situation im sonst so friedvollen Haus. Es wurde geschrien und diskutiert; Isabella klammerte sich an der Tischkante fest. Ihr Gesicht und ihr Oberkörper standen im Schweiß. Die Flüssigkeit perlte von ihrem Gesicht hinunter. Sie wurde kreidebleich und starrte nur noch ins Leere. »Oh, mein Gott. Nein!«, rief Annabelle, während Isa in die Arme ihrer Mutter sank und nicht mehr ansprechbar war. »Sie bricht zusammen. Ich ruf den Krankenwagen. Halt sie bei Bewusstsein. Ich beeile mich«, Thomas setzte den Notruf ab. Keiner der Beteiligten hatte sich so eine Situation gewünscht oder geahnt, dass der Tag mit einer völligen Eskalation enden würde. Der Krankenwagen traf schnell ein und fuhr die Herzkranke zügig ins Hospital. Dort ging alles sehr schnell, denn die Ärzte und Pfleger kannten Isabella und ihre Krankheit schon seit Jahren. Während die junge Patientin intensiv behandelt wurde, machten ihre Eltern sich große Vorwürfe. Sie stützten sich, hielten sich im Arm und waren fassungslos über das Unglück, was sich eben ereignete. Die kommende Nacht wichen die beiden nicht von ihrer Seite. Die behandelnden Ärzte diskutierten, ob sie Isabella in ein künstliches Koma versetzen sollten? Sie entschieden sich aber dagegen. Den Eltern war der Ernst der Lage vollkommen bewusst und sie beteten, dass dies nicht der letzte Tag von ihrer Tochter gewesen war. Der Streit sollte nicht der Anlass sein, dass ihre geliebte Tochter von ihnen gehen musste. »Du hast alles richtig gemacht«, wiederholte Thomas eindringlich an seine Frau, die sonst so starke Sozialarbeiterin war mit ihren Nerven am Ende. »Ich bin so froh, dass ich dich habe, Dankeschön«, richtete Annabelle an ihren Ehemann. »Wir schaffen das, es wird alles gut. Ich verspreche es dir«, fügte er hinzu. Mit Mundschutz und Schutzanzug saßen die Eltern auf der Intensivstation und hielten die Hand ihrer Tochter fest. Leider brachten die Berührungen ihrer Eltern nicht allzu viel. Ihr Zustand verschlechterte sich von Stunde zu Stunde. Die Blutwerte waren auf dem schlechtesten Stand, auf den sie jemals waren. Auf einmal ging alles ganz schnell. Das Krankenhauspersonal eilte zu Isabella, denn ihr Herz drohte nicht mehr mitzumachen. Die Eltern mussten plötzlich den Intensiv-Bereich verlassen und bangten um das Leben ihrer noch so jungen Tochter. Der Chefarzt nahm die beiden an die Seite und erklärte ihnen, dass es ernst um Isabella stehe. Sie würden alles tun, aber große Hoffnung sollten sie sich nicht machen. Annabelle brach ebenfalls zusammen und wurde in letzter Sekunde von ihrem Mann aufgefangen. »Nein danke. Ich möchte keine Beruhigungstabletten, ein Glas Wasser reicht mir aus«, die starke Frau riss sich zusammen und kämpfte mit um das Leben ihrer einzigen Tochter.

Am nächsten Tag starb Isabella fast im Krankenhaus. Der Ort, an dem sie schon so oft wegen ihrer chronischen Herzmuskelentzündung gelegen hatte. Sollte dieser Ort ihr Letzter gewesen sein? Das Krankenhauspersonal bemühte sich sehr und gab alles für die sonst so frohe und lebensbejahende Patientin. Doch es war ernst, die letzten Stunden von ihr schienen zu schlagen …

Die Ärzte waren sich einig, ihre Patientin war auf der letzten Stufe ihrer Krankheit angekommen und benötigte dringend ein Spenderherz. Der letzte Weg sollte noch lange aufgeschoben werden oder wenn möglich, niemals zu Tragen kommen, doch es musste sein. Im Besprechungsraum teilten die behandelnden Ärzte den Eltern die Informationen mit. »Es ist dringend nötig«, mehr hatten die Eltern nicht wahrnehmen können. Dann begann die eigentliche Arbeit der Ärzte und die des Professors für Herztransplantation. In ihrer Datenbank, die aus Millionen geschützten Informationen bestand, suchten sie im Team nach einem passenden Spenderherz für Isabella. Dabei musste einiges beachtet werden, denn vieles vom Spender und Empfängerin musste übereinstimmen. Und da begann die große Problematik. Nichts war unmöglich, aber dennoch schwer. Gerade bei diesem *sensiblen* Thema. Nicht nur die Blutwerte mussten passend sein; die Organspende brachte auch Risiken. Vorab gaben die Ärzte Medikamente an Isabella, die ihr eigenes Immunsystem unterdrücken sollten. Dies geschah, um eine Abstoßung des körperfremden Herzens zu verhindern. Das Ganze erhöhte das Risiko einer Infektion mit Bakterien oder Pilzen, wurde der

Familie erklärt. Aber der Weg schien unumgänglich. Die Eltern wussten, dass jeder zehnte Transplantierte im ersten Jahr nach der Herztransplantation stirbt. Von daher war die Angst groß. Aber kein Spenderherz zu bekommen, bedeutete den schon baldigen Tod. »Das kann doch nicht so schwer sein, warum finden die denn nichts?«, fragte der besorgte Vater. Er wusste, dass die Suche nach einem Spender-Organ manchmal sehr lange dauern konnte. Und trotzdem lief es ihm nicht schnell genug; es ging schließlich um das Leben seiner Tochter. Die Familie wirkte verzweifelt, denn nach langer Suche und Recherche konnten die Ärzte kein passendes Spenderherz für ihre Tochter finden. Sie hofften weiter, sie beteten und glaubten an ein Wunder. Isabella war mittlerweile vollkommen geschwächt. Ihr Herz, Körper und Immunsystem machten einfach nicht mehr das, was sie sollten. Doch ihr Geist, Kopf und Gedanken arbeiteten noch zu 100 Prozent. Während alle um sie herum *verrücktspielten*, Angst hatten und sich Gedanken machten, galten Isabellas Gedanken einzig und allein ihrer unbekannten Großmutter. Ihr Herz befand sich in einer Ausnahmesituation. Das Gefühl, dass ihr Herz irgendjemanden vermisste, wurde immer größer. Die Tage im Krankenhaus waren lang und die Zeit kam ihr unendlich vor. Umso mehr trieben sich Gedanken und Fragen durch ihren Kopf. Isabella stellte sich selbst Fragen zu ihrer Oma: ›Wie sieht sie aus? Wer ist sie? Was hat sie erlebt und wie hat sie gelebt? Wen und was liebt sie?‹

Der nächste Tag sollte Einkehr halten. So wie bei jedem Krankenhausaufenthalt kam dieses Mal ihr Jugendfreund Jack zu Besuch. Vorab erzählte Thomas ihm, was zu Hause geschehen war und das seine Freundin nun auf ein Spenderherz wartete. Jack wollte Isabella keine Vorwürfe machen, weil sie sich in einem kritischen Zustand befand. Er selbst durfte nur kurz auf die Intensivstation und auch lediglich mit Mundschutz plus Schutzanzug. Nicht einmal der obligatorische Kuss auf der Stirn zur Begrüßung durfte sein. Trotzdem konnte sich ihr Freund einen Seitenhieb nicht verkneifen und stellte die kritische Frage, ob dies denn hätte sein müssen? »Wie, meinst du das? Ob das hätte sein müssen? Du nimmst mich und meine Gefühle nicht ernst«, mehr fügte Isabella nicht hinzu. Trotz ihres schlechten Zustandes konnte sie verärgert sein und das war sie gewaltig. Empathie erwartete sie von Jack, doch alles was kam, war eine scharfe Frage, die nicht aus einer positiven Grundhaltung entstand. Sie war gerade nicht in der Lage, sich von Jack zu trennen; es ging ihr körperlich einfach zu schlecht. Sie wünschte sich, dass er schnell wieder gehen würde, und dies tat er auch. »Es ist wohl das Beste, wenn ich jetzt gehe«, er verweilte einen kurzen Moment bei ihr und verschwand dann zügig durch die Türe. Das getrübt sein über Jack hielt nur kurz an. Sie war mit ihrer Krankheit beschäftigt, den Besuch ihrer Eltern, die nicht von ihrer Seite wichen und motivierende Gedanken, ihre Großmutter kennenzulernen. Sei dies ihr letzter Wunsch. Ihr Freund hatte *durch die Blume* angedeutet, dass er sie nicht unterstützt bei der Suche nach ihrer Großmutter und er dies für einen groben Unfug hielt. Also schmiedete Isabella hoffnungsvolle Pläne, nach ihrem Krankenhausaufenthalt und der Genesung auf die Suche zu gehen, um ihren Herzen gerecht zu werden.

Wochenlang kämpfte Isabella im Krankenhaus, es wurde immer noch kein passendes Spender-Organ für sie gefunden. Die Situation begann kritisch zu werden. Die Ärzte versuchten Isabella lebend aufrechtzuerhalten, doch die Zeit wurde immer knapper. »Sie steht kurz vor dem Absprung, wir müssen schleunigst jemanden finden«, hörte der Vater jenen Arzt zum anderen sagen. Alle um Isabella herum fühlten sich machtlos. Das Warten und nicht wissen, was passieren würde, schien für alle Involvierten eine riesige Belastung zu werden. Am Sonntag waren Annabelle und Thomas in der Kirche und beteten mit den anderen Gläubigen für ihre Tochter. Die ganze Gemeinde stand hinter ihnen und spendete Kraft. Isabella war mehr mit den Plänen beschäftigt, ihre vermisste Oma irgendwann wiederzufinden, als sich von ihrem Zustand der Krankheit runterziehen zu lassen. Sie musste leben; für sich selbst und für ihren Traum, ihre Großmutter ausfindig zu machen. Ihre größte Sorge war es, dass diese nicht mehr lebt. Und weil Isabella noch Hoffnung hatte, machte sie weiter. Tag für Tag, Woche für Woche, sie gab nicht auf. Nein, niemals! ›Bitte Gott, schenke mir ein Spenderherz und lass mich leben. Lass mich leben, um wenigstens ein einziges Mal die Mutter meiner Mutter kennenzulernen. Mehr verlange ich nicht von dir. Amen‹, sprach Isabella in sich hinein. Ihre beste Freundin Katy durfte Isa auch besuchen und schämte sich, die Idee ausgesprochen zu haben, dass Isabellas Herz wohl möglich ihre Großmutter vermissen könnte. Keiner in der Familie nahm das Katy übel. Viel zu lange war sie ein Teil dieser Familie, in der generell oft diskutiert wurde.

4.

Zurück in Mississippi, USA

In Avas Haus ging es wieder lebhaft zu. So wie
früher. Besucher kamen und gingen, es wurde viel
erzählt, gemeinsam gesungen und gelacht. So wie
das im Leben ist, erzählten die Nachbarn und
Freunde auch von unangenehmen Dingen und
Problemen, die belasten. Auch von
Schicksalsschlägen. Ava hatte für alle ein offenes
Ohr. Mary saß auch oft dabei, lauschte und hatte
selbst immer viel zu sagen. Keiner der Gäste
sprach es laut aus, aber der Grund, warum Avas
Haus so beliebt war, lag nicht nur an der
bezaubernden Gastgeberin, sondern auch an ihrer
engsten Vertrauten, der Haushälterin und besten
Köchin aus ganz Mississippi. »Mary, wann machst
du wieder das leckere Hühnchen und deinen
berühmten Kartoffelbrei?«, fragte eine Freundin des
Hauses. »Ach, was. Ich möchte frische Limonade,
dazu den besten *Crumble*, den ich je gegessen
habe«, mischte sich der alte Mister MC Kenn ein.
»Du kannst nicht alles haben«, zwinkerte Mary ihm
zu. »Na so was. Dann gehe ich wieder«, die ganze
Gesellschaft lachte laut. Benji, der Neffe von Mary,
war auch wieder dabei, so wie fast jeden Tag.
»Benjamin, geh raus und hänge mit den Jungs ab.
Es geht doch nicht, dass du jeden Tag bei uns zwei
alten Damen zu Besuch bist. Ich hab dich lieb, mein
Neffe, aber ich verstehe das nicht«, Mary war

verwundert. Die heile und lustige Welt rund um das Haus von Ava lockte nicht nur Menschen mittleren Alters und Senioren an, sondern auch junge Leute. Benji war inspiriert von der Schreibkunst der Arbeitgeberin seiner Tante. Ihr Wissen war stets all umfänglich, was der Junge in jedem Gespräch bemerkte. »Ach weißt du, ich finde eure Blumen vor dem Haus so schön und überlege ernsthaft Gärtner zu werden«, schwindelte er die zwei Frauen an. Fragend schauten sie sich gegenseitig ins Gesicht. Mary zuckte mit den Schultern. »Der Junge will Gärtner werden? Ich fasse es nicht«, sprach Mary leise zu sich selbst, während sie das Geschirr in der Küche wegräumte. Alles in allem gab es wieder viel Spaß mit Ava und Mary im Haus. Ava hatte unterdessen ihren Roman immer noch nicht beenden können. Obwohl sie sich das so fest vorgenommen hatte, fand sie keinen Abschluss für ihr Werk. Der richtige Zeitpunkt, sich zu öffnen und zu offenbaren, war immer noch nicht gegeben für die schon achtzigjährige Frau. Alle Romane von ihr waren bisher immer gleich ausgearbeitet. Gleiche Figuren, gleiche Handlungsstränge, gleiches Ende. Ihre Hemmung, die Aufarbeitung ihrer persönlichen Geschichte in diesem Roman aufzuschreiben, war bisher einfach zu groß. Jeden Tag saß sie in ihrem Büro und versuchte, einen anderen Abschluss hinzubekommen, doch es gelang ihr nicht. Sie verfiel in alte Schreibmuster. Wenn sie eines in ihrem Leben war, dann mutig. Aber anscheinend nicht mutig genug, um sich der Welt zu zeigen. Ihr persönliches Schicksal lag immer noch wie ein Geheimnis tief in ihr und sollte noch nicht ausgegraben werden.

Am nächsten Tag gab es wieder *buntes Treiben* bei Ava im Haus. Einige Frauen aus der Stadt hatten Hilfsgüter für die Bedürftigen aus der Umgebung zusammengestellt. Mühevoll packten sie alles gemeinsam in Kartons. Die Ehrenamtlichen der Hilfsorganisation kannten sich schon lange, doch allzu Privates und Intimes blieben bisher fern. Ava stellte immer dann ihr großes Haus für diesen Zweck zur Verfügung, wenn die Räume der Hilfsorganisation belegt waren. Dankend nahmen die Ehrenamtlichen Avas Räume an. Das Wohnzimmer, der gesamte Flur und Teile von der Küche standen voller Kartons, Lebensmittel und Hygieneartikel für die Bedürftigen auf der Straße. Und weil die Damen so gut waren, backte Mary schon drei Tage zuvor ihre *weltberühmten* Kekse. Diese sollten liebevoll in kleine Tüten verpackt werden und jedem Bedürftigen auf der Straße zukommen. Für manche Leute da draußen war es das *Highlight* von Ava und Mary beliefert zu werden. Solche netten Gesten hatten sie sonst von niemanden erfahren. Es gab immer was zu tun bei ihnen und das war gut so. Benjamin, der Neffe von Mary, kam ebenfalls zum Helfen vorbei. Seine Eltern waren auch nicht die wohlhabendsten unter der Sonne Mississippis und trotzdem hatte er von Ava und Tante Mary gelernt, immer Gutes zu tun, denn dann sollte dir ebenfalls Gutes widerfahren. Diese Weisheit hatte seine Tante ihm schon als Kind nähergebracht: »Wenn du anderen hilfst und damit Gutes tust, dann seist du gelobt und kommst in den Himmel. Es soll dir auch das Beste im Leben passieren, was es für dich gibt.« *Und wer will schließlich nicht auch das Beste für sein Leben?* Benji gab immer vollen Einsatz bei jeder ehrenamtlichen Aktion. Er war jung, voller Elan und mit viel Power gesegnet. Dies trug ihn weitestgehend ohne große Sorgen durch sein Leben. Dass es anders kommen würde, wusste er bis jetzt noch nicht.

Während die Frauen die Kartons mit viel Liebe packten, umgab sich ein *Hauch von Soul und Gospel* in ihre Herzen. Miss Simpson erhob die Stimme und begann einen Gospel-Song einzustimmen. Die anderen Frauen stiegen nacheinander in das Lied mit ein. Ihre kräftigen Stimmen brachten fast Avas Küchengeschirr zum Platzen. Benjamin bekam auf Anhieb Gänsehaut, dies war ein Grund für ihn, warum er an diesem Platz; an diesem heiligen Ort vollkommen richtig war. Alle Personen halfen gemeinsam und machten sich eine gute Zeit mit himmlischem Gesang und leckeren Plätzchen. »Hey, die Kekse sind für die Bedürftigen. Nicht alle aufessen!«, schimpfte Mary energisch. Alle lachten, denn wer sich für andere einsetzt, der dürfe sich schließlich auch hin und wieder mal belohnen. Zwischen "Precious Lord" und

"Oh happy Day" wurde genascht und gelacht. Die Einzige, die leider nicht so gut singen konnte, war die Gastgeberin selbst. »Ava, du kannst ja fast alles, aber singen wie wir Schwarzen kannst du nicht«, grinste ihre beste Freundin Mary mit dem Gewissen, dass diese Tatsache Ava nichts ausmachte. »Ava hat ein schwarzes Herz, nur ihre Stimme wollte nicht mitsingen«, scherzte Miss Simpson. Ava nahm die Damen in den Arm. »Entschuldigen Sie Miss Mary. Ich möchte Ihnen mit dieser Frage nicht zu nahetreten, doch warum haben Sie bisher nicht geheiratet und Kinder bekommen?« Auf einmal wurde es still und alle Augen richteten sich auf Mary. Doch da sie gelernt hatte, auf schwierige Fragen gekonnt zu antworten, waren die nächsten Sätze kein Problem für sie. Und außerdem war sie stets für ihr großes Mundwerk bekannt. »Na ja, wisst, ihr … Ava ist meine Familie. Ich fühle mich hier sehr wohl. Und natürlich habe ich meine Schwester, ihren Mann und meinen Neffen Benji. Die alle sind meine Familie. Mehr brauche ich nicht.«

Die Antwort erschien für alle Anwesenden authentisch und verlangte daher keine weiteren Fragen. Selbst die neugierigste unter ihnen, Miss Green, hatte keine Anmerkung oder Stichelei hinzuzufügen. Es war alles klar; für jeden in diesem Raum und Mary hatte sich nicht verstellt, sondern ehrlich und aufrichtig geantwortet. »Wir leben im Hier und Jetzt. Ich kann alles selbst entscheiden und darauf bin ich mächtig stolz«, fügte die fleißige Haushälterin noch hinzu und stopfte damit jedem seinen Mund. Die Freiheit, so zu denken und zu handeln, hätten gerne einige Frauen unter ihnen selbst für ihr Leben gehabt. Doch Heirat, Haushalt, Kinder bekommen und Arbeit war für viele zum tristen Alltag geworden. Mary war weder wohlhabend noch verheiratet, hatte weder Kinder, noch war sie Führungskraft in einem Unternehmen. Sie war seit geraumer Zeit die schwarze Haushälterin einer weißen, reichen Frau, die als Schriftstellerin erfolgreich arbeitete. So hatten sie alle gesehen: Mary mit großer Klappe, ließ sich nie unterkriegen und stand für ihre Meinung ein. Trotzdem war sie die Angestellte einer weißen Frau. Und abends fuhr sie dann zurück in ihre Gegend, um in ihre kleine Wohnung einzukehren. Ja, das dachten sie alle. Umso schöner und teilweise unvorstellbar für die anderen waren jene Antwort, die Mary schlagfertig, aber bedacht auswählte. Denn in Wahrheit konnte jeder sehen, dass Mary und Ava über die Jahre hinweg Freundinnen wurden, sogar beste Freundinnen. Ava lebte zurückgezogen, war verschwiegen und ließ niemanden direkt an sich ran. Doch Mary konnte das Eis nach all der Zeit brechen. Man sah und hörte die beiden lachen, dies zog auch die anderen Leute an und natürlich Neffe Benji. Es war klar, Mary wollte gar nicht verheiratet sein und Kinder haben. Sie war so glücklich wie sie lebte und wollte dies auch nicht tauschen. Sie fühlte sich wohl. Unter den ehrenamtlichen Frauen gab es auch mal Neid und Eifersucht, aber nicht in diesem Fall. Mary wurde von allen gemocht und zurzeit sogar hoch angesehen, denn sie lebte *die wahrhaftige Freiheit*. Und das, obwohl sie für jemand anderen die dreckige Wäsche sauber machte. Dies alles konnte ihren Wert als Mensch nie etwas anhaben. Solche Einstellung verinnerlichte und verkörperte sie gekonnt. Jahr um Jahr, Tag für Tag. Alles, was sie tat, tat sie mit aufrechtem Gang und hochgehaltenem Kopf. Ihre Meinung und Einstellung imponierte den anderen Frauen. Eine Vierzigjährige, die sich bewusst gegen Heirat und Kinder entschied, war immer noch was ganz Besonderes, trotz aller weiblicher Emanzipation. Doch sie machte sich frei von dem, was man tun musste, in der heutigen Welt. »Ich entscheide selbst und das ist gut so«, mehr fügte sie nicht hinzu. Damit war alles gesagt. Und obwohl sie und Ava total unterschiedlich aussahen, lebten und arbeiteten, hatten sie mehr gemeinsamen als alle anderen vermuteten. Beide Frauen lebten eigenständig und selbstbestimmt, ohne Mann und Kinder und hatten beide auf ihre Art und Weise das Selbstbewusstsein entdeckt, für sich klarzukommen. Sie wurden nicht zur Zielscheibe der anderen erklärt, sondern bekamen es gut hin, dass ihr Haus fast täglich von Besuchern heimgesucht wurde. Diesen Zustand genossen die beiden Frauen sichtlich. Am Abend, als alle Kartons in einen Lkw verladen und zum Austeilen von der anderen Gruppe der Ehrenamtlichen unter den Menschen verteilt wurden, leerte sich Avas Haus allmählich. Mary zog sich ihre Jacke drüber, nahm ihre Tasche und wollte gerade nach Hause aufbrechen, da nahm Ava sie in den Arm und drückte sie fest. Sie sah ihr tief in die Augen und flüsterte ihre leise zu: »Du bist auch meine Familie.« Mit Tränen in den Augen verließ Mary dankend das Haus. Diese freundschaftliche Erklärung hatte sie trotz der guten Beziehung nicht erwartet. Glücklich und lebensfroh ging sie aus dem Haus und sollte nie wiederkehren …

Der nach Hause Weg gestaltete sich an diesem Abend schwierig. Es war mittlerweile dunkel geworden. Allzu lange hatten die Frauen mit ihrer wohltätigen Arbeit verbracht. Miss Simpson bot Mary an, sie mit dem Auto nach Hause zu nehmen. Doch stolz, wie sie war, wollte sie weiterhin den Bus nehmen. Schließlich konnte sie sich da draußen auf den Straßen gut durchsetzen. An diesem Abend fuhren einige Autos besonders wild und aggressiv. ›Immer diese Autorennen. Können die das nicht einfach mal sein lassen?‹ Mary regte sich innerlich auf. Immer mehr Autos drängten sich im Feierabendverkehr auf den Straßen von Mississippi. Einer schneller als der andere. Es wurde gerast und gehupt. Einige Fahrer wollten ihre Schnelligkeit und Coolness unter Beweis stellen und fuhren zu schnell. Jeder wusste, dass solch eine Raserei verboten war und trotzdem hielten sich einige

Männer nicht daran. ›Mensch, dass diese Burschen immer ihr Revier verteidigen müssen, nervig und das am wohlverdienten Feierabend‹, dachte sich Mary. Eine Sekunde lang nicht hingeguckt, wäre ein Sportflitzer beim Rasen fast von der Straße abgekommen und auf dem Gehweg gelandet. »Hey pass doch auf«, schrie Mary ganz lauthals aus ihrer Kehle. Total erschrocken sprang sie zur Seite und musste erst mal einige Sekunden am Gehweg-Rand stehen bleiben, bevor sie dann weiter zur Bushaltestelle ging. Das Sportauto war schon wieder längst weggefahren und der Verkehr ging nahtlos weiter, sodass keiner Notiz von diesem Vorfall nahm. Eine *Kleinigkeit* nannten die Leute so was unter den Rasern. Die sonst so gut gelaunte Mary fühlte sich auf einmal unwohl. Sie wollte einfach nur noch schnell nach Hause und ihren restlichen Abend genießen. Vielleicht wollte sie sich nachher ein heißes Bad einlassen und danach ihre Lieblings-Koch-Sendung im TV anschauen? Das klang gut und sie beschloss darum, das gleich zu Hause zu machen. Weil sie so lange bei Ava im Haus geholfen hatte, war sie spät dran. Sie wusste, dass ihr Bus jeden Moment kommen könnte und ihr vor der Nase wegfahren würde. Also war Beeilung angesagt, denn sie hatte keine Lust auf den nächsten Bus zu warten. Doch das Schicksal meinte es nicht gut mit ihr. Der Bus fuhr zur Bushaltestelle, öffnete die Türe, Menschen stiegen aus und andere wieder ein. Noch auf der anderen Straßenseite sagte Mary laut zu sich selbst: »Oh nein. Nimm mich mit. Ich komme!« Sie dachte, der Bus würde ohne sie abfahren, deshalb lief sie unbedacht auf die viel befahrene Straße. Es kam, wie es kommen musste. Ein Auto, das nicht mehr so schnell bremsen konnte, fuhr geradewegs auf Mary zu. Ein Bruchteil von Sekunde bemerkte sie, dass ein Auto auf sie zufährt. Voller Panik fing sie an zu schreien. Es war zu spät, das Auto konnte nicht mehr anhalten und fuhr mit einem lauten Knall in sie hinein.

5.

Die Welt stand für einen Moment still. Der Autofahrer stieg so schnell er konnte aus seinem Auto aus und ging unter Schock auf die unbekannte Frau zu. Mary lag blutüberströmt und regungslos auf der Straße. Der Fahrer war außer sich und begann feste zu weinen; er war im Ausnahmezustand. Verantwortlich versuchte er die angefahrene Frau zu reanimieren. Einige Passanten kamen zur Hilfe und setzten einen Notruf ab. Die anderen Autos auf der Straße blieben ebenfalls stehen. Einige starrten nur. Andere wiederum blieben in ihren Autos sitzen und warteten, bis die Straße wieder befahrbar wurde. Nur ein Bruchteil der Menschen begaben sich zum Unfallort, um Erste-Hilfe zu leisten. Der Unfallverursacher versuchte die Blutung zu stoppen, redete auf Mary ein und begab sich an die Herz-Druck-Massage. Er selbst war von Marys Blut überströmt, die Angst stand ihm im Gesicht sowie die Tränen seine Wangen hinunterliefen. Es tat ihm unglaublich leid. »Oh mein Gott, oh mein Gott, bitte bleib am Leben!«, schrie er Mary ganz laut an. Er wurde hastiger und bewegte sich immer schneller. Eine Frau löste ihn ab und versuchte ihr möglichst Bestes zu geben. Der Mann stand wie gelähmt und apathisch daneben. Der Albtraum eines jeden Fahrers hatte sich für ihn in Realität verwandelt. Die Polizei kam zum Ort des Geschehens und ein

Krankenwagen war kurze Zeit später auch anwesend. Kanülen, Spritzen, Tupfer und ein Defibrillator kamen zum Einsatz. Die Notfallärzte arbeiteten zügig und hoch konzentriert. Das ganze Fachpersonal gab sein Bestes, um Mary am Leben zu halten. Sollte es ihnen gelingen? Es stand noch alles offen. Der Unfallverursacher sagte immer wieder: »Es tut mir so leid. Ich habe das nicht gewollt. Sie stand auf einmal auf der Straße.« Dabei weinte er bitterlich. Mehr konnte er nicht sagen, er wiederholte mehrfach, dass es ihm leidtat. »Sie muss dringend ins Krankenhaus«, rief ein Sanitäter dem anderen zu. Und dann ging alles ganz zügig. Mary, die sich nicht mehr bewegte, nichts sagte und deren Augen schon halb zu standen, bekam von all dem nicht mehr viel mit. Sie wurde mit der Transportliege in den Krankenwagen geschoben, befestigt und an die lebensrettenden Geräte angeschlossen. Der Wagen fuhr mit Einsatzlicht ab und der Fahrer, der Mary angefahren hatte, wurde am Unfallort noch seelisch betreut.

Im Krankenhaus angekommen kämpfte Mary um ihr Leben. Und da sie zeitlebens immer eine Kämpfernatur war, versuchte ihr Körper gegen die schweren Verletzungen und die Schäden, die der Unfall verursachte, anzugehen. Im OP kamen noch mehr Ärzte und Assistenten zusammen, um der Verletzten das Leben zu retten. Die Helfer, die solche Fälle tagtäglich behandeln mussten, waren zum Glück nicht emotional mit der Patientin verbunden. Sie konzentrierten sich darauf, eine unbekannte Person am Leben zu halten. Eine ganze Zeit lang wollte keiner aufgeben, und erst recht nicht die *starke* Mary. Nur manchmal spielte eine höhere Macht die bedeutendere Rolle im Schicksal eines Menschen. Während Mary da lag, mochte ihr Geist sich von ihr verabschieden und stieg langsam unsichtbar in den Himmel empor. Die Nacht war mittlerweile angebrochen. Es war merkwürdig ruhig im OP-Saal. Eine Stunde später, mitten in der Nacht, klingelte bei Ava das Telefon. Unwissend ging sie an den Apparat …

»Ich verstehe. Dennoch kann ich es nicht glauben. Sie war doch vor ein paar Stunden noch hier. Wir hören uns. Danke für den Anruf«, antwortete Ava einer Person am Telefon. Die Schriftstellerin lag den Hörer auf und brach stillschweigend in Tränen aus. Sie fasste sich an ihr Herz und begann vom Stillschweigen hinzuschreien. Sie schrie so laut, wie es nur der tiefste Schmerz auslösen konnte. Die andere Person am Telefon war die Schwester von Mary, die ihr mitteilte, dass eben diese gerade im Krankenhaus verstorben war. Und sie berichtete, wie es dazu kam. Dass Mary beim Überqueren der Straße von einem Auto angefahren wurde und dass es leider nicht für Mary gereicht hatte. In ihrem gelben Morgenmantel lehnte sich Ava gegen die Wand und sackte nach unten. Auf dem Boden sitzend fragte sie sich: »Warum? Warum Mary? Warum verlässt mich schon wieder ein Mensch, den ich liebe?« Bis zum nächsten Morgen saß sie in ihrem gelben Morgenmantel auf dem kalten Boden und ließ eine Kerze für ihre beste Freundin leuchten. Tiefer Schmerz und Trauer kehrten in die Herzen von Marys Familie und ihrer besten Freundin Ava ein. Mary besaß nicht viele enge Kontakte, aber diese geringe Anzahl an Personen liebte Mary umso mehr.

Der Versuch, Marys Leben zu retten, war im Krankenhaus fehlgeschlagen. Nach einer kurzen Ruhepause für alle Ärzte und Assistenten ging die eigentliche Arbeit jetzt erst richtig los. Mary war ein guter Mensch und wollte sogar nach ihrem Tod weiterhin Gutes für die Menschheit tun. Vor Jahren entschied sie sich, falls sie je frühzeitig versterben sollte, dürften ihre Organe dem medizinischen Dienst zur Verfügung stehen. Sie machte ein Kreuz bei *Organspende* und bot somit einem anderen Menschen ihre gesunden Organe an. Ihren *Organspende-Ausweis* trug sie immer in ihrem Portemonnaie bei sich, genau wie ihre anderen wichtigen Dokumente sowie ein wenig Kleingeld. Ihre Schwester wusste, dass Mary sich für diesen Weg entschieden hatte. Ihr war nur wichtig, dass Mary eine ehrenvolle Beerdigung erwarten könne. Das Krankenhauspersonal und der leitende Arzt trugen alle wichtigen medizinischen Informationen über Mary zusammen in die Datenbank ein und speicherten diese. Die Bearbeitungszeit betrug mehrere Stunden und setzte hohe Konzentration voraus. Die Ärzte gingen mit den Daten sehr sensibel um, denn es handelte sich hier schließlich um eine erst kürzlich verstorbene. Mary war im mittleren Alter und sie war stets gesund, darum sollte es nicht schwierig sein, einen Empfänger oder eine Empfängerin für Marys Organe zu finden. Während der leitende Arzt die Informationen in die Datenbank eintrug, wurde die Verstorbene von oben bis unten durchgecheckt und genauestens untersucht. Dieser Prozess nahm viel Zeit in Anspruch. Durch den Unfall waren einige innere Organe der noch so jungen Frau beschädigt worden. Doch ein Organ wollte weiterleben und kämpfte bis zum Schluss unerschütterlich. Ihr Herz war trotz aller Widrigkeiten stabil und wäre bereit, in einem anderen Menschen verpflanzt zu werden. Mary war Hirntod, dennoch hatte sie ein gesundes Herz, dies ergab sich in folgenden Untersuchungen. Glück im Unglück schien dies zu sein. Das noch lebende Herz war wie ein *Geschenk* oder eine Art *Leihgabe.* Ihr Herz wollte weiter machen. Und sei es nur, um in einem anderen Menschen weiterzuleben.

Marys Schwester, ihr Mann und Sohn Benji waren mittlerweile im Krankenhaus angekommen. Völlig übermüdet, in Trauer und voller Adrenalin wollten sie Mary nach ihrem schweren tödlichen Unfall sehen. Besonders Benjamin litt enorm unter dem Verlust seiner geliebten Tante. Wie würde es weitergehen? Die Besuche bei ihr und Ava gaben dem jungen Mann inneren Frieden und Ruhe. Er fühlte sich dort immer wohl und konnte viel von beiden Frauen lernen. Außerdem ging es in dem viel besuchten Haus lebhaft und lustig zu. Ein Kontrastprogramm zu einigen anderen Bezirken in Mississippi. Wie wäre das Haus von Ava ohne die beste Haushälterin im ganzen Staat Mississippi? Wie wäre es niemals mehr Marys Lachen und ihre kessen Sprüche hören zu können? Wäre er bei Ava jetzt noch willkommen, wo seine Tante doch nicht mehr lebte? Benjamin fühlte sich in seinem ganzen Leben noch nie so schlecht, am liebsten wäre er zusammen mit seiner Tante gestorben. Die Liebe seiner Eltern und die Lust zu leben, hielten ihn dazu an, weiterzumachen. ›Ich werde für dich Tante Mary hier auf der Erde versuchen, in deinem Sinne weiterzuleben‹, sprach Benji in Gedanken zu seiner schmerzhaft vermissten Tante. Dann durften sie endlich zu ihr. Der Arzt unterbrach seine Untersuchungen und verließ den Raum. Langsamen Schrittes und sehr zögerlich gingen sie auf Mary zu. Benjis Mutter fasste sich an den Mund, um damit einen Aufschrei von Wut und Fassungslosigkeit zu verhindern. Ihr Mann stand währenddessen an ihrer Seite. Benjamin liefen dicke, große *Kullertränen* über seine Wangen. Erst traute er sich nicht, sie anzuschauen, und erhielt den Rat von seinem Vater, dass er es auch nicht müsse. Doch er musste sie anschauen, er wollte sehen, wie sie nach dem Unfall aussah und ob man es ihr ansehen würde? Mary lag wie ein Engel da. Benji ging die Vorstellung durch den Kopf, wie sich der Unfall wohl zugetragen hatte? Seiner Tante wurde wehgetan und dieser Gedanke war für Benjamin unerträglich. Vom ganzen Krankenhauspersonal bekam die Familie Beileid zugesprochen. Nachdem sie Mary noch einmal gesehen hatten, mussten sie zur Polizeiwache fahren, um den Bericht vom Unfallhergang erläutert zu bekommen. Sie machten sich nach dem Polizeibericht unglaubliche Vorwürfe, warum keiner von ihnen Mary nach dem langen Arbeitstag und der ehrenamtlichen Tätigkeit mit dem Auto nach Hause fuhr. Doch dafür war es jetzt zu spät. Die Vorwürfe sollten Vorwürfe bleiben und sie wussten auch, dass Mary keine Hilfe wollte. Eigenständig und selbstbestimmt zu sein, war ihr Lebensmotto. Jegliche Hilfe lehnte sie ab, auch an diesem Abend. Dieser Abend, der ihr Leben auslöschen sollte. Der Fahrer, der den Unfall verursachte, war ebenfalls auf der Polizeistation. Selten hatten sie einen Mann so verzweifelt um Vergebung bitten sehen. Sie wussten, Mary hätte ihm verziehen und deshalb wollten sie ihm auch verzeihen. Hass würde sie auch nicht zurückholen, da waren sich alle in der Familie einig. Benjamins Eltern waren sehr gläubig. Der Glaube begleitete sie durch ihr ganzes Leben. »Du sollst vergeben«, heißt es in einem Vers aus der Bibel. Daran wollte sich die Familie halten und vergab dem Unfallverursacher, der es kaum fassen konnte, so viel Verständnis zu erhalten. Er hatte mit Hass und Gewalt in seine Richtung gerechnet, doch nichts davon trat ein. Ein Entschuldigungsschreiben gab er Marys Schwester in die Hand, bevor er sich verabschiedete und durch den von Neonröhren belichteten Gang die Polizeiwache verließ.

Nachdem sie ein letztes Mal den Blick auf das Unfallfoto ihrer Schwester, Schwägerin und Tante richteten, verließen auch sie das Polizei-Präsidium. Am nächsten Tag führte der Weg sie in Richtung Avas Haus. Dort eingetroffen war es immer noch dasselbe Gebäude, doch nichts war wie vorher, einfach nichts. Die Sonne strahlte vom Himmel, so als wäre gestern nichts geschehen. Das Haus glänzte wie eh und je in weißer Pracht und die Blumen am Eingang leuchteten um die Wette. Für Benjamin war das Haus der besten Freundin seiner Tante nicht mehr dasselbe. ›Wie kann denn heute bloß die Sonne scheinen und alles seinen gewohnten Gang gehen, während ich vor Schmerzen die Welt nicht mehr verstehe?‹ Benjamin mochte nicht einmal das Haus betreten und in all diese Gesichter sehen, die ihn scheinbar nicht verstehen würden. »Nun komm doch rein. Wir warten auf dich«, Benjis Mutter wartete am Eingang. Dann gab er sich einen *Ruck* und begann mit der ersten Stufe. Jede Stufe zum Haus empor wurde schmerzhafter für den fünfundzwanzigjährigen jungen Mann. Drinnen angekommen, traute er sich nicht, Ava in die Augen zu schauen, denn er wollte nicht wahrhaben, dass dieser Blick bedeuten würde, dass sie einen geliebten Menschen verloren hatten. Er wollte es verdrängen und nicht wahrhaben, doch Ava kam ihm zuvor. Schnurstracks ging sie auf ihn zu und umarmte ihn. Ohne was zu sagen, verweilte sie in der Haltung einige Sekunden, bevor sie wieder von Benjamin losließ. Die Zuwendung tat ihm gut, das Schweigen war wie ein ausgesprochenes Zeichen des Mitgefühls. Viele Nachbarn, Freunde, Kirchenmitglieder und die ehrenamtlichen der Hilfsaktion saßen im Wohnzimmer von Avas Haus und teilten ihr Mitleid der Familie mit. Keiner von ihnen konnte es fassen. Hatten sie nicht gestern noch mit Ava zusammen Kartons gepackt, gesungen und erzählt? Es war ein Albtraum, den keiner für möglich hielt. In schwarzer Kleidung widmeten sie Mary eine Erinnerungsrunde. Ava legte ein großes Schwarz-Weißfoto ihrer besten Freundin in einem weißen Rahmen und zündete rundherum Kerzen an. Jenes Foto hatte nicht sie, sondern Benji vor langer Zeit *geschossen*. Die Schönheit Marys war in jedem Millimeter des Bildes zu erkennen. Und wenn man es genau betrachtete, hatte die Bedeutung von diesem Schwarz-Weißfoto eine doppelte Geschichte zu erzählen. Die besten Freundinnen waren unterschiedlich in ihren Hautfarben, und doch vereinte sie eine tiefe Verbundenheit ewiger Freundschaft.

Die Menge verhielt sich still, bis der Pastor ein Gebet sprach und sie anschließend gemeinsam Gospel sangen. Es wurde viel Positives über Mary erzählt und jeder der Anwesenden hatte eine Anekdote hinzuzufügen. Der Einzige, der nichts sagen wollte, weil er nicht konnte, war Benjamin. Seine Eltern wichen ihm nicht von der Seite. Ava und Benji schauten sich immer wieder in die trostlosen Augen, so als ob ihre Seelen miteinander verbunden wären. Abends zu Hause machte Benjamin kein Auge zu. Er blieb wach, starrte an die Decke und fragte sich, ob seine Tante es nun gut im Himmel hat? Und er stellte sich ständig die *Warum-Frage?* »Versuche zu schlafen, sonst wirst du verrückt. Sie hätte nicht gewollt, dass du dich so quälst«, seine Mutter versuchte beruhigend auf ihn einzureden. Irgendwann schlief Benji dann endlich ein.

Im Krankenhaus entschied man sich derweil, Marys gesundes Herz einer Transplantation zur Verfügung zu stellen. Der leitende Arzt war unerschütterlich, nach einer langen Schicht weiterzumachen, um nach einem passenden Empfänger für Marys Herz in der Datenbank zu suchen. Die medizinischen Informationen über die viel zu früh Verstorbene mussten mit jeglichen genetischen, medizinischen Informationen wie zum Beispiel die Blutwerte des Empfängers übereinstimmen. Da viele Menschen in den gesamten USA Spender-Organe benötigten, wurde der Oberarzt schnell fündig. Die Pfleger bereiteten den OP vor, damit die Ärzte schnellstens loslegen konnten. Hier ging es um Minuten; Wichtiger um Leben und Tod. Die Zeit durfte nicht vergeudet werden. Mehrere Ärzte traten für diese wichtige Operation an. Dies sollte die *letzte*

Operation an Marys leblosem Körper sein, bevor sie beerdigt werden konnte. Ihr Herz wurde in einer langen, komplizierten Operation entnommen. Sauber, ordentlich und hoch konzentriert verlief die Entnahme des Organs erfolgreich und sollte nun seinen langen Weg in den nächstgelegenen Bundesstaat antreten.

6.

Eine Stunde zuvor in Louisiana, USA

»Der Sechser im Lotto«, sagte ein Arzt zum anderen, während er sich vom Stuhl erhob. »Ich nehme Kontakt zu Mississippi auf und kläre, wie schnell es hier sein kann.« Nach der Absprache unter den Kollegen wurden alle nötigen Vorbereitungen für die Organtransplantation im OP getroffen. Isabella, die kaum mehr Kraft hatte, um aufzustehen, spürte, dass sich die immer näherkommenden Bewegungen auf dem Flur in Richtung ihres Zimmers bewegten. Und sie merkte, dass sich in ihr ein Gefühl auftat, sobald gleich die Türe aufging, es dieses Mal nicht zu hören gab, dass die Ärzte immer noch kein passendes Herz für sie gefunden hatten. Es dauerte, bis die Türe aufging.   »Bitte sag mir was Positives. Bitte, bitte, bitte«, Isabella schöpfte aus der Kraft ihrer Selbstgespräche. Sie starrte nur noch in Richtung Türe. »Na mach schon. Tür geh auf«, sagte sie sich leise selbst. Sie hörte den Arzt vor der Türe sprechen, es dauerte eine Minute, bis er tatsächlich die Tür ganz öffnete und hineintrat. »Einen wunderschönen guten Tag Isabella. Deine Eltern sind noch nicht da? Wir hatten sie angerufen, dass sie kommen sollen. Dann komme ich gleich noch mal wieder«, so schnell er kam, so schnell ging der behandelnde Arzt wieder weg. ›Was sollte das bedeuten? Einen *wunderschönen guten Tag* mit einem Strahlen im Gesicht zu wünschen und dann sollen meine Eltern auch noch kommen, obwohl sie doch jeden Tag hier sind‹, die junge Patientin verstand nicht, doch hatte ihre Intuition sie nicht im Stich gelassen. Sie spürte, bevor der Arzt hereinkam, dass es dieses Mal eine gute Nachricht für Sie geben würde. Woher kam nur dieses Gespür? Isabella wurde es langsam unheimlich. Erst das Gefühl, welches nicht verschwinden wollte, dass ihr Herz jemanden vermisste und daraufhin ihre Großmutter erneut zum Thema wurde. Dann der Krankenhausaufenthalt, bei dem sie fast gestorben wäre, das endlose Warten auf ein Spenderherz und nun spürte sie anhand der Schritte auf dem Flur, dass etwas Gutes kommen würde. Was hatte das alles zu bedeuten? So schnell wie ihre Eltern im Krankenhaus ankamen, so zügig waren sie noch nie da gewesen. ›Können die fliegen?‹ Isa war fassungslos und erstaunt. Die ganze Aufregung machte sich in ihr bemerkbar. Sie fühlte in ihrem Herzen, dass gerade alles zu viel wurde. Am liebsten wollte sie schlafen. Sie entschied sich aber dafür wach zu bleiben. Schließlich spürte sie, dass man ihr und ihren Eltern etwas zu sagen hatte. Fanden die Ärzte endlich ein passendes Herz für sie? Was sie nicht wusste, ihr *neues Herz* sollte schon auf dem Weg zu ihr sein. Und nicht irgendein Herz, sondern ein ganz Besonderes. Die Bedeutsamkeit des Spenderherzens war ihr bewusst. Als sie so lange warten musste und ihr klargemacht wurde, dass dies ihre letzte Hoffnung sei, war sie dankbar um jeden Tag, den sie noch leben durfte und sei es, wenn auch nur im Krankenhaus. Lieber wäre sie zu Hause in ihrem Zimmer gewesen und hätte ausgiebig mit Katy über dessen Kommilitonen gelästert. Das alles ließ sie den Augenblick zu schätzen lernen. *Augenblicke kommen und gehen, nichts ist für die Ewigkeit. Die persönlich schönsten Augenblicke sind die wertvollsten im Leben.*

Dann kamen ihre Eltern ins Zimmer hineingestürmt und schauten erwartungsvoll in die Augen ihrer Tochter. Annabelle und Thomas wirkten gelöst, so als könne ihnen heute niemand etwas anhaben. Was das alles bedeuten würde? »Dad, du musst doch arbeiten oder warum bist du auch hier?« Isabella schaute ihren Vater fragend an. »Diesen Moment möchte ich nicht verpassen«, sagte er klar und deutlich. Isa wurde immer nervöser. ›Was war denn heute anders als gestern und warum dieser Aufstand?‹, wollte sie wissen. Annabelle sagte nicht viel, Isabella merkte, dass etwas im *Busch* war. Alle um sie herum verhielten sich komisch. Genauso wie ihr Bauchgefühl, dass gerade *Achterbahn* zu fahren drohte. »Heute ist der Tag, auf den wir so lange gewartet haben. Mal schauen, was Genaues uns die Ärzte gleich sagen werden«, fügte Thomas hinzu. Und dann war es endlich so weit. Zwei der behandelnden Ärzte kamen gut gelaunt und frohen Mutes in Isabella Krankenzimmer hinein. »Für den einen ist es Schatten, für den anderen ist es Licht«, der Arzt begann zu philosophieren und schweifte aus. Dann fuhr er weiter fort: »Es muss ein Mensch sterben, damit ein anderer weiterleben kann.« Die bittere Wahrheit wurde Isabella und ihren Eltern auf dem Silbertablett serviert. So ein Vorgang konnte man auch nicht schönreden, jedenfalls nicht für Isabella. Sie hoffte natürlich immer, ein Spender-Organ zu finden und somit ein noch gesundes Herz von einem toten Menschen in ihren Körper verpflanzt zu bekommen. Weder den Menschen kannte sie noch seine Lebensgeschichte oder warum diese Person verstorben war? Während des langen Wartens gab es eine Periode schlechten Gewissens. Jemand musste sterben, damit sie weiterleben konnte. Isa quälte dieser Gedanke. ›Das ist so egoistisch von mir. Wenn es ein Spenderherz für mich gibt, kann ich es doch unmöglich annehmen. Jemand ist gestorben und ich werde dann sein Herz weitertragen? Irgendwie fühle ich mich dann mitschuldig und verantwortlich für dessen Tod‹, die junge Patientin dachte einfach viel zu viel im negativen Sinne nach. Das selbst ihre beste Freundin Katy in letzter Zeit oft sagte, dass Isabella Abstand von diesen unerträglichen Selbstvorwürfen nehmen solle. Ansonsten würde ihr Körper das neu verpflanzte Herz abstoßen und ihr Genesungsprozess zöge sich unnötig in die Länge. Isabella träumte weiter.

Unterdessen hielt die philosophische Rede des Arztes weiter an, wovon selbst ihre Eltern versuchen mussten, nicht einzuschlafen. Einerseits freute sich die Zwanzigjährige, die aufgrund ihrer chronischen Herzmuskelentzündung kaum mehr eine Lebenschance behielt, ohne ein passendes Spenderherz. Andererseits bekam sie durch die Herztransplantation ein so schlechtes Gewissen mit sich selbst, dass sie im Grunde von dem behandelnden Arzt nicht hören wollte, dass die lebensnotwendige Operation endlich stattfinden sollte. Sie nahm alles wie in Zeitlupe wahr und ignorierte die Worte des Arztes. Ihre Eltern saßen immer noch aufgeregt da und hielten die Hand ihrer Tochter, dies bekam sie nur aus dem Augenwinkel mit. Sie blendete alles um sich herum aus und konzentrierte sich nur noch auf sich selbst. Einen Moment später merkte sie einen Ruck, das Bett wackelte. Und wieder nahm sie alles in Zeitlupe wahr. Ihre Eltern sprangen beide vor Freude in die Luft, streckten die Arme nach oben und umarmten beide Ärzte. Thomas, der Vater der todkranken jungen Frau, hatte die Tränen in den Augen stehen, es war ihm nicht unangenehm und er wischte sie auch nicht mit einem Taschentuch weg. Dann umarmten ihre Eltern sie voller Freude. Erst ab diesem Zeitpunkt öffnete Isabella ihr Gehör allmählich wieder. Es musste eine gute Nachricht gewesen sein, denn alle Anwesenden in diesem Raum, außer sie selbst, freuten sich enorm. »Kind, das ist doch wunderbar. Nach so langem Warten nun endlich …«, ihre Mutter schien völlig aus dem Häuschen zu sein. Es wurde hastig und durcheinander gesprochen und immer wieder hörte sie *herzlichen Glückwunsch* in ihre Richtung. Isa ging davon aus, dass der philosophierende Arzt seine emotionale Rede beendete, nachdem der andere Arzt ihn höchstwahrscheinlich verwirrend anstupste, er solle mal zum Ende kommen, um final sagen zu können: »Hurra, ein Spender wurde gefunden und du kannst operiert werden.« Das hätte man auch schneller haben können, laut Isabellas Auffassung. Die beiden Ärzte schüttelten ihr die Hand und wiederholten ihre Glückwünsche, bevor sie das Krankenzimmer wieder verließen. »Das ist doch großartig. Du hast ein zweites Leben geschenkt bekommen und ich bin so dankbar. Wie geht es dir mit der Nachricht?«, fragte Thomas seine Tochter. ›Wie es mir geht? Ich freue mich, habe aber eine Riesenangst, sodass ich die OP am liebsten nicht antreten möchte und außerdem musste für mich jemand sein Leben hergeben, nur damit ich weiterleben darf. Das ist ungerecht!‹ Ihre Gedanken wollte Isabella am liebsten laut hinausschreien, damit es auch jeder hörte, doch sie entschied sich für diese Variante: »Super. Ich freue mich und kann es kaum erwarten«, während sie heimlich die Finger übereinander kreuzte. »Meine Gebete sind erhört worden. Gott, ich danke dir«, Annabelle schaute nach oben und begann ein Gespräch mit dem Herrn, um sich zu bedanken. Der ganze Tag, besonders die letzte Stunde, war für die kranke Frau höchst anstrengend und sie bemerkte, dass es ihr trotz der freudigen Nachricht nicht gut ging. Ihre körperliche Verfassung verschlechterte sich auf ein tiefes Niveau, was lebend nicht tiefer sein könnte. Kurze Zeit später bekam Isabella leider immer noch nicht ihre wohlverdiente Ruhe, denn jetzt musste alles sehr schnell gehen. Sie lag auf dem Krankenbett und konnte sich vor Erschöpfung kaum mehr selbstständig bewegen. Die Vorbereitungen für die schwierige und komplizierte Operation wurden getroffen. Dabei bemerkten alle Fachleute des Krankenhauses, dass Isabellas Zustand von Stunde zu Stunde schlechter wurde. »Sie stirbt uns bei lebendigem Leib hier an Ort und Stelle weg, wenn wir nicht bald mit der Verpflanzung beginnen«, hörte sie den eben noch so motivierten Arzt aus dem Nebenraum heraus sprechen. Isa und ihre Eltern mussten noch einige wichtige Formulare unterschreiben. Auf denen stand, dass sie während der Operation oder an den Folgen sterben könnte. Oder dass man sie ins Koma versetzen müsste. Variante drei wurde als *Spätfolge* betitelt, wobei hierbei eine Behinderung nicht auszuschließen war. Sie bemerkte, dass ihr keine Wahl blieb und ihre Möglichkeiten sich in Grenzen hielten. Die Formulare konnte Isabella nur schwer unterschrieben, denn ihr Körper machte bald nicht mehr mit, das merkte sie bei jedem Schlag der Uhr. Ihre *eigene Uhr* hörte langsam auf zu schlagen und sie begann allmählich in Starre zu verfallen. In der Hoffnung, wenn sie aufwache, wäre alles vorbei. Der philosophierende Arzt teilte den Eltern mit, dass ihre Tochter sich in einem so schlechten Zustand befinde, dass es keine Garantie für ein *gutes Ende* geben würde. »Es ist jetzt alles von ihr abhängig. Nur von ihr. Sie muss es wollen und ihr Körper sollte im besten Falle das fremde Organ annehmen. Wir operieren und tun unser Bestes. Doch ihr Wille muss Vorhandensein, damit das gelingt«, der Arzt redete leise und langsam auf die besorgten Eltern ein. Der OP-Saal wurde vorbereitet, ebenfalls wurden noch einige Kontrollen und Tests an Isabella durchgeführt, bevor sie dann in den OP geschoben wurde. Ihr letzter Gedanke vor der Narkose galt ihrer unbekannten Großmutter.

Die Herztransplantation war in vollem Gange. Zuerst entfernten die Ärzte Isabellas Herz aus ihrem Körper. Danach wurde das Spenderherz mit den Hohlvenen der Lungenarterie und der Aorta von Isabella als Empfängerin verbunden. Das biologisch noch aktive Herz sollte in Isabellas Körper weiterleben, arbeiten und pochen. Allerdings war die Herztransplantation ein tief greifender und mit erheblichen Risiken behafteter Eingriff und wenn Isabella nicht einem so hohen Risiko ausgesetzt wäre, dann hätten die Ärzte ihre Entscheidung anders abgewogen. Die notwendige immunsuppressive Therapie brachte das Risiko von Entzündungen mit sich, weil das Immunsystem hierbei stark beeinträchtigt wird. Derweil arbeitete die Herz-Lungen-Maschine auf Hochtouren. Nach mehreren Stunden war es dann endlich geschafft. Die Herztransplantation wurde erfolgreich abgeschlossen und Isabella weiterhin intensiv betreut. Den Eltern der frisch Operierten fiel ein *Stein vom Herzen*, als ihnen mitgeteilt wurde, dass die Operation gut verlaufen sei.

7.

Mississippi, USA

Wo in Louisiana Freude um die gelungene Herztransplantation herrschte, schien die Welt in Mississippi stillzustehen. »Ich glaube, der Schmerz aus den ganzen Vereinigten Staaten von Amerika befindet sich heute in diesem Haus«, sprach Marys Schwester zu Ava. Diese nickte und blieb in sich gekehrt. Mit ihren 80 Jahren hielt sich die beste Freundin der Verstorbenen tapfer und wacker auf den Beinen. Sie hatte in der Vergangenheit immer noch hart gearbeitet, kümmerte sich liebevoll und fürsorglich um ihren üppigen Vorgarten und war Mitverantwortliche der ehrenamtlichen Hilfsaktion für die Bedürftigen der Umgebung. In ihrem Alter müsste man sich eigentlich um sie kümmern, doch Ava war eine verschwiegene Persönlichkeit, die sich nur in privaten Angelegenheiten Mary gegenüber öffnete. Doch die war leider vor ihr gegangen. Wer konnte das schon ahnen? Auffällig war, dass die Trauerbesuche weder in Marys kleiner Wohnung noch in den Wohnräumen ihrer Schwester stattfanden. Die Treffen der Trauergäste fanden im Haus der hellhäutigen Ava statt, die genauer genommen Marys Arbeitgeberin war. Mary wohnte nicht bei Ava, ebenso Benjamin nicht, obwohl er oft zu Besuch kam. Diese Tatsachen sollten keine Rolle spielen; denn das weiße, von bunten Blumen umringte Haus war der Ort, an dem

Mary zu Lebzeiten, die meiste Zeit verbrachte und sich dort überaus wohlfühlte. Obwohl das Haus fast täglich mit Leben und Besuchern gefüllt war, hatte die Verstorbene nur wenige Menschen, denen sie wirklich vertraute. Da wunderte es niemanden, dass ihre Schwester, dessen Mann und Ava beschlossen, im Sinne von Mary bald eine kleine Beerdigungszeremonie abzuhalten. »Einen großen Abgang hätte sie vermutlich nicht zugestimmt«, war einer der wenigen Sätze, die Ava aussprach. Sie wollte sich nicht in andere Familienangelegenheiten einmischen, die meisten Worte fand sie bisher in ihren Romanen zu verdeutlichen. Sie war intelligent und intellektuell; hätte demnach viel zu sagen gehabt. Doch genau wie Mary wollte Ava sich nie in der Masse der Menschen hervorheben. Sie wusste, da sie nun so lange eine sehr gute Freundin und Vertraute an ihrer Seite hatte, würde sich solch eine freundschaftliche Beziehung in ihrem Leben höchstwahrscheinlich nicht mehr ergeben. Und das war vollkommen okay für sie. Mit 80 Jahren, sich einer fremden Person komplett neu zu öffnen, konnte sie sich gerade nicht vorstellen und um ehrlich zu sein, hatte sie auch kein Bedürfnis danach. Noch bevor ihre Angestellte beerdigt wurde, beschloss sie, den letzten Lebensabschnitt für sich alleine zu verbringen, möglichst, ohne auf jemanden angewiesen zu sein. Benji war natürlich weiterhin bei ihr willkommen, wenn er denn kommen wollen würde. Sie war traurig, aber auch sehr dankbar für die Zeit mit Mary und die gemeinsamen Erinnerungen. Würde sie so ihren Roman zu Ende bringen können?

Am Nachmittag, als die Sonne orangegelb leuchtete und die Strahlen eine Verbindung zwischen Himmel und Erde für Ava darstellten, saß sie bei sich im Vorgarten und gestaltete einen großen, bunten Blumenkranz. Dieser war so ästhetisch und filigran zusammengesteckt, dass es ein Florist nicht hätte besser machen können. So besessen ihrer Freundin einen letzten Gruß zu übermitteln, ging sie die Nacht nicht ins Bett, sondern kreierte bis zum nächsten Morgen hin den großen Kranz. Die Nacht war heiß und die Lichter an Avas Haus, die sie zum Arbeiten benötigte, schienen so grell, dass sich ein Schwarm von Mücken um die alte Dame herum versammelte und sie am nächsten Morgen ein Andenken davontrug. Müde und voller Mückenstiche stellte sie den Blumenkranz in den kühlen Keller und verschwand in ihr Schlafzimmer. Einige Stunden Schlaf taten ihr gut. ›Das letzte Mal habe ich eine Nacht durchgemacht, Mensch ist das schon lange her.‹ Erinnerungen an vergangene Tage kehrten in ihr ein. Das Klingeln der Nachbarn überhörte sie gekonnt. Sie wollte gerade keinen Besuch. Nicht kommunizieren, einfach nur schlafen. Auch wenn der frisch aufgebrühte und mitgebrachte Kaffee der Nachbarn bis nach oben durch das offene Schlafzimmerfenster drang, blieb sie beharrlich und verfiel dem Schlaf ...

Einige Zeit später kam die Familie von Mary wieder am Hause von Ava vorbei. Sie hielten vorher eine Besprechung mit dem Pastor wegen der Beerdigungszeremonie ab. »Ava?«, wiederholten sie. Die Familie rief laut durch das große Haus, doch niemand reagierte. »Schatz, du schaust im Keller nach. Benji, du gehst nach oben und ich gucke hinter dem Haus nach, ob sie sich da aufhält?«, Marys Schwester verteilte die Aufgaben. Benjamin stieg verhalten die Treppen hinauf. Ava war eine feine, schicke Dame für ihn, die er nicht in einer privaten Situation stören wollte. ›Vielleicht ist sie einfach nur gerade am Duschen, oder sie zieht sich um? Möglicherweise schreibt sie ihren Roman zu Ende oder das Schlimmste, sie trauert um meine Tante?‹ Benjamin vermutete Letzteres und reagierte deshalb gehemmt, in der ersten Etage die Türen zu öffnen, ohne dass Ava ihn darum bat. In ihrem Schreibzimmer war sie jedenfalls nicht. Dann stand Benji vor der Schlafzimmertüre und traute sich nicht, sie einen Spalt zu öffnen. Da er aber seine Eltern nicht rufen hörte, dass Ava gefunden wurde, drückte er zaghaft die Türe von sich weg und da lag sie dann. Ava schlief tief und fest. Im ersten Moment erschrak Benjamin, denn er sah sie vorher nie mittags schlafen. Darum war seine Vermutung, dass sie nun auch verstorben sei. Aber wie konnte er das herausfinden? Er schlich sich langsam an die ältere Dame heran und sah zum Glück, dass sich ihr Brustkorb beim Atmen leicht nach oben wölbte. Eigentlich wollte er wieder nach unten verschwinden, um seinen Eltern Bescheid zu sagen, dass sie im Schlafzimmer lag. Aber irgendwie verspürte er das Bedürfnis, Ava zu fragen, ob bei ihr alles in Ordnung sei? »Tante A …«, Benjamin unterbrach sofort seine Worte. Hatte er doch tatsächlich »Tante Ava« sagen wollen. Wie konnte das nur passieren? War er so verwirrt und in Trauer? Mary war ja schließlich seine einzige Tante. Ava war die längste und beste Freundin seiner viel zu früh verstorbenen Tante Mary. Er war der Neffe der coolsten Haushälterin aus ganz Mississippi und darauf war er stolz. Doch warum sollte ihm das Wort »Tante« in Bezug auf Ava hinaus rutschen? Peinlich, dachte sich Benji. ›Hoffentlich hat sie das nicht gehört?‹, Benjamin stieg die Scham bis hoch in den Kopf, seine Wangen erröteten leicht. Er bemerkte, dass sie sich bewegte und im Begriff war, wach zu werden. Er schlich sich langsam, aber schnell zur Türe hinaus und eilte nach unten zu seinen Eltern. Total gestresst setzte er sich auf die Couch und meinte total lässig: »Sie ist oben in ihrem Schlafzimmer. Hat wohl geschlafen und ist gerade wach geworden.« Erleichtert atmeten seine Eltern auf. Die drei warteten gemeinsam mit einer Tasse frisch gebrühtem Tee auf die Ausgeschlafene. Am nächsten Tag sollte die Beerdigung ihrer schmerzhaft vermissten Mary stattfinden …

Die Wolkendecke zog sich über Mississippi zu. Es begann zu regnen. Der Himmel weinte, nun war ein Engel viel zu früh zu ihnen emporgestiegen. Sollte dies so sein, fragten sie sich? So wie es Mary gewollt hätte, waren nur wenige Gäste bei ihrer Beerdigung anwesend. Ihre einzige Schwester und ihr Schwager, ihr geliebter Neffe Benjamin, Doktor Houston junior, einige Nachbarn und selbstverständlich ihre beste Freundin Ava. Alle waren in Schwarz gekleidet, obwohl Mary nie viel von *Dresscode* hielt. Ava hielt für ihre 80 Jahre einen aufrechten Gang, doch ihr Herz war gebrochen. Sie hatte bereits in ihrem Leben einiges durchgemacht, was keiner wusste. Vieles machte sie mit sich selbst aus. Benji wurde links und rechts von seinen Eltern gestützt. Auch er war durchweg in Trauer um die für ihn beste Tante, die er sich jemals hätte wünschen können. Die Atmosphäre blieb still, keiner sagte etwas, bis auf den Pastor.

»Liebe Trauergäste, liebe Verwandte, liebe Nachbarn, liebe Freunde!

Wir sind heute hier zusammengekommen an diesem verregneten Tag, um Abschied zu nehmen. Abschied von einem herzensguten Menschen. Herr Gott, du hast sie für jene, die sie lieben, viel zu früh zu dir geholt. Nur du kannst wissen, wieso? Mary, du warst eine starke Persönlichkeit und hattest viele Talente. Du hast mit deiner Meinung nie *hinterm Berg* gehalten, hast dich aber auch nie mit deinen

Worten aufgedrängt. Du bist immer noch ein Kind Gottes, das sich jetzt auf die wohl letzte Reise begibt. Immer hast du hart gearbeitet und trotzdem war dir nichts zu viel. Die Probleme von anderen hast du dir angehört und oft einen weisen Rat gegeben. Du sollst leuchten. Dein Licht soll wie das Licht Gottes auf die Erde scheinen und denen Kraft spenden, die um dich trauern. Für deine ehrenamtliche Tätigkeit wirst du gelobt und gepriesen im singenden *Halleluja*. Du kamst in die Kirche, warst Teil der Gemeinde. Gott hat in deiner Stimme beim Gospelgesang gesprochen. Für viele da draußen warst du ein Vorbild, weil du anders warst. Du hast dich nie für den Bund der Ehe entschieden oder Kinder in die Welt gesetzt. Aber du hast jeden Tag deines Lebens in Liebe gelebt. Stark wie eine Löwin und frei wie ein Vogel bist du gewesen. Dein kurzes Leben hatte einen Sinn. Du warst eine Bereicherung und Hilfe für viele Menschen, die dich nun schmerzhaft vermissen. Wie Marys Schwester mir berichtete, war die Verstorbene ein Fan des Songs "I love Rock and Roll." Und ich hoffe auf euer Verständnis, dass wir hier auf dem Friedhof das Lied für sie nicht spielen lassen können. Vielleicht könnt ihr nachher im privaten Rahmen und zu späterer Stunde ihr diesen Gefallen tun? [Die Trauergäste beginnen zu lachen, obwohl sie Tränen in den Augen haben.] Wir wollen nun Abschied von der wundervollen Mary nehmen und gemeinsam für sie beten …

Der Herr schenke ihr den ewigen Frieden. Amen.«

Nach dem Friedhofsbesuch und der offiziellen Beisetzung kehrten die anwesenden Trauergäste in Avas Haus ein. Marys Schwester erzählte Geschichten von ihr aus den 40 Jahren, die sie erlebt hatte. Viele lustige Anekdoten über die Haushälterin gab sie preis, das lockerte die Stimmung unter den anderen Gästen auf. Dann wollte sie, dass ihr Sohn nach vorne kommt, um auch etwas über seine Tante zu sagen. Mit einer Handbewegung lud sie ihn ein, sich hier vorne hinzustellen. Peinlich berührt blieb Benji auf der Couch sitzen, bis sein Vater ihn mit seinen Händen auf den Rücken nach oben schob. Langsam ging er auf seine Mutter zu und musste tief durchatmen. Die anderen klatschten in die Hände. Nur Ava nicht. Sie spürte, dass der Junge nicht wollte. Dann aber öffnete er seinen Mund, alle schauten erwartungsvoll auf ihn. Er konnte in der Schule schon große Reden nicht leiden. Darum hielt er sich kurz und knapp, sagte lediglich: »Ich vermisse dich!« Diese drei Worte noch nicht ganz ausgesprochen, setzte er sich schon wieder auf die Couch. Die anderen schauten zwar irritiert aufgrund der Kürze seiner Rede, aber sie klatschten dennoch. Denn was konnte es Schöneres geben, als einfach nur geradeaus zu sagen, dass man jemanden vermisste? Auch Ava gab ihm dafür Beifall. Dann sollte sie an die Reihe kommen. Als beste Freundin hätte sie bestimmt einiges zu erzählen gehabt. Doch war es nicht ihre Art aus dem Nähkästchen zu plaudern. Sie wollte den Respekt vor Mary bewahren und hielt eine im besten Sinne stilvolle Rede über Mary: »Als sie vor vielen Jahren bei mir als Haushälterin anfing, gab es nicht gerade Zustimmung in der Nachbarschaft. Dumme Sprüche und fiese Blicke wurden immer mehr. Als die Leute bemerkten, dass wir beiden uns auch noch gut verstanden, wurde uns *durch die Blume* oft entgegengebracht, dass Freundschaften zwischen Schwarz und Weiß nicht funktionieren. Sie wollten uns damit sagen, dass es nicht funktionieren darf! Wir waren beide verschieden gewesen, doch mit derselben Ansicht. Freundschaft dürfe es überall geben und keiner hatte das Recht, wirklich niemand, uns auseinanderzubringen. Erst hieß es, die schwarze Frau kann ja für mich arbeiten, aber es dürfe keine Freundschaft daraus entstehen. Respekt okay, aber wir beide hatten Achtung voreinander, das verband uns. Irgendwann bemerkte ich, dass sie ein so guter Mensch ist, selbst wenn ich ihr ein Geheimnis anvertrauen würde, sie es niemanden weitererzählt hätte. Solch eine Gewissheit tat gut; tat mir gut. Das Geheimnis würde sie mit ins Grab nehmen und darum wird sie bis in alle Ewigkeiten meine beste Freundin bleiben. Dies hatten dann endlich auch die letzten in unserem Umfeld bemerkt und die Lästereien hörten so schnell auf, wie sie gekommen waren. Ganz im Gegenteil, wir zwei wurden anerkannt und wertgeschätzt von den Leuten. Ab diesem Tag war mein Haus voller Gäste und ich hatte kaum mehr Privatsphäre.« Ava schmunzelte über ihre eigenen Worte, sie brachte einen Lacher hervor. Jeder wusste, dass sie als Schriftstellerin Ruhe brauchte. Für die Arbeit zog sie sich meistens zurück in ihr Schreibzimmer. Und trotzdem waren sie und Mary so beliebt, dass sie tatsächlich kaum Privatsphäre mehr hatten, weil ihr Haus fast täglich voller Besucher war. Dieser Zustand blieb bis zu Marys Tod so. Nach Avas Rede wurde es kurz still, sie regte mit ihren Worten alle Anwesenden zum Nachdenken an. Rassismus war immer noch ein Thema in den USA, damals wie heute. Keiner der Trauergäste wusste davon, dass die Anfänge dieser besonderen Freundschaft schwierig waren. Jeder dachte immer, dass es nie Probleme gegeben hätte. Menschen können sich auch mal täuschen, wie dieses Beispiel zeigte. »Es ist nicht alles Gold, was glänzt«, warf Marys Schwager in den Raum. »Hätten wir uns als Duo von den anderen verunsichern lassen, wäre niemals diese Freundschaft entstanden. Und wir hätten die beste Zeit unseres Lebens verpasst, nur weil andere das so wollten. Die Gesellschaft verlangt oft ein Leben zu führen, das Werten entspricht, die Mary und ich nicht geteilt haben. Wir haben uns trotz aller Widerstände weiter privat unterhalten und uns nie unterdrücken lassen. Sie war was ganz Besonderes, selbst ihr Musikgeschmack war leicht *speziell*«, sprach Ava, während sie zum CD-Player ging und "I love Rock and Roll" einlegte. Der wahrscheinlich einzige Song, der jemals auf einer Beerdigungsfeier bis dato gelaufen war. Alle Anwesenden sangen und tanzten für Mary. Ihr Leben und ihr Andenken wurden geehrt. Keiner sollte sie und ihr gelebtes Leben vergessen. Und erst recht nicht ihre Beerdigungsfeier. Dies hätte die Verstorbene sich genauso gewünscht.

8.

Louisiana, USA

Isabella wachte behutsam aus der Narkose auf. Beim Öffnen ihrer Augen schaute sie in die Gesichter ihrer Eltern. Welch liebevoller Anblick und welches Glück wieder aufgewacht zu sein, empfand Isabella. Die Herztransplantation nahm Stunden in Anspruch, somit war der Tag fast hinübergegangen. Ihre Eltern trugen blaue Kittel und Mundschutz, denn Isa sollte lange auf der Intensivstation begleitet und betreut werden. Die Operation war kompliziert und risikoreich. Isabella war noch müde von der Narkose, der langen OP und dem Eingriff selbst. Sie empfand Schmerzen und war total geschwächt. Auch bemerkte sie, dass ihr gesamter Brustkorb sich nicht mehr anfühlte wie vorher. Ihr ging es in der Vergangenheit sehr schlecht, aber die Schmerzen, die sie von der Operation davontrug, waren extrem. Ihr Körper war nicht derselbe wie vorher, ihr krankes Herz wurde gegen ein gesundes ausgetauscht. Sie trug also nun das Herz eines verstorbenen Menschen in sich. Es fühlte sich anders, komisch und merkwürdig an; so seltsam. Der Schmerz und die Anstrengungen sollten für heute genug sein. Irgendwann schlief sie ein und wachte früh am nächsten Morgen erst wieder auf.

Die anwesenden Ärzte und Pfleger kümmerten sich professionell um die junge Patientin. Sie war noch immer an die Maschinen angeschlossen und wurde ständig beobachtet und überwacht. Isabella kam in den Genuss, der ihr gar nicht recht war, ständig durchgecheckt zu werden. Jede noch so kleinste negative Veränderung, sei es Fieber, auffällige Blutwerte oder hohen Blutdruck, könnte ihr Leben kosten. Sie bekam eine rundum; eine *All-Inklusive-Behandlung*, wie ein Pfleger mit ihr scherzte. Lachen war gut, doch musste Isabella sich eher in einen *neutralen körperlichen Zustand* bewegen, denn Lachen kostete den Körper zu viel Kraft. Der Krankenpfleger wurde von einer Kollegin an die Seite genommen und über die Risiken solcher Scherze auf der Intensivstation aufgeklärt. ›Die sollen mal nicht so einen Aufstand machen. Denn schließlich ist Lachen die beste Medizin.‹ Isa hatte Mitgefühl und Verständnis für den lustigen Pfleger. Ihr war langweilig. Darum freute sich über jegliche Art von Aufmunterung. Dennoch bemerkte sie, dass sie im Moment körperlich nicht in der Lage war, lustig zu sein. Ihr Herz und der gesamte Bereich schmerzten einfach noch zu sehr. Ihre Eltern kamen sie selbstverständlich am Morgen schon besuchen. Sie machten sich große Sorgen. Denn die erste Nacht nach so einer schwerwiegenden Operation hatte bisher nicht jeder Patient überlebt. Überglücklich und freudig schauten sie in die Augen ihrer lebenden und einzigen Tochter. Der Arzt, welcher sie operierte, war auch zur Stelle, um Isabella und ihren Eltern noch einmal Auskunft über die gelungene Operation zu geben und über den jetzigen Zustand aufzuklären: »Die Phase direkt nach der Transplantation ist kritisch und darf nicht unterschätzt werden, trotzdem macht die Patientin einen soliden Eindruck, solange man das jetzt sagen kann. Weiter so.« Der Arzt verließ den Raum. Sprach der Arzt soeben über sie? Einen soliden Eindruck machte sie? Isabella verstand nicht ganz. Sie fühlte sich wie von einem Zug überrollt. Von »solide« konnte bei ihr nicht die Rede sein. »Wann darf ich Katy und Jack sehen? Und wann erfahre ich, wem dieses Herz einst gehörte? Ich möchte es unbedingt wissen. Nein, ich muss es wissen!« Die Kranke stellte viele Fragen und Anforderungen. Ihre Eltern wussten gar nicht, wie sie auf all die Fragen antworten sollten? Annabelle und Thomas sahen sich bedauerlich an. »Schatz, du bist nicht mit Katy und Jack verwandt. Sie dürfen dich nicht auf der Intensivstation besuchen. Du musst leider so lange warten, bis du auf die normale Station verlegt wirst. Das ist einzig und allein von deinem Zustand abhängig und wie du das fremde Herz annimmst. Und wer der Spender ist, müssen wir den leitenden Oberarzt fragen«, antwortete ihre Mutter. »Ja Mum. Dann frag bitte nach. Ich kann nicht mehr so lange warten. Ich muss es jetzt unbedingt wissen.« Isabella war das Thema sehr wichtig. Ihr Vater Thomas scherzte: »Warum kannst du nicht mehr so lange warten? Wo willst du denn hin und was hast du vor zu machen? Bist du auf eine Party eingeladen?« Er grinste wie ein *Honigkuchenpferd* und erhielt prompt leichte

101

Schläge von seiner Frau auf den Rücken. »Du sollst sie nicht zum Lachen bringen. Das ist gefährlich für sie!« Annabelle reagierte verärgert. Ihre Mutter hatte ja recht, aber zum zweiten Mal dachte sie sich heute, dass ein bisschen Spaß nicht schaden könnte. Und trotzdem tat ihr bei jedem Lacher der gesamte Oberkörper schmerzhaft weh. Ihre Eltern standen auf und wollten sich noch einmal mit dem leitenden Oberarzt besprechen, wegen Isabellas Nachfrage. Es dauerte eine ganze Weile, bis sie wieder kamen. Mit großen, erwartungsvollen Augen schaute Isa ihren Vater und ihre Mutter an. »Also ... der Oberarzt meinte, dass dieses Thema viel zu früh für dich wäre. Das Personal vom Krankenhaus weiß, wer dein Spender ist. Aber du darfst dich jetzt damit noch nicht auseinandersetzen. Wie gesagt, es ist viel zu früh. Du liegst auf der Intensivstation und die Genesung wird sehr, sehr lange brauchen. Und der Arzt meinte, die oberste Priorität im Moment wäre, dass dein Körper das verpflanzte Herz annimmt und nicht abstößt. Du musst genesen und *eins* werden mit deinem Spender-Organ«, gab die Mutter wieder, was sie vom Arzt in Erfahrung bringen konnte. Ihr Vater stimmte dem zu und nickte bejahend. Isabella tobte, sie kochte innerlich vor Wut und wieder merkte sie, dass dieses Gefühl ihrem Körper nicht guttat, sie aber einfach nicht anders konnte. Sie wollte nicht ahnungslos da liegen, an die Decke starren und die Kacheln an der Wand zählen. Sie wehrte sich und wollte diese Antwort nicht so stehen lassen: »Aber meine

Genesung kann Jahre dauern und ich muss lebenslang Medikamente einnehmen. Soll ich jetzt ewige Jahre warten, bis ich erfahren darf, welches Herz in meinem Körper schlägt? Ich kann das nicht zulassen, ich möchte es bald wissen!« Die Eltern schauten sich machtlos an. Sie wussten, dass sie eine *Kämpferin* zur Tochter hatten und sie sich niemals mit jahrelangem Warten abfinden würde, darum versuchten sie Isabella zu beruhigen: »Keiner sagt, dass du jahrelang warten musst, aber jetzt und die nächsten Wochen wirst du es von niemandem erfahren. Das musst du akzeptieren zum Wohle deiner Gesundheit. Du bist todkrank gewesen, gerade frisch operiert. Jetzt muss dir doch was anderes wichtiger sein, als ganz schnell zu wissen, wer dein Spender ist? Ich kann das nicht verstehen.« Thomas sagte diesmal gar nichts dazu und Isabella wurde von Sekunde zu Sekunde wütender. »Oder willst du nachts in das Büro einbrechen und heimlich in die Datenbank schauen, welcher Person dieses Herz gehörte?«, hatte er sich diese Anmerkung nicht verkneifen können. Selbst musste er darüber laut lachen und Isabella dann auch. Prompt bekam er wieder Schläge von seiner Frau, diesmal auf die Schulter. Eine durchsetzungsstarke Stimme entgegnete der Familie: »Die Patientin muss sich ausruhen und darf unter gar keinen Umständen durch äußere Reize in ihrer Genesung gestört werden!« Thomas senkte den Kopf nach unten und war ein wenig beschämt, dass er seine Tochter einen Tag nach der

Operation in solche Schwierigkeiten gebracht hatte. Als Polizist war er gerecht, aber auch sehr streng. Als Vater hingegen eher zu Späßen aufgelegt. Isabella blieb nichts anderes übrig, als zu akzeptieren, dass sie noch lange nicht erfahren würde, wem sie dieses Herz zu verdanken hatte. Aus dem Grund, dass sie kurz vor der Operation fast verstorben wäre, verweilte sie zwei Wochen lang auf der Intensivstation. Und wieder versuchte sie es aufs Neue. Immer wenn ein Arzt sie alleine betreute, dann fragte sie nach der Person, der ihr das Herz geborgt hatte. Dabei trat sie schelmisch auf, versuchte die Leute in ein Gespräch zu verwickeln und geizte nicht mit Komplimenten. Und das alles nur, um Informationen über ihren Spender zu erhalten. Doch keiner der Ärzte ließ sich darauf ein, alle blieben höchst professionell. Nur ein einziges Mal, da hatte sie die schüchterne und herzensgute Krankenschwester Miss White fast um ihren Finger wickeln können, wenn nicht im selben Augenblick der Chefarzt zur Visite gekommen wäre. Danach war die Gelegenheit vorbei, denn Miss White hatte den *Braten* gerochen und verriet kein *Sterbenswörtchen*. Ihre Eltern versorgten sie täglich mit Literatur, was Isabella gefiel, wo sie ja am liebsten studiert hätte.

Nachdem sie von der Intensivstation herunterkam, wurde ihr erlaubt, auf ihrem Zimmer zu malen. Ihre Eltern brachten Zeichenblock und Stifte mit. Außer der Familie durfte sie noch keiner auf ihrem Zimmer besuchen. Aber täglich brachten die Eltern Briefe und Karten von Freunden für ihre Tochter mit, um sie ein wenig aufzumuntern. Aufmerksam las sie jeden Gruß durch und war erfreut, dass so viele liebe Menschen immer wieder an sie dachten. Sie wurde nicht vergessen, wie leider einige andere auf ihrer Station. All das wusste sie zu schätzen, auch die Gespräche zwischen ihr und ihrer freundlichen Bettnachbarin. Und weil sie jung und am Leben war, hatte sie Träume. Sie wollte gesund werden, sofern man *gesund* anders definierte als bei Menschen, die keine ernsthafte Krankheit hatten. Auch wollte sie nach Hause zurück, sich bewegen und laut lachen. Herausfinden, wer ihr Spender war und zu guter Letzt zu wissen, wen ihr *altes Herz* vermisst hatte? Wäre dies zu viel verlangt gewesen? Waren die Wünsche zu hoch angesetzt, zu utopisch? Hätte sich ihr Leben nur darum gedreht, Medikamente einzunehmen und irgendwie mit dem Spenderherz zurechtzukommen? Mit all diesen Fragen beschäftigte sich die Zwanzigjährige jeden Tag. Die täglichen Mahlzeiten im Krankenhaus waren so *lala*, dies empfand Isabella zumindest so. Der leitende Oberarzt war echt nett. Er erklärte der vor Kurzem Operierten, was nun in den ersten Monaten nach der OP geschehen würde: »Isabella, das ist so: Nach der Transplantation muss das neue Organ seine Arbeit aufnehmen. Normalerweise würde dein neues Herz vom Abwehrsystem des Körpers als *fremdes* Gewebe erkannt und angegriffen werden. Das kann man sich vom Prinzip so ähnlich vorstellen wie bei der Unverträglichkeit zwischen verschiedenen Blutgruppen. Deshalb musst du ab der Transplantation dein Leben lang Medikamente einnehmen, die dein Abwehrsystem regulieren. Das hast du ja schon oft erklärt bekommen. Die Immunsuppressiva sind unumgänglich. Nur so kann das Organ vom Körper angenommen werden und funktionieren ...« Und er redete und redete und redete, dass Isabella fast schwindelig wurde. Noch bevor sie operiert wurde, wusste sie alles über die OP, die Transplantation und wie es danach weitergehen sollte. Sie hatte das alles schon tausendmal erklärt bekommen. Weil der Arzt ganz nett war, fand sie es unhöflich, ihn zu unterbrechen oder gar zu belehren, dass sie alles darüber bereits wusste. Aber weil sie schließlich Isabella war und sie sich gerade ein wenig genervt fühlte von den Informationen, die sie schon lange kannte, beschloss sie jetzt auch mal zu nerven und den Arzt wieder nach dem unbekannten Spender zu fragen. »Hab noch ein wenig Geduld. Es wird sich alles regeln«, nachdem er eben einen halben Roman ausgesprochen hatte, antwortete *Herr Oberdoktor* auf die so wichtige Frage nur kurz und knapp. ›Typisch Mann. Vorher mich langweilen, aber bei wichtigen Fragen mit der Antwort kneifen‹ dachte sich Isabella ein wenig zynisch. Es verging eine weitere Woche auf der normalen Behandlungsstation. Ihre Zimmernachbarin war auch noch da und sie hatten mittlerweile Freundschaft geschlossen, was sehr zur Genesung beider Frauen beitrug. Die Hoffnung Isabellas, endlich Informationen zu erhalten, konnte allmählich erfüllt werden.

Jener Arzt, der sie operierte und sie vor Kurzem noch mit einem Roman belehrte, was denn jetzt alles mit ihr geschehe, kam endlich zum Punkt. Ihre Eltern saßen neben ihr und wussten weder wer Isabellas Spender war noch dass sie jetzt darüber informiert wurden. Die Aufregung war riesengroß und förmlich in Isabellas Gesicht anzusehen. So aktiv und beweglich in ihren Gesichtszügen war sie zuletzt, bevor sie ins Krankenhaus kam. »Liebe Isabella, liebe Eltern der Patientin …«, es wurde gar förmlich. Der Arzt sprach weiter: »Heute ist der Tag, an dem ich dir sage, wer deine Spenderin war. Sie hieß Mary und war 40 Jahre alt, bevor sie starb. Sie war kerngesund und wie man mir mitteilte, eine lebensfrohe Frau. Ihre Hautfarbe ist wie deine, dunkel. Leider ist sie beim Überqueren der Straße von einem Auto angefahren worden und hat dieses Unglück nicht überlebt. Sie wohnte im Nachbarstaat Mississippi und hatte weder Kinder noch einen Ehemann, war aber trotzdem rundum glücklich. Sie hat als Haushälterin für eine weiße, ältere Dame gearbeitet und muss die beste Köchin aus ganz Mississippi gewesen sein. Eine Schwester, ihren Schwager und auch einen Neffen hinterließ sie. Noch dazu hat sie sich ehrenamtlich für Bedürftige in ihrer Stadt eingesetzt. Was kann ich noch sagen? Sie muss ein guter Mensch gewesen sein. Das sind alle Informationen, die ich über sie habe. Ich hoffe, ich konnte dir Isabella damit deinen sehnlichsten Wunsch erfüllen? Und dass du die ganzen Informationen gut für dich verarbeiten kannst? Bei weiteren Fragen stehe ich zur Verfügung. Aber jetzt muss ich wieder in den OP. Bis später.« Die Familie bedankte sich aufrichtig und musste nach Verlassen des Arztes aus Isabellas Krankenzimmer kurz, aber laut jubeln vor Freude.

»Endlich. Jetzt wissen wir, wer sie ist. Hört sich doch alles gut an, bis auf die Tatsache, dass sie verstorben ist«, hielt die Mutter fest. Die drei redeten noch eine Weile über die jetzt nicht mehr unbekannte Mary, bevor die Eltern zu Abend nach Hause fuhren. Die Zimmernachbarin beglückwünschte Isabella zu der Tatsache, endlich Klarheit zu haben. ›Wenn ich das Katy und Jack erzähle. Die werden gespannt sein auf die Identität meiner Spenderin, der ich mein Leben zu verdanken habe‹, einen Gruß und ein *Dankeschön* für ihr Leben schickte Isabella zu Mary nach oben in den Himmel.

9.

Isabella lag fortwährend im Krankenhaus. Ihr Zustand war den Umständen entsprechend gut. Nun durfte sie endlich auch wieder Besuch empfangen, der außerhalb von ihren Eltern lag. Gute ehemalige Schulfreunde kamen, sie besuchen, genauso wie die Leiterin einer Sportgruppe, der sie mal angehörte. Andere Verwandte freuten sich unendlich mit ihr, dass sie die OP gut überstanden hatte. Ebenfalls kam eine gut befreundete Frau aus der Nachbarschaft zu Besuch. Das alles trug zur Genesung ihres Immunsystems bei. Neben ihren Eltern freute sie sich aber am meisten auf den Besuch von ihrer besten Freundin Katy und ihren festen Freund Jack. Sie hatten sich lange nicht gesehen, oft machte Isa die Erfahrung, dass sich Freunde verändern, wenn man sie länger nicht sah. Doch diese Vermutung war unbegründet, Katy verhielt sich wie eh und je. Sie flippte fast aus, als sie Isabella das erste Mal wiedersah. Beide Mädels kreischten vor Freude gar förmlich, so wie bei einem Konzert. »Die Damen. Nicht so laut!«, musste eine Krankenschwester die zwei Freundinnen stoppen. »Ich hab dich so vermisst, schön dich zu sehen«, Katy standen die Tränen in den Augen. Und dann war Isabella den restlichen Tag damit beschäftigt, ihrer Freundin beim Reden zuzuhören. Die Stunden vergingen wie im Fluge und es fühlte sich an, als säßen sie in ihrem Zimmer daheim und nicht im Krankenhaus. Die Zwanzigjährige hörte sich alles an. Vom Campus bis hin zu den Männern oder das Lästern über weibliche Kommilitonen. Katy war wieder in ihrem Element. Und es tat Isabella so gut ihr zuzuhören; damit fühlte sie sich wie eine normale junge Frau, die ein *richtiges* Leben führte. Doch die Wahrheit war anders. Sie hatte den Tod ins Auge geblickt und sich geweigert, ihm zu folgen. Nach der Herztransplantation und dem Aufenthalt auf der Intensivstation war sie nun auf der normalen Station und an dem Punkt angelangt, dass sie Besuch empfangen durfte. Der nächste Schritt wäre nach Hause zu kommen. Selbst das bedeutete noch keine Freiheit für sie. Wenn sie zu Hause wäre, dann müsste sie sich schonen. Ihr war klar, dass Sie nicht sofort ins Kino oder zum Sport gehen oder bei Jack übernachten könnte, sowie zwei verliebte junge Menschen. Es würde lange dauern, bis sie mit den Medikamenten klarkäme und mit dem fremden Organ. Ihr Lebensweg sollte also ein völlig anderer wie der ihrer besten Freundin Katy sein. Und trotzdem schöpfte sie Kraft aus den Geschichten ihrer Freundin, auch um zu spüren, dass sie noch lebte. Die Vorstellung, all diese Dinge eines Tages selbst wieder machen zu können, wäre großartig. Nach gefühlten Stunden kam Isabella dann endlich zum Zuge: »Ich weiß, wer sie ist!« Katy schaute ahnungslos in Isabellas Gesicht und fragte, wen sie meinte? Im ersten Moment hatte sie im Kopf, dass ihr Herz vor dem

Krankenhausaufenthalt jemanden vermisste und nun dachte Katy, dass es darum ginge. »Nein. Ich weiß, wer meine Spenderin ist. Also wem ich das Herz zu verdanken habe«, Isabella sprach enthusiastisch. Völlig überrascht entgegnete Katy: »Nein Isa. Du weißt wirklich, wer sie ist?« Dann holte Isabella mit Pauken und Trompeten alle Informationen raus, die sie selbst vom Arzt erhielt. Sie erzählte alles über Mary und über das Leben, das sie bis vor dem tragischen Unfall auf der Straße gelebt hatte. »Sie muss ein ganz toller Mensch gewesen sein und ich bin ihr so dankbar für dieses Herz. Für dieses *verrückte* Herz. Wenn diese Mary gewusst hätte, welche *verrückte Nudel* später ihr Organ tragen würde …«, fügte Isabella hinzu. Beide jungen Frauen mussten daraufhin ganz laut lachen. Dann wurde Katy ernst, ihre Stimme änderte sich von laut zu leise in achtsam: »Wie kannst du das über dich denken? Du bist doch nicht *verrückt*. Du bist meine beste Freundin und ich glaube, dass Mary sich niemand anderen besser als Empfängerin hätte vorstellen können als dich.« Sie nahm ihre beste Freundin in den Arm.

Dem war nicht mehr viel hinzuzufügen, es war kurz still um die beiden geworden, dass selbst die Krankenschwester nachschauen musste, ob sie nicht die Flucht ergriffen hatten? Anschließend fragte Katy: »Und, wie wirst du weiter vorgehen?« Isabella dachte nach. Es gab im Moment nur eine Sache, die sie unbedingt erreichen wollte. Und das hatte nichts mit dem Wunsch zu tun, herauszufinden, wen ihr *altes Herz* vermisste? Da sie ein *neues Herz* von Mary erhalten hatte und frisch operiert wurde, war dieses *alte Gefühl* im Moment nicht da. Darum antwortete sie: »Ich möchte Kontakt zu Marys Familie aufnehmen. Einen Brief schreiben, ihre Schwester kontaktieren. Und ich hoffe, dass sie mir antwortet und ich sie eines Tages treffen kann?« Es war ausgesprochen. Der Plan für die nahe gelegene Zukunft sollte sicher stehen. Kontakt zu Marys Schwester aufzunehmen war unumgänglich für die *Herz-Empfängerin*. Katy bestätigte sie in ihrem Vorhaben und konnte das gut nachvollziehen: »Und weißt du, was das Gute an der Sache ist? Durch den Kontakt zu der Familie deines Spenderherzens bekommst du eine *neue Familie* dazu.« So hatte Isabella das noch nie zuvor gesehen. Eine *neue Familie*? Darüber dachte sie bisher noch nie nach, aber den Gedanken fand sie angenehm. Ihre Familie würde sich vergrößern, mit Spannung sah Isabella der Zukunft entgegen. Völlig entschlossen und bald in Tatkraft umgesetzt, klingelte sie im Beisein von Katy mit deren Mobiltelefon ihre Mutter an und bat sie, Briefpapier, Briefumschlag, Stift und natürlich eine Briefmarke mitzubringen. Annabelle war sich zwar nicht sicher, ob das gut sein sollte, aber konnte ihrer Tochter den Wunsch nicht verwehren. Isabellas Ziel war es schließlich gesund zu werden. »Und jetzt fehlt nur noch eins«, meinte Katy. »Ja, was denn?« Isabella stand *auf dem Schlauch* und vergaß das Wichtigste

an dem Brief. »Die Adresse. Mensch Isabella. Die Adresse von Marys Schwester in Mississippi. Die hast du doch noch gar nicht, oder?«, entgegnete ihre langjährige und beste Freundin, die zum Glück mitdachte. »Gut, dass ich dich habe. Ich werde mich später um die Adresse kümmern«, Isabella machte Ernst. Doch die restliche Zeit verbrachten die Freundinnen mit Gesprächen rund um Isabellas Operation und dem Leben von Katy. Es wurde viel gelacht und gekichert, bis die Besuchszeit vorüber war und die beiden sich voneinander verabschiedeten. Am nächsten Tag bat Isabella die Ärzte bei der Visite um die Adresse von Marys Schwester. Die Verstorbene gab bei ihren Dokumenten rund um die Organspende die Kontaktdaten ihrer Schwester in Mississippi an. Sofort bekam Isa *grünes Licht* und die Adresse sollte bald folgen. Ebenso brachte Annabelle alles Nötige mit, damit ihre Tochter den Brief aufsetzen konnte. Verloren in Gedanken war Isabella im Kopf damit beschäftigt, den Brief zu formulieren. Aus Versehen übersah sie dabei die Türe und stieß fast mit dem Kopf dagegen, wenn ihre Zimmernachbarin sie nicht in letzter Sekunde gewarnt hätte. »Du machst dir zu viele Gedanken und träumst zu viel«, war die korrekte Vermutung der aufgeweckten Nachbarin. Sie hatte ja Recht, aber die Gedanken waren der einzige Ort, aus dem sie nicht vertrieben werden konnte. Frei nach diesem Motto formulierte Isabella im Kopf hin und her, sah sich schon beim ersten Treffen mit Marys Schwester. ›Würden sie mich in Louisiana besuchen? Oder fahre ich nach Mississippi? Wie es da wohl ist? Ich war noch nie dort‹, die junge Patientin übersprang schon den nächsten Schritt. Dann ging auf einmal tatsächlich die Türe auf, ihr Freund Jack stand im Türrahmen. Das Glück hätte nicht größer sein können. Die beiden freuten sich unendlich nach so langer Zeit, sich wieder in die Arme schließen zu können. Die Gedanken um die mögliche Beendigung der Beziehung waren für Isabella vergessen. Es war wieder alles gut und das sollte erst mal so anhalten. »Ich bin so froh, dich zu sehen. Wie geht es dir und wie nimmst du das neue Organ an?«, fragte er, während Isabella sich in ihr Krankenbett begab. Seine Freundin erzählte ihm alles bis auf den letzten und aktuellsten Punkt. Sie erzählte ihm von Mary aber nicht, dass sie im Begriff war, dessen Schwester in Mississippi anzuschreiben. Interessiert hörte Jack sich alles an und berichtete aus seinem Leben. Es kam, wie es kommen musste. Pünktlich zur Tee-Zeit wurde Isabella die Adresse von Marys Schwester mitgeliefert. Sie war in einen blauen Umschlag gelegt. Isabella ahnte schon, dass die Kontaktdaten in diesem Umschlag hinterlegt waren. »Was ist das?«, wollte Jack wissen. Isa tat so, als wäre es was Unwichtiges und versteckte den blauen Umschlag unter ihrem Kopfkissen. Jack schaute komisch, denn er mochte nicht, wenn Isabella Geheimnisse vor ihm hatte. Da sie ihn kannte als jemanden, der in der Vergangenheit nicht so viel Verständnis für sie behielt, beschloss sie ihm gar nichts davon zu erzählen. Sie wechselte das Thema schneller als der Blitz. Ihre Zimmernachbarin ging derweil draußen auf dem Flur spazieren, damit Jack und Isabella Zeit für sich hatten. Als sie sich nach einer Stunde wieder in ihr Bett lag, fragte sie Isabella, ob sie schon die Adresse von den Ärzten bekommen hätte? Jack war sofort hellhörig und wollte natürlich wissen, um welche Adresse es sich handelte? ›Mist. Jetzt wird Jack keine Ruhe geben, bis er weiß, was Sache ist. Hätte die Nachbarin doch bloß ihren Mund gehalten.‹ Isabella ärgerte sich. Sie wollte nicht antworten, doch wie ein *Privatdetektiv* gelang es ihm immer wieder nachzuhaken, bis Isabella es doch erzählte. Das mochte sie nicht an ihm. Er konnte nichts gut sein lassen und wollte immer seinen Willen durchsetzen. Auch respektierte er ihre Privatsphäre nicht. Sie mochte ihn und war dankbar für seine Unterstützung, doch sagte etwas in ihr, dass sie nicht so gut zusammenpassen. »Also das ist so …«, Isa fing an zu stottern. Ihre Zimmernachbarin bemerkte dies sofort und wunderte sich, weil sie in den ganzen Wochen zuvor Isabella nie nervös und mit Sprachproblemen wahrgenommen hatte. Sie vermutete, dass Jack dafür verantwortlich sein könnte. Isabella musste wohl einen triftigen Grund gehabt haben, warum sie Jack nichts davon erzählen wollte, die Schwester ihrer Spenderin anzuschreiben. Die Nachbarin hielt verbal ihren Mund. Doch Jack ließ immer noch nicht locker, bis Isa ihm dann von dem Vorhaben

115

erzählte, die Schwester von Mary in Mississippi anzuschreiben. Sich zu bedanken für ihr *neues Leben* und im besten Falle Marys Familie kennenlernen zu dürfen. ›Rede nicht weiter. Er hat es nicht verdient, er ist zu neugierig. Isa, sag ihm nichts mehr‹, dachte sich die Zimmernachbarin intuitiv. Aber Isabella erzählte, wie ihr der Schnabel gewachsen war. Anstatt sich für seine Freundin zu freuen, machte er Isabella Vorwürfe, warum sie ihm nicht direkt erzählte, was in dem blauen Umschlag steckte. Isabella musste fast weinen, denn die Vorwürfe gegen sie hörten nicht auf. ›Wenn das so weitergeht, dann drücke ich gleich auf die *Notfall-Klingel*, damit ein Pfleger oder das Wachpersonal dieses Desaster beendet‹ ihre Nachbarin machte sich große Sorgen um Isabella. Die fasste sich an ihr Herz und beschloss selbst, dem Treiben ein Ende zu setzen. Freundlich bat sie Jack, das Krankenhaus zu verlassen und sie erst einmal in Ruhe zu lassen. Weiterhin total verärgert erhob er sich, deutete einen Kuss an Isabellas Wange an und entzog ihr diesen sofort wieder. Ein lautes: »So jetzt reicht's aber an Frechheiten«, konnte sich Isabellas neue Freundin nicht verkneifen. »Du sollst jetzt besser gehen«, fügte Isabella selbstsicher hinzu. Jack hob seinen Kopf nach oben und stolzierte zur Türe hinaus. »Kann gar nicht verstehen, warum du mit dem zusammen bist?«, wunderte sich die Zimmernachbarin und neue Freundin. Die junge, herzkranke Frau fing bitterlich an zu weinen. Derart hatte Jack sie noch nie gekränkt. »Es ist vorbei. Er ist weg«, ihre Freundin nahm sie in den Arm. Isabella ging später schlafen, ohne in den blauen Umschlag geguckt zu haben. Auch die nächsten drei Tage sollte Isabella noch nichts in die Richtung unternehmen. Sie merkte, dass sie zur Ruhe kommen und den kurzen, aber unangenehmen Besuch von Jack für sich verdauen musste. Isa wollte zur alten Kraft und Stärke wiederfinden. Katy und ihre Eltern gaben ihr jegliche Möglichkeit dazu. Als sie am vierten Tag nach Jacks Besuch neuen Mut fand und der Besuch gerade gegangen war, holte sie den blauen Briefumschlag hervor. Den hatte sie mittlerweile in ihrem Zimmer-Safe versteckt. Die Adresse von Marys Schwester war heilig für Isabella. Die aufmerksame Zimmernachbarin bemerkte feinfühlig, dass es an der Zeit war, sie mit dem Brief alleine zu lassen. Darum ging sie mit ihrem Besuch in die Cafeteria des Krankenhauses. Selten war Isa so nervös. Sie saß minutenlang da, ohne den Umschlag zu öffnen. Was da drin lag, könnte ihr Leben verändern. Voller Ehrfurcht und Spannung öffnete sie dann doch den blauen Umschlag. In ihm steckte tatsächlich die Adresse von Marys Schwester in Mississippi. Weitere Minuten starrte sie einfach nur die Adresse an und hielt das Glück in ihren Händen fest. Die Schreibutensilien, die Annabelle ihr mitgebracht hatte, wollte sie endlich benutzen. Gegen Abend hin, als es leicht düster wurde, setzte sie den Stift aufs Papier und begann zu schreiben:

Liebe Schwester meiner Herzspenderin. Mein Name ist Isabella, ich bin 20 Jahre alt und komme aus Louisiana. Vor einigen Wochen wäre ich fast an meiner chronischen Herzmuskelentzündung gestorben. Dank ihrer Schwester Mary lebe ich nun weiter. Ohne ihr Herz wäre ich heute nicht mehr auf dieser Erde. Ich habe erfahren, was für ein guter Mensch ihre Schwester gewesen war, und ich kann mir vorstellen, wie schwer es ist, ohne sie zu leben. Sie vermissen sie bestimmt unendlich. Ich werde ihr Herz mit größtem Respekt in mir tragen und versuche weiterhin auch in Marys Sinne mit größter Liebe durch die Welt zu gehen. Gerne würde ich Sie, Ihren Mann und Ihren Sohn kennenlernen, um Mary noch näher sein zu können. Und mehr über sie zu erfahren. Es würde mich freuen, wenn dies bald oder eines Tages für Sie und mich möglich wäre. Ich freue mich von Ihnen zu hören.

In liebe

Isabella

Bevor sie hoffnungsvoll den Brief absandte, las sie sich die Zeilen mehrfach durch. Und ständig dachte sie sich, dass ihre Worte nicht gut genug für die Familie von Mary seien. Dann aber gab sie den Brief doch zur Post auf. Ab dem Moment war sie in ständiger Vorfreude auf die Rückantwort der Schwester der Verstorbenen. Jeder in ihrem Umfeld konnte bemerken, dass Isabella täglich hoffte und bangte, Post zu erhalten. Es vergingen einige Wochen und immer wieder sollte sie fragen: »Ist was für mich dabei?« Der Postbote musste leider verneinen, dabei verschwand Isabellas Lächeln. »Sie wird sich schon melden. Bestimmt braucht sie einfach etwas Zeit dafür. Schau mal, sie hat ihre Schwester verloren und kann sich jetzt wahrscheinlich noch nicht mit dem Empfänger von dem Herzen ihrer Schwester auseinandersetzen. Hab Geduld, es wird alles gut«, tröstete sie ihr Vater. Ein Pfleger fügte hinzu, dass manche Familienangehörige sich niemals melden; sie reagieren einfach nicht auf die Menschen, die ein Organ vom Verstorbenen bekamen. »Bitter, aber nun mal Realität«, brachte der junge Kollege es auf den Punkt. Isabella zog sich traurig zurück, doch die Hoffnung gab sie niemals auf. Die Zeit verbrachten Annabelle und Thomas sowie ihre beste Freundin Katy damit, Isabella in ihrem Genesungsprozess weiter zu unterstützen. Sie fühlte sich mittlerweile *pudelwohl* auf der Station, alle waren nett zu ihr und kümmerten sich gut. Oft ging es lustig zu, ihre Zimmernachbarin war längst zur engen Freundin geworden. Zu Jack nahm sie von sich aus keinen Kontakt mehr auf, zu sehr hatte er sie verunsichert und drangsaliert. Es tat ihr gut, ihn nicht zu sehen. Er hingegen meldete sich auch nicht. Sein Ego war zeitgleich mit seinem Studienbeginn gewachsen, was Isabella missfiel. »Soll ich ihr noch einen Brief schreiben? Vielleicht ist der Erste auf dem Postweg verloren gegangen und sie hat ihn nie erhalten? Es ist alles möglich«, redete sich die junge Patientin ein. Ihre Eltern schauten sie bedrückend an und vermittelten ihr das sein zu lassen. Mit ihrem Herzen kam sie gut klar, es traten keine weiteren Komplikationen auf. Die Medikamente waren für Isabella ein Graus, sie musste diese schließlich für den Rest ihres Lebens nehmen. ›Das sind ja tolle Aussichten‹, dachte sie sich und hätte die Tabletten am liebsten in die Mülltonne geworfen, wären diese nicht lebensnotwendig für sie. Am nächsten Tag war es endlich so weit. Der lang ersehnte Brief wurde ihr feierlich vom Postboten überreicht. »Ich hoffe, das ist der Brief, auf den du schon so lange gewartet hast!« Völlig aufgeregt riss Isabella dem Boten die Post aus der Hand. Da sie so unverschämt nicht sein wollte und dieses Benehmen auch nicht bei anderen akzeptierte, entschuldigte sie sich sofort bei dem netten Herrn. Es war aber alles in Ordnung. Er konnte nachvollziehen, wie wichtig Kontakte von außen im Krankenhaus waren. Selbst ihre Zimmernachbarin geriet vollkommen *aus dem Häuschen*, konnte den Brief kaum erwarten, so sehr fieberte sie mit. Was würde in dem Brief drinstehen? War vielleicht schon eine Einladung nach Mississippi dabei? Und war die Schwester von Mary auch so herzensgut, wie es ihre Schwester einst war? Fragen über Fragen. Isabella setzte sich bequem auf ihr Bett und wollte den Brief schon öffnen, da sagte ihre Nachbarin noch: »Und sei nicht zu enttäuscht, wenn in dem Brief keine Einladung nach Mississippi enthalten ist.« Isabella verstand nicht, warum die Leute alle so negativ auf den Brief reagierten? Denn sie selbst freute sich seit Wochen darauf und es bedeutete ihr alles. Gerade wollte sie den Brief aufmachen, da kam wieder etwas dazwischen. Eine gut gelaunte und freudige Stimme in Gestalt einer Krankenschwester pries die nächste Untersuchung für Isabella an, als würde sie Blumen auf dem Markt verkaufen. Total genervt legte Isabella den Brief zur Seite, stand auf und folgte der gut gelaunten zur Untersuchung. ›Nicht schon wieder. Warum kommt ständig was dazwischen? Ich will den Brief lesen‹ jegliche Gedanken drehten sich ausschließlich um die Antwort aus Mississippi. Fast schon wie besessen war die junge Frau darauf, die Rückantwort zu lesen. Die Untersuchung verlief gut und sie durfte wieder zurück auf ihr Zimmer. Ohne die Nachbarin zu begrüßen, stürzte sie sich auf den Brief und öffnete diesen hastig. So schnell hatte sie noch niemals einen Brief geöffnet. Weil die Zimmernachbarin nicht so neugierig und auffällig auf Isabella gucken wollte, begann sie unterdessen einen Liebesroman zu lesen. Die Umgebung ausgeblendet, richtete Isa ihre Aufmerksamkeit einzig und allein auf den für sie bestimmten Brief. Sie las die ersten Zeilen und alles war noch gut. Je weiter sie beim Lesen der Zeilen nach unten gelang, desto mehr trübte sich ihre Stimmung. ›Das kann doch nicht wahr sein. Bitte nicht‹, dachte sie sich, während sie aufmerksam weiterlas. So schnell konnte sich ihr Gemütszustand verändern. Eben noch voller Erwartung und Vorfreude, dann war sie traurig und betrübt. Ihre Zimmernachbarin bekam mit, dass der Brief vom Inhalt nicht den Erwartungen Isabellas entsprach. Doch sie wusste nicht, was sie sagen sollte? Sie legte den Liebesroman auf die Bettdecke und schaute ihre neugewonnene Freundin an. Sie wäre sofort da gewesen und hätte Isabella getröstet, wenn sie es mochte. Isa las unterdessen weiter und es war ihr im Gesicht anzusehen, dass nichts Positives in den Zeilen stand. Sie unterdrückte ihre Tränen und versuchte standhaft zu bleiben. Dann verzog sie keine Miene mehr und las geduldig bis zum Ende weiter. Isabella versuchte das hinzunehmen, was ihr nicht gefiel. Das war anscheinend das Erwachsenenleben. Nicht immer zu bekommen, was man sich erhoffte. Diese Einstellung versuchte sie sich einzureden, doch es half nichts. Fertig gelesen, lag sie den Brief zur Seite und sagte nichts. Die Tränen, die über ihre Wangen rollten, sprachen anstelle für sie. Ohne ein Wort zu sagen, stand ihre Zimmernachbarin auf und nahm Isabella in den Arm. Sie hielt es für klug, auch nicht weiter nachzufragen. Ihre Freundin sollte selbst erzählen, wenn sie sich dazu in der Lage fühlte. Alleine ins Badezimmer verkrochen, strömten die Tränen nur so aus ihr heraus. Und sie stellte sich die Frage, warum denn nur? Sie fasste sich an ihr Herz und begann gedanklich mit Mary zu reden. Eine halbe Stunde später verließ sie das Badezimmer und setzte sich wieder auf ihr Bett. Ihre Eltern kamen zu Besuch und fragten selbstverständlich sofort nach. Die Gefühle sollten hinauskommen und Isa fiel weinend in die Arme ihrer Eltern. Obwohl ihre Mutter so redegewandt war, sagte sie diesmal nichts und wartete, bis Isabella soweit war. »Sie will keinen Kontakt zu mir. Sie will es einfach nicht. Ich komme niemals nach Mississippi«, erklärte sie den Inhalt des Briefes kurz. Alle Anwesenden im Raum waren bestürzt. Dann fügte sie weiterhin zu: »Sie freut sich, dass es mir gut geht. Die Familie nimmt mein Dankeschön an, aber weiter möchte Marys Schwester keinen Kontakt zu mir.« Thomas, der Vater von Isabella, versuchte aufmunternde Worte für seine Tochter zu finden: »Du musst das akzeptieren, versetze dich mal in ihre Lage. Nicht jeder kann so etwas. Du hast ihr geschrieben, weil es dir wichtig war, dich zu bedanken. Und damit hast du alles getan, was in deiner Macht stand. Den Rest kannst du nicht beeinflussen. Sie möchte nicht. Am besten konzentrierst du dich jetzt darauf, dass du gut mit Marys Herzen zurechtkommst.« Annabelle gab ihrem Mann Zustimmung. Die Worte im Mund ihres Vaters hörten sich so einfach an, aber in Wahrheit waren sie es nicht für Isabella. Alle kümmerten sich rührend um sie, was sie gar nicht mochte. Sie wollte die Aufmerksamkeit nicht und dass sich alles immer nur um sie drehte. Ihr Wunsch war es, das man sie in Ruhe ließ und sie ihr eigenes Ding machen konnte. Sie hatte genug ungewollte Aufmerksamkeit aufgrund ihrer Herzerkrankung von allen erhalten. Und darum bekam sie oft ein schlechtes Gewissen. Sie wünschte sich, dass ihre Lieben ihr eigenes Leben fortführten und sich nicht so sehr auf Isabella konzentrierten. Sie mochte das einfach nicht mehr so weiterführen. Ihre Familie und ihre Freunde hatten ein eigenes Leben. Isabella wollte es ihnen nicht zerstören. Sie war okay, doch gerade leider nicht. Um die anderen nicht zu belasten, beschloss sie, kein Drama zu machen und nichts mehr zu diesem Thema zu sagen. Doch ihr Körper hatte einiges zu sagen. In der Nacht bekam sie hohes Fieber, sodass man sie zurück auf die Intensivstation verlegte, wo sie weiterhin verblieb. Ihr Körper reagierte auf die schlechte Nachricht in dem Brief und prompt kam das Fieber. Das Gegenteil von ihren Wünschen und Hoffnungen traf ein. Ihre Familie machte sich umso mehr Sorgen. Genauso wie ihre Zimmernachbarin und auch ihre beste Freundin Katy. Nach drei Tagen sollte Isabella wieder zurück auf ihr *altes Zimmer*, wo sie freudig von Annabelle, Thomas, Katy und dem mittlerweile schon so vertrauten Gesicht ihrer Zimmernachbarin empfangen wurde. Einige Tage später war ihr klar, dass sie sich mit dem Brief abfinden musste und begann, neuen Lebensmut für ihre Zukunft zu schöpfen. Sie konnte sich ab jetzt mental auf andere Themen einlassen. Es kreiste sich alles nicht mehr um die Absage Marys Schwester. Isabella gab auf, die Familie von Mary jemals kennenzulernen. Sie lachte sogar wieder. Ihre Zimmernachbarin las immer noch denselben Liebesroman. Isa setzte sich zu ihr aufs Bett, obwohl das streng verboten war. »Was liest du da eigentlich seit Wochen?« Neugierig schaute sie auf das Buchcover. »Das ist ein Roman über Liebe. Typisch für romantische Frauen wie mich. Die Schriftstellerin heißt Ava. Sie hat schon unzählige Liebesromane rausgebracht. Kennst du sie denn gar nicht?«, erklärte und fragte die lesefreudige Zimmernachbarin. Isabella stutzte und verneinte anschließend. Sie war an jeglicher Literatur interessiert, kannte aber weder die Schriftstellerin noch ihre Romane. »Bin bald fertig mit dem Roman. Möchtest du danach das Buch lesen?«, bat sie Isabella an. »Ich weiß nicht, werde die Tage entlassen. War lange genug hier. Du wirst doch auch entlassen, aber wir bleiben in Kontakt. Auf jeden Fall«, das war ihr total wichtig. »Wir bleiben in Kontakt. Nichts lieber als das«, strahlte ihre Nachbarin. Den Kontakt wollte keine der beiden Frauen nach dem Krankenhausaufenthalt abbrechen lassen. Sie waren sich gegenseitig viel zu wichtig und vertraut geworden. Es war so ähnlich wie mit Katy, der Humor war allgegenwärtig. Darum ging es ihr schnell wieder besser. Am nächsten Morgen erhielt sie unerwartet Post …

Zaghaft öffnete die Zwanzigjährige den Brief. Auf dem Umschlag konnte sie die Adresse von Marys Schwester wiederfinden. Was das wohl bedeutete? Isabella hatte nicht mehr mit einem weiteren Brief gerechnet. Die Absage vorher war klar und deutlich formuliert, dass selbst eine Träumerin, wie sie das verstehen würde. Umso erstaunter war sie, einen Brief aus Mississippi zu erhalten. Isa versuchte, keine Erwartungen in die Nachricht zu legen. Sie öffnete den Umschlag dieses Mal ganz langsam. »Wenn du so weiter machst, öffnet selbst eine Schnecke den Brief schneller als du«, lachte ihre Zimmer-Kumpanin. Es war diesmal kein so langer Brief, der aber erfreuliche Wendung nehmen sollte. Isabella konnte ihr Glück kaum fassen. Sie las die kurze Nachricht bis zum Ende durch. »Darf ich fragen, was da drin steht?«, mochte ihre Freundin wissen. »Marys Schwester hat wieder geschrieben. Sie möchte weiterhin keinen Kontakt zu mir. Bietet mir aber die Adresse von Marys bester Freundin und engsten Vertrauten an. Auch aus Mississippi. Die hat schon zugestimmt, mit mir in Briefkontakt zu treten. Und lustig, sie heißt auch Ava, wie deine Lieblingsschriftstellerin.« Isabella wirkte überglücklich. Ihre Zimmernachbarin freute sich ebenfalls sehr für sie. Dann kam auch noch Katy hereingestürmt und wurde direkt mit den neusten Informationen versorgt. Zum Hörer gegriffen rief Isa ihre Eltern an, um ihnen ebenfalls die gute Nachricht mitzuteilen. Jack blieb der Klinik zu Isabellas Gunsten weiterhin fern. Sie ahnte schon, dass die Beziehung für sie weiterhin so keinen Sinn ergab. Und konzentrierte sich darum auf das gesund werden. Außerdem spielte ihr aktueller Wunsch die größte Rolle. Mit erheblicher Mühe schrieb sie einen Brief an Ava, der besten Freundin von der Frau, dessen Herz sie eingepflanzt bekam. Über Ava wusste sie überhaupt nichts. Nur die Bestätigung und die Erlaubnis, ihr schreiben zu dürfen, so wie die Postadresse aus Mississippi. Was schrieb man einer völlig Fremden? Isabella wollte es über Mary versuchen. Denn beide Frauen teilten dasselbe Schicksal, mit Mary in Verbindung zu stehen. Isa war so motiviert, dass sie die ganze Nacht durchschrieb. Die Seiten glichen von der Anzahl her selbst einem Roman. Sie schrieb sich alles von der Seele und tat so, als würde sie Ava bereits gut kennen. Und dann war da noch dieses Gefühl. Irgendwie kam es beim Schreiben dazu, dass sich ihr Herz anders anfühlte. Weder richtig noch falsch, einfach anders. Die Schwester kam mitten in der Nacht in das Krankenzimmer und meinte, dass Isabella endlich schlafen solle. Doch sie konnte nicht. Ihr Wille war ungebrochen. Der Brief sollte spätestens morgen früh fertig sein. Und das war er dann auch. *Ein Stein fiel ihr vom Herzen*, als sie den Brief einpackte und ihn an Ava adressierte. Noch eine Briefmarke darauf geklebt und dann schleunigst in die Post. Der Brief sollte pünktlich am Morgen herausgehen. Isabella freute sich sehr über den unerwarteten Kontakt. Dieser Brief gab der jungen Patientin Hoffnung und Lebensmut. Ihr Herz strahlte. ›Das Leben kann schön sein und ist es gewiss. Und das, obwohl auch schreckliche Dinge hier auf Erden passieren, wie zum Beispiel der unerwartete Tod‹, dachte sie sich in weiser Haltung. Nachdem sie den Brief zum Verschicken weggebracht hatte, umarmten sie und ihre Zimmernachbarin sich in tiefer Verbundenheit. Mit dem Wissen, sich bald nicht mehr täglich zu sehen.

Alles sollte gut werden und das wurde es auch. Die restliche Zeit verbrachte Isabella mit ihrer Zimmernachbarin im Krankenhaus. Ihre Blutwerte waren gut und ihr Körper wehrte sich nicht gegen das fremde Organ. Die Einnahme der Tabletten empfand sie dennoch als lästig, nahm die Medikamente aber trotzdem nach Vorschrift täglich ein. Es wurde ausgelassen viel gelacht, beide Frauen wirkten gesünder und gelöster. Isabella freute sich, bald von Ava zu hören. Katy und Isabellas Eltern warteten gemeinsam mit ihr auf den Antwortbrief der noch völlig unbekannten Frau.

10.

Nach Wochen im Krankenhaus und der lebensnotwendigen Herztransplantation durfte Isabella nun endlich nach Hause. Sie wurde mit einem bunten, *herzlich Willkommen*-Aufhänger begrüßt. Für Isa war es beim Betreten des Hauses so, als würde sie mit jedem ihrer Schritte in ein *neues Leben* hineingehen. Sie bekam ein *neues Leben* geschenkt. Dank Marys Herzen. Isabella schien glücklich und dankbar, dass alles erleben zu dürfen. Sie war am Leben und konnte in die Augen ihrer Familie und besten Freundin schauen. Katy gehörte nach all den Jahren auch zur Familie. Dieses Glück war einigen anderen Patienten verwehrt geblieben; sie war sich dessen voll bewusst. Nur einer war nicht da, und das war ihr Freund Jack. Was Isabella aber nicht *aus der Bahn* warf. Ihr ging es gut damit, und sie war sich nicht sicher, ob sie ihn überhaupt sehen wollte? Wahrscheinlich eher nicht. Zur Begrüßung gab es leckeren Kuchen in *Hülle und Fülle*. Ihre Eltern klatschten in die Hände und strahlten vor Freude. Katy war natürlich auch anwesend. Schöner hätte ein Familientreffen nicht sein können. Frische Blumen standen im Wohnzimmer, in der Küche und in ihrem Zimmer. Ihr eigenes Zimmer, wie schrecklich sie das vermisst hatte. Ihre Mutter meinte es sehr gut. Sie richtete das Haus liebevoll her, um ihrer Tochter den bestmöglichen Empfang zu bieten. Der Duft von Kuchen, Blumen und Lavendel-Reinigungsmittel drangen in Isabellas Nase ein. Im Krankenhaus roch alles steril und nicht gerade Nasen-freundlich. Doch das Schönste waren die Menschen, die sie zu Hause umgaben. Die waren zwar auch täglich im Krankenhaus, doch sie alle zu Hause wiederzusehen, war wie Geburtstag und Weihnachten zusammen. Liebe lag in der Luft. Und dann gab es noch Geschenke, einen Haufen voller Geschenke. »Ihr sollt mir doch nichts schenken«, die ehemalige Patientin war immer noch genügsam. »Heute ist es so, als feiern wir deinen zweiten Geburtstag dieses Jahr. Du hast ein *zweites Leben* geschenkt bekommen und dafür sind wir zwei, deine Mutter und ich unendlich dankbar. Die Geschenke hast du dir verdient«, erklärte sich Thomas. Total gerührt von einem Fotoalbum und einer Halskette ihrer Eltern, bekam sie von ihrer besten Freundin ein Tagebuch geschenkt. Der Tag hätte nicht besser sein können, und abends bestellte die Familie zur Feier des Tages chinesisch zu essen. Die erste Nacht zu Hause schlief Isabella außerordentlich gut. Ihr Zimmer war gemütlich und wie von dem einer jungen Frau eingerichtet. Sie stand vom Alter her in der Übergangsphase von einer Jugendlichen zur erwachsenen Frau und dementsprechend war ihr Zimmer auch gestaltet. Am nächsten Tag war Katy natürlich auch wieder zu Besuch und sie schauten sich eine angesagte DVD an. Es war wie in alten Zeiten. Die jungen Frauen quatschten und faselten.

Dann lasen sie sich gegenseitig Gedichte von US-amerikanischen Dichterinnen des frühen 20. Jahrhunderts vor. Louise Bogan, Dorothy Parker ... inspirierten die beiden Literatur- und Sportlieblinge. Auch unbequeme Dinge gehörten zum Alltag dazu. Dass sie nicht wie andere junge Leute in ihrem Alter handeln konnte, fiel ihr weiterhin schwer. Besonders nicht so viel Sport zu treiben und im Moment auch noch nicht studieren zu dürfen. Doch zum Glück gab es Katy und ihre anderen Freundinnen. Und zum weiteren Glück gab es auch noch Literatur, die von ihr entdeckt werden wollte. Bildung war ihr weiterhin wichtig gewesen. Sie wollte lernen, ihren Horizont erweitern und ablenken von der körperlichen Umstellung aufgrund des neuen Organs und den Tabletten. Die Immunsuppressiva hatten es in sich. Die ersten Monate nach der Transplantation musste die junge Frau sich noch sehr oft zu Untersuchungen in der Klinik vorstellen. Dabei wurde die Dosierung der Medikamente individuell auf Isabella abgestimmt. Ziel sollte es sein, dass sich der Gesundheitszustand stabilisierte und das neue Leben genossen wurde. Soweit das eben ging. Einiges musste Isa beachten, damit die Transplantation langfristig erfolgreich sein würde. Jedes Mal, wenn sie von einer erfreulichen Untersuchung aus der Klinik wiederkam, feierte die Familie das mit einem gemeinsamen Essen. Weiter rannte sie täglich zum Briefkasten, um zu schauen, ob eine Nachricht von Ava drin lag. »Sie soll doch nicht so rennen«, sagte Annabelle zu ihrem Mann, während sie ihre Tochter vom Küchenfenster aus beobachteten. »Das kriegst du nie aus ihr heraus. Sie ist voller Freude. Oder hast du schon mal einen Hund gesehen, der nicht mit wedelndem Schwanz auf sein Herrchen zuläuft, wenn er oder sie von der Arbeit nach Hause kommt?«, fragte Thomas ironisch. Seine Frau schaute ihn verwundert an. »Was redest du da? Das kannst du doch gar nicht vergleichen. Isabella ist kein Hund und die unbekannte Ava ist auch nicht das Herrchen. Ich möchte einfach nicht, dass sie ihre Gesundheit auf dem Spiel setzt und wie von Sinnen zum Briefkasten rennt.«

Am darauffolgenden Freitag gab es eine kleine Party auf das Leben. Und Isa sollte im Mittelpunkt stehen. Katy besprach vorab alles zu den Vorbereitungen mit Isabellas Eltern. Die Freundinnen der Zwanzigjährigen waren gekommen. Am Abend veranstalteten die jungen Frauen eine Pyjamaparty. Die Mädels schenkten ihr ein Buch, in dem jede Menge Unterschriften anderer Freunde an Isabella für ihre Genesung gerichtet waren. »Wow, ich scheine ja richtig beliebt zu sein«, scherzte sie über sich selbst. Das war ihr Geheimnis; sie nahm sich selbst nie so richtig ernst. Und sie machte sich nichts aus dem Gerede anderer. Sie blieb bei sich. Sich so zu verhalten war an der Schule recht gefährlich, denn ein *Underdog* hatte es nicht immer leicht. Ihre Meinung und ihr Verhalten waren meistens nicht auf Beliebtheit ausgerichtet. Dann war sie auch noch schwer krank und konnte am gesellschaftlichen Leben nicht mehr teilhaben. Trotz allem blieben ihr Freundinnen und Menschen, die sie vermissten. Und das waren nicht gerade wenige. Der Zimmernachbarin aus dem Krankenhaus war es gesundheitlich leider nicht möglich, zu der Pyjamaparty zu kommen. Trotzdem ließ Isabella es sich nicht nehmen, sie am nächsten Tag anzurufen und sich über ihr Befinden zu erkunden. Beide Frauen telefonierten und scherzten stundenlang am Telefon. Die Verbindung und Vertrautheit half beiden bei ihrer Genesung. Die Nachbarin hatte nicht so ein Glück, von so vielen Menschen in ihrer Genesungsphase umgeben zu sein. Darum war der Kontakt zu Isabella ihr auch so wichtig. Isa verstand zu scherzen, um ihr gegenüber am Hörer zum Lachen zu bringen. Lachen bewirkte nach wie vor Wunder. Man musste sich das nur zunutze machen. Und das tat Isabella für andere und in erster Linie auch für sich selbst.

Mit einem leichten Bewegungsprogramm, eingeschlossen Yoga und Spazierengehen, hielt Isabella sich die nächsten Wochen fit. Kognitiv konnte ihr sowieso kaum einer was vormachen. Körper und Geist sollten nicht verkommen. Das eingepflanzte Herz lebte sich gut in Isabellas Körper ein. Langsam wurden sie eins. Post aus Mississippi war immer noch nicht im Briefkasten, dafür stand Jack vor der Tür. Isabella wollte ihn nicht sofort wegschicken, wusste aber nicht, wie sie auf ihn reagieren sollte? Er hatte sie seit ihrer Rückkehr nach Hause noch kein einziges Mal besucht. Das letzte Zusammentreffen im Krankenhaus verlief nicht gut. Sie fühlte sich unter Druck gesetzt und auch nicht wohl damit, dass er ohne Vorankündigung einfach so vor ihrer Türe stand. Sein Besuch verlief demnach kühl und distanziert ab, ohne jegliche Zuneigung. Dieses Mal brachte er auch kein Geschenk mit, wie er es sonst immer tat. Aufgrund dessen, dass Isa vor Kurzem fast verstorben wäre, war sie mittlerweile frei von Erwartungen. Das half ihr innerlich langsam mit Jack abzuschließen. Nach einigen Stunden ging er wieder zur Tür hinaus, ohne sich zu bemühen, Bindung zu seiner Freundin herzustellen. Isabella war erleichtert. Einst stand er ihr so nah. Er war *blöd* geworden, wollte einen auf Erwachsen machen. Diese Art kam bei Isabella nicht gut an. Sie hatte sich auch verändert und weiterentwickelt. Ihre Werte waren nicht mehr dieselben wie noch vor einigen Jahren. Dass er ihr nicht guttat, bemerkte sie daran, dass sie sich immer erholen musste, nachdem er gegangen war. Für die Beziehung sprach zunehmend nichts Befürwortendes mehr.

Positiv hingegen war der nächste Tag. Wie immer lief sie zum Briefkasten und dieses Mal fast dem Postboten in die Arme. Mürrisch und genervt hielt er einen Brief in seiner Hand. Er dachte, sie würde ihn gleich umrennen und hielt schnell seine Hand nach oben, in der sich der Brief befand. Lebensfroh wie

Isabella nun mal war, sprang sie den Briefträger unverhofft an und entriss ihm den an sie adressierten Brief. Sie fielen zusammen auf den Boden, was die junge Frau nicht interessierte. Für sie gab es nur den Brief. Der Mann regte sich enorm auf und drohte mit einer Anzeige. Cholerisch und aufgebracht meckerte er über die Befindlichkeit seines schmerzenden Rückens. Langsam stand er auf. Seine Knochen hörte man laut knacksen. Weiter am Fluchen ging er aber dann seiner Wege und trug weiter die Post in der Nachbarschaft aus. Isabellas Mutter stand wieder hinter dem Küchenfenster. Sie beobachtete das Schauspiel und bekam sich nicht mehr ein vor Lachen über den cholerischen Postboten. Die Freudige zog die Haustüre auf und rannte so schnell sie konnte nach oben in ihr Zimmer. »Ist es ein Brief von Ava?«, fragte Annabelle ihre Tochter. Diese überhörte die Frage und war mit der Post in ihrem Zimmer verschwunden. Der Brief kam tatsächlich von Ava aus Mississippi. Isabella bewunderte die schöne Handschrift der Frau. Kaum einer schrieb dieser Tage noch Briefe oder Nachrichten mit der Hand. Kommunikation lief über Smartphones oder sonstigen Geräten ab. Dass Ava 80 Jahre alt war, wusste Isabella zu dem Zeitpunkt noch nicht. ›Old School‹, dachte sich die Empfängerin von Marys Herzen. Insgeheim hoffte Isabella, dass der Brief keine Absage für das weitere Schreiben zwischen ihr aus Louisiana und Ava aus Mississippi sein sollte. Dieser Gedanke erwies sich natürlich als purer Unsinn. Ava hatte vorab dem schriftlichen Kontakt zugestimmt. Versprochenes zurückzuziehen war nicht ihre Art und niemals so gelebt. Isa öffnete mutig den an sie adressierten Brief und sollte belohnt werden für ihr ausdauerndes Warten.

Ein selbst verfasstes Gedicht von Ava war in dem Umschlag enthalten und die Einladung nach Mississippi, sobald es Isabella besser gehen sollte. Isa strahlte vor Glück, las die Einladung genauestens durch. Beim Gedicht lesen wurde ihr Herz angesprochen wie nie zuvor. Keine von ihr gelesene Dichtung löste je dieses Gefühl in ihr aus. Sie fühlte sich auf Anhieb mit Ava verbunden. Nicht nur durch den Briefwechsel und die Verbindung zu Mary. Sondern fühlte sich das Gedicht an, als sei es ein Teil von ihr selbst. Ihre Mutter blieb unten im Haus und ließ ihrer Tochter den nötigen Freiraum, den für sie wichtigen Brief alleine zu lesen. Nicht wissend, dass eine Einladung für Isabella in den Nachbarstaat und ein kleines literarisches Werk beigefügt war.

Sehnsucht[1]

Sehnsucht ist das Gefühl bei der Suche nach dir selbst. Dein Äußeres vollkommen umgibt den verletzlichen, inneren Kern deiner Seele. Anker deiner Seele sag, wo bist du nur? In dir bist du auf der Suche des zufrieden du nicht zu sein vermagst. Des Meeres seines Sturm und Wind zerbrechen an dir wie die Wellen an den Klippen. Die Sehnsucht der Suche nach dir selbst ist zugleich die Suche nach deinem Innersten. Du Geschöpf bist rein und vollkommen mit dir selbst. Das zu ertragen verlangt deine höchste weise Kunst. Zerbrichst du an der Klippe, so landest du zurück im Wasser, um dich wieder mit den Wellen zu vereinen. Bist du bereit, erneut des Weges zu gehen, so beginnst du bei dir. Hast du gefunden, was du sehnlichst gesucht, so hast du die Sehnsucht hinter dir gelassen und die Freude in dir entdeckt. Du steckst in jedem Lächeln, in jedem Atemzug, in der Fülle deiner Gaben und in jeder Antwort deines Herzens.

Ergriffen lag Isabella auf ihrem Bett und regte sich nicht. Sie machte sich Gedanken um das Gedicht. Und auch um Ava, die sie bisher nur vom Schreiben kannte. ›Wie kann ein Mensch sein, der so etwas Gefühlvolles schreibt? Wie kann ein Mensch sein, der solche Gedanken hervorbringt und Worte in Ästhetik verwandeln kann? Wer ist Ava?‹ Isabella fand ein neues Thema, nämlich ihre neue Bekannte Ava.

Am Abend kam ihr Vater vom Revier zurück. Gemeinsam mit seiner Frau klopften sie an die Zimmertüre ihrer Tochter. Überglücklich und stimuliert von Avas ausgeschriebenen Worten, öffnete sie ihren Eltern die Türe. Es platzte aus ihr heraus, dass sie mit der Post das schönste Geschenk erhalten hatte. Isabella gab den Inhalt an ihre Eltern zum Selbstdurchlesen. Das Gedicht hingegen las sie ihren Eltern vor, die danach stillschweigend und ergriffen bei ihrer Tochter saßen. Isa war hocherfreut, dass Mum und Dad dasselbe in der Schönheit dieser Worte empfanden, wie sie selbst. Nur was war mit der Einladung nach Mississippi? »Die Seriosität dieser Frau steht vollkommen außer Frage«, so der Polizist. Annabelle und Thomas schauten sich an. »Sobald es dir besser geht, darfst du fahren«, richtete die Mutter aus. »Echt? Ich darf fahren?« Isabella schmiss sich vor Freude ihren Eltern um den Hals.

»Aber nur, wenn es dir besser geht«, fügte der Vater hinzu. Zum Telefon gestürmt, rief Isabella ihre Freundin Katy an, um ihr von der Einladung, dem Gedicht und der anstehenden Reise zu erzählen.

In den nächsten drei Monaten unternahm Isabella alles dafür, dass ihre Gesundheit keinen Schaden nahm. Unbedingt wollte sie zu Ava, nach Mississippi. Die beste Freundin von Mary kennenzulernen, sollte das größte Kompliment für sie und ihr Herz sein. Und davon mal abgesehen, beneidete sie Ava jetzt schon, um ihre Kunst zu dichten. Sie konnte es kaum erwarten und tat deshalb alles Mögliche für ihre Gesundheit. Im Herz-Klinikum wurde sie weiterhin umfänglich untersucht. Die Ärzte waren erstaunt über die gute gesundheitliche Verfassung der jungen Frau. Was Motivation alles bewirkte, es war schon erstaunlich. Die Staaten Mississippi und Louisiana lagen direkt nebeneinander. Dennoch war Isabella zuvor noch nie dort gewesen. Darum schaute sie fast täglich im Internet nach, wie es dort aussah und was man vor Ort machen konnte. Wie sollten die Leute da drüben sein? Auch interessierte sie sich natürlich für die Busverbindung. Das war erst mal das Wichtigste, womit sie sich zu beschäftigen hatte. Die Straßenverbindungen und Namen der Orte studierte sie ebenfalls. Zeit war genug vorhanden, um sich zu informieren. Sie wollte nicht ungeplant den Trip antreten. Und sah es als großes Abenteuer an, als Neustart für ihr Leben und als Ablenkung vom Alltag in Louisiana, der meist zu Hause stattfand. Weiter blieb sie mit Ava in Briefkontakt, um sie auf dem Laufenden zu halten und ihr mitzuteilen, wann sie denn endlich kommen würde. Ava teilte in den Briefen mit, dass sie sich ebenfalls auf den Besuch von Isabella freute. Das waren schon mal gute Voraussetzungen für eine entspannte Reise.

»Hast du an alles gedacht? Und vergiss ja nicht deine Medikamente. Auch den Reisepass eingesteckt? Geld benötigst du auch, und wenn was ist, dann ruf jederzeit an. Egal ob Tag oder Nacht, jederzeit. Hast du verstanden?« Isabella rollte mit den Augen und war sichtlich genervt. »Ja Mum. Ich habe an alles gedacht. Mach dir nicht so viele Sorgen. Es wird alles gut«, beruhigte Isa ihre Mutter. »Das müsste umgekehrt sein, meinst du nicht auch?«, scherzte der Vater. Und dann war die Zeit des Abschieds gekommen. Während Isabella in beschwingter Aufregung aufgrund der Reise steckte, konnte ihre Mutter nicht verbergen, dass sie ihre Tochter jetzt schon vermisste. Thomas machte sich auch Sorgen um seine einzige Tochter, denn die schwierige Herztransplantation lag gerade einige Monate zurück. Und persönlich kannten Sie Ava noch nicht. Sie hofften auf ihre Intuition und dachten positiv. Bepackt und startklar brachten sie Isabella zur Bus-Station. Katy wartete mit einem *Gute Reise*-Plakat am Buseinstieg. »Komm gesund zurück«, riefen ihr alle zu. Isabella war zu dem Zeitpunkt schon mit ihren Gedanken in Mississippi.

»Und schau mal, welche heißen Typen da herumlaufen«, Katy grinste. Annabelle und Thomas wollten das nicht hören und seufzten einmal laut. »Das hab ich gehört«, Isabella musste lachen und umarmte ihre Eltern und beste Freundin zur Verabschiedung. Dann stieg sie in den Bus ein, suchte sich ihren Platz und winkte ihren Lieben vom Fenster aus zu. Der voll besetzte Bus startete seine Tour. Isabella winkte weiter am Fenster, bis sie ihre Familie nur noch in weiter Ferne sah. Isa setzte sich aufrecht hin und lächelte im Gesicht. Die Reise und das Abenteuer konnten nun für sie persönlich beginnen. Der Fern-Bus sollte sie in einigen Stunden bis nach Mississippi bringen. Mit Musik hören, nachdenken und lesen, vertrieb sie sich die Zeit im Bus, bis sie schließlich eingeschlafen war.

11.

Aufgeweckt wurde sie von der Stimme des Busfahrers: »Junge Dame, wir sind da. Du bist am Ziel.« Sie rieb sich ihre Augen und bedankte sich beim aufmerksamen Fahrer. »Ja Sir. Danke«, Isabella nahm ihre Tasche und stieg aus. Der Duft von Mississippi drang in ihr ein. Sofort fühlte sie sich frei und entspannt. Ava hatte einen Mann aus der Nachbarschaft beauftragt, die Reisende von der Busstation abzuholen und zu ihr nach Hause zu bringen. Darüber war Isabella informiert und freute sich über die erste Begrüßung im Nachbarstaat. Während der Autofahrt schaute sie sich die Umgebung und die Menschen genauestens an. Wie würde das erste Treffen mit der besten Freundin von Mary verlaufen? Neugierig ließ Isa alles auf sich zukommen. Nach der Fahrt kamen sie am idyllischen Ort des Hauses von Ava an. Total entzückt vom lieblichen Aussehen des Anwesens ihrer Gastgeberin, stieg die junge Frau aus dem Auto aus und bedankte sich bei dem Nachbarn von Ava. Sofort fiel ihr die bunte, üppige Blumenpracht auf, die das Haus umringte. Der Duft war überwältigend. Der Nachbar richtete viele Grüße an Ava aus. Er fuhr dann wieder weiter. Und nun stand sie da, am Eingang des wunderschönen, aber noch fremden Hauses. Sie war nervös und bekam ein wenig Angst. Ehrfurcht vor der Situation drang zu ihr durch. Isabella stand wie bestellt und nicht abgeholt vor der weißen Fassade des Hauses. Sie traute sich nicht, einfach hineinzugehen. Die Herztransplantation gut überstanden und schon viel mitgemacht, gab es doch eigentlich nichts mehr, wovor sie Angst haben müsste. Die Vögel zwitscherten, sie beobachtete am Himmel ein Flugzeug über sie hinweg fliegen. Sobald sie wieder auf das Haus schaute, so wolle sie in das Haus eintreten. Doch sie konnte es nicht. Immer noch stand sie da, nervös und mit leicht geöffnetem Mund. Die kurze Weile kam ihr minutenlang vor. Plötzlich öffnete da jemand die Türe. Wie angewurzelt stand Isa da und bewegte sich nicht. Wer kam da jetzt raus? Es passierte das, womit sie nicht gerechnet hatte. Eine ältere, schicke Dame stand im Türrahmen und bewegte sich einen Schritt auf die Veranda zu. ›Wer ist das?‹, dachte sich die junge Frau. Als hätte sie es laut ausgesprochen, begrüßte sie ihr gegenüber mit: »Guten Tag. Du musst Isabella sein? Hast du eine gute Anreise gehabt?« Isa stockte der Atem. Das konnte doch niemals Ava sein? Eine weiße, alte Frau. So hatte sie sich die beste Freundin von Mary nicht vorgestellt. ›Das kann nicht sein?‹, wiederholte sie in Gedanken. Stotternd und langsam antwortete sie: »Ja, ich bin Isabella. Guten Tag.« Ava kam auf sie zu und reichte ihr die Hand zur Begrüßung. Isabella erwiderte den förmlichen Handschlag. In dem Moment, wo ihre beiden Hände sich berührten, traf es Isabella wie ein *Blitzschlag*. Ein ganz merkwürdiges Gefühl durchdrang ihren Körper. Sie traute sich nicht zu fragen, ob die Dame Ava sein könnte? Die Gewissheit wurde ihr abgenommen: »Ach, entschuldige bitte. Ich habe mich noch gar nicht vorgestellt. Ich bin Ava. Wir haben Briefe geschrieben, ich bin Marys beste Freundin.« Isabella wäre am liebsten im Erdboden versunken. Wie sie jetzt reagieren sollte, wusste sie nicht. Ihr war noch nicht klar, warum sie so verwundert war. Vielleicht weil Ava weiß und alt war? Hatte sie damit nicht gerechnet?

Isabellas Vater war dunkelhäutig und ihre Mutter halb weiß und halb schwarz. Das gehörte zusammen so wie Sonne und Mond. Somit war Isa von allem gesegnet, was ihre Familie zu geben vermochte. Hatte Isabella Vorurteile? Sie wusste, dass Mary 40 Jahre alt war, bevor sie starb und dass sie eine dunkelhäutige, starke Frau gewesen sein muss. Isa leuchtete ein, dass sie annahm, die beste Freundin von Mary sei auch dunkelhäutig und etwa im selben Alter wie die einst verstorbene. Doch es kam anders. Isabella wollte herausfinden, warum Mary und Ava so enge vertraute gewesen waren? Sie hatte somit eine Aufgabe in Mississippi zu bewältigen. »Magst du hereinkommen? Die ganze Zeit hier zu stehen, ist bestimmt langweilig für dich?«, Ava ging vor ins Haus. Schüchtern und langsam folgte sie der älteren Dame. »Das ist mein Haus. Ich zeige dir jetzt dein Zimmer. Du kannst dich auch gerne im Bad frisch machen, wenn du möchtest. Bestimmt musst du deinen Eltern noch

Bescheid geben, dass du gut angekommen bist?«, Ava verhielt sich sehr gastfreundlich und dachte mit. Gemeinsam gingen sie die leicht knirschenden Holztreppen in dem imposanten, feinen Haus hoch. Das Zimmer hatte Ava zuvor für Isabella nett hergerichtet. Japanische Anemone und weißer Flieder standen in einer Hand-verzierten Blumenvase. Die weiße Bettwäsche war mit verspielten Rüschen verziert. Auf dem Parkettboden lag ein rosenfarbener, handgeknüpfter Teppich. Ein Krug mit frischem Wasser nebst französischem Trinkglas stand auf einer Holz-Anrichte. Der Kleiderschrank war ebenfalls aus altem dunklem Holz geschnitzt und hätte jeden Schreiner ein Lächeln ins Gesicht zaubern können. Durch das halb offene Fenster drang der frische Duft von Avas Garten hinein. »Wenn du noch etwas benötigst, dann lass es mich wissen. Ich bin unten«, teilte sie Isabella mit. Diese bedankte sich und begann die Schönheit der Einrichtung im Zimmer zu genießen, bevor sie ihre Eltern und Katy anrief. Danach verschwand sie kurz im Bad, um sich nach der langen Reise neu einzukleiden. Getrockneter Lavendel hing im Badezimmer, welches im Jugendstil eingerichtet war, verteilt an der Decke herunter. Es war, als wäre in diesem Hause die Zeit stehen geblieben. Aber auf eine charmante, schicke und stilvolle Art und Weise. Zu Hause in Louisiana war es auch gemütlich, dennoch moderner und zeitgemäßer eingerichtet. Hier war es nicht altbacken, auch nicht unmodern, sondern wie bei feinen Herrschaften. Irgendwie gefiel Isabella das, und trotzdem hatte sie Scheu, mit der älteren Dame ins Gespräch zu kommen. Ava machte auf Isa einen gebildeten und intelligenten Eindruck. Trotz ihres Alters schien sie weltoffen geblieben zu sein. Und von ihren literarischen Fähigkeiten konnte sie sich in dem Gedicht *Sehnsucht* überzeugen. Angst, irgendetwas kaputtzumachen blieb bei jeder Bewegung. Sie schlich sich demnach leise und langsam die Treppen hinunter, was nicht unbemerkt bleiben sollte. »Du brauchst dich nicht extra so leise zu verhalten. Seit Marys Tod ist es hier schon still genug.« Isabella erschrak und entschuldigte sich umgehend. Sie wollte alles richtig machen, doch war es das nicht. Ein wenig gelöster ging sie ganz normal die restlichen Stufen hinunter. »Du hast geschrieben, dass du gerne chinesisch isst. Darum habe ich uns was bestellt. *China Garden* sind der beste Lieferant aus der Umgebung«, informierte Ava ihren Gast. Isabella wurde immer nervöser. Die Gastgeberin kam ihr so perfekt, so kontrolliert und leicht distanziert vor. Wie sollte jemals das Eis zwischen ihnen gebrochen werden? »Das wäre doch nicht nötig gewesen«, stotterte die Zwanzigjährige. Das Schweigen danach wurde durch das Klingeln des Lieferanten unterbrochen. ›Puh, zum Glück‹, Isabella war erleichtert. Sie schnaufte ihre Lippen und begab sich ins Wohnzimmer, dann in die Küche. Die Küche war ebenfalls so alt, aber extrem schick wie ihre Besitzerin. Frisches Obst und gelbe Zitronen lagen angerichtet auf einer Tonschale. Beim Anblick der restlichen Küchenvorräte lief der jungen Frau fast das Wasser im Munde zusammen. Gesundes Gemüse stand in offenen Holzkisten auf dem kühlen Boden, Nudeln waren in einem Glasbehälter dekorativ verstaut und Vanilleschoten aus Mexiko sollten zum Backen verwendet werden. Isabella schaute sich beinahe schon satt. Den Esstisch im Wohn- und Speiseraum deckte Ava mit altem, weißblauem Porzellan ein. Goldenes Besteck machte den Eindruck perfekt. »Ist, das nicht viel zu fein für chinesisch aus dem Papierbehälter?« Isa begann sich allmählich zu öffnen. Fragend und unverständlich schaute Ava die junge Frau an und antwortete selbstsicher: »Kind merk dir eins. Ein wenig Eleganz im Alltag macht das Leben schöner.« So wie sie sich ausdrückte, so war auch ihr Lebensstil. Das Essen von dem chinesischen Lieferservice schmeckte Isabella vorzüglich. Die Reise hatte sie hungrig gemacht. Überall vor und in dem Haus duftete es nach frischen Blumen, Vanille und Lavendel. »Mit Mary habe ich gelegentlich einen guten Tropfen edlen Rotwein getrunken. Aufgrund deines Alters und deiner Krankheit verschone ich dich und auch mich. Heute Abend belasse ich es bei einem Glas Wasser«, Ava schwelgte in Erinnerungen. Der Abend ging noch etwas verhalten und Kommunikationsarm vorüber. Ein wenig peinlich berührt bedankte sich Isabella für die Gastfreundschaft und das Essen, bevor sie sich dann in ihr Zimmer zurückzog. Noch einmal rief sie ihre Eltern an. »Schatz, du musst nicht bleiben, wenn du nicht willst. Es zwingt dich keiner. Es ist ja prima, dass die Frau nett und höflich ist, doch wenn sie dir zu alt ist und du keinen Draht zu ihr findest, kannst du jederzeit nach Hause kommen«, empfahl Mama Annabelle. »Danke Mum. Ich denke darüber nach. Einen schönen Abend dir und Dad. Hab euch lieb«, und legte auf. Unerwartet gut schlief Isabella die erste Nacht in ihrem Gästebett. Am nächsten Morgen reckte und streckte sie sich, begann sich auf den Weg ins Badezimmer zu machen, während ihr der Duft von frisch gebrühtem Kaffee und Marmelade in die Nase zog. »Guten Morgen«, begrüßten sich die beiden Frauen. Nach dem Frühstück zog es die Sonnenanbeterinnen auf die Veranda des Hauses. Ava erzählte nicht direkt von sich selbst, dafür lange von Mary, der Organspenderin von Isabella. Neugierig und interessiert hörte sich die Operierte alles an. Es gab kein Zweifel daran, dass Mary das Herz besaß, was Isabella sich immer als Empfängerin gewünscht hatte. Das Eis war gebrochen und Isa stellte sogar Fragen über ihre Lebensretterin. Sie wollte alles über Mary wissen. Die Zeit verging rasend. Auch Isabella erzählte Teile ihrer Lebensgeschichte an Ava, die ebenfalls aufmerksam und gespannt zuhörte. Was Isa aber nicht bemerkte, war, dass die ältere Dame nur über Mary sprach und die gemeinsame Verbindung aber nicht von sich selbst. Unbemerkt davon bedankte sich Isabella für die Spende von Mary bei derer besten Freundin. Das wollte sie auch gerne Marys Schwester mitteilen, doch die hatte den Kontakt vermieden wollen. Und weil Isabella sich gerade anfing, für alles zu bedanken, sprach sie das wundervolle Gedicht *Sehnsucht* von Ava an und wie sehr es sie in dieser Phase berührte. Nachdem die Frauen fast den ganzen Tag auf der Veranda saßen und philosophierten, schaute sich Isabella im Anschluss in Ruhe das große, schöne Haus ihrer Gastgeberin an und entdeckte jede Menge kleiner Schätze und Fotos von Mary.

Der Besuch von Isabella aus Louisiana hatte sich in der Stadt von Ava schon rumgesprochen. Derartige Informationen verbreiteten sich so schnell wie ein Feuer. Dies war auch bei Marys Schwester und ihrer Familie angekommen. Daraufhin tobte ein Streit bei ihnen zu Hause. »Mutter, sie hat dir und uns doch gar nichts getan. Und für Marys Tod kann sie auch nichts. Ich möchte sie einfach nur kennenlernen. Bitte lass mich zu Ava gehen«, bat Benji seine Mutter darum. Die tobte vor Wut und bekam sich nicht mehr ein. Sie schrie so laut, dass die halbe Nachbarschaft das hören konnte. »Nein Benjamin. Du wirst nicht gehen. Und ich verbiete dir, sie kennenzulernen«, die Mutter ließ ihrem Temperament freien Lauf. »Und, wenn ich dann doch gehe? Du kannst mich nicht aufhalten. Ich bin kein Kind mehr, sondern 25 Jahre alt. Mary war meine Tante und ich möchte sehen, in wessen Herz sie weiterlebt«, Benji war sich seines Anliegens sicher. Seine Mutter reagierte vollkommen empört, hitzig und extrem empfindlich auf dieses Thema. »Ich glaube es nicht, dass du unsere Familie verrätst. Bedeute ich dir denn gar nichts?«, die Mutter fühlte sich persönlich verletzt. Der Vater von Benjamin und Schwager von Mary stand zwischen den Stühlen. Er wusste nicht, wie er sich verhalten sollte und was richtig zu sein schien? »Beruhigt euch doch. Der Streit bringt niemanden etwas. Wir haben schon Mary verloren. Ich will euch nicht auch noch an so einer Sache verlieren«, sprach er sich von der Seele. Einen Moment war es still, doch die Ruhe währte nicht lange. Benji zögerte nicht weiter und handelte sofort. Eilig nahm er seinen Rucksack und verschwand durch die Türe, um Isabella kennenzulernen. Da es schon abends war und er keineswegs so aufgebracht bei Ava und der unbekannten Empfängerin von Marys Herzen auftauchen wollte, zog Benjamin durch die Straßen und verbrachte die halbe Nacht in einem Imbiss.

Am nächsten Morgen besuchten Isa und ihre Gastgeberin das Grab von Mary. Da der Garten von Ava nur so voller Blumen strotzte, pflückten sie für ihre *Liebste* den schönsten Blumenstrauß und brachten ihn mit zum Grab. »Hier liegt sie. Das ist die Frau, die dir ihr Herz geborgt hat«, Ava stand mit Isabella vor Marys letzter Ruhestätte. Isa sprach laut mit der Verstorbenen: »Hallo Mary. Ich bin es, Isabella. Ich wollte dir *Hallo* sagen und vor allem *Dankeschön*, dass ich dein Herz in mir tragen darf.

Es ist schön, dich über Ava kennenzulernen. Sie hat mir schon viel von dir erzählt. Und deine Fotos hab ich mir angesehen. Die sind wunderschön.« Gefasst standen beide Frauen vor dem Grab und kamen sich zum ersten Mal seit Isabellas Ankunft wirklich nah. Der erste Schritt kam von der Zwanzigjährigen, sie nahm Ava in den Arm. Darüber erfreut erwiderte die Achtzigjährige das Umarmen. Sie standen noch eine Weile bei Mary, legten die Blumen auf die Grabplatte und sprachen über die Verstorbene. »Es ist so warm, Lust auf eine bittersüße Limonade?«, erwartungsvoll sah Ava Isabella an. »Also ich bin dabei. Von mir aus kann es losgehen.« Beide Frauen verließen die Grabstätte und waren insgeheim froh, sich emotional näher gekommen zu sein. Zu Hause angekommen, begab sich die alte Dame in ihre Küche, um die Limonade vorzubereiten und die gelben Zitronen in Scheiben zu schneiden. Isabella saß auf den Stufen der Veranda und genoss das schöne Wetter in Mississippi und den natürlichen Duft der Blumen. Auf einmal und völlig unerwartet kam ein junger Mann auf das Haus zu. Für Isabella machte es den Eindruck von Selbstverständlichkeit, wie der junge Mann in Richtung Avas Haus zuging. »Hallo. Du musst der Gast aus Louisiana sein. Ich bin Benjamin, doch alle nennen mich Benji. Ich bin der Neffe von Mary«, sagte, während er Isabella seine Hand zur Begrüßung hinhielt. ›Wow. Marys Neffe sieht ja toll aus und wirkt so nett‹ Isabella war auf Anhieb begeistert. »Hallo Benji. Ich heiße Isabella und richtig; ich bin der Gast aus Louisiana. Schön dich kennenzulernen«, Isa bemerkte, dass ihr Herz schneller schlug als noch vor einigen Minuten. Benjamin gefiel ihr und hoffentlich würde er bleiben? Ava kam ohne die Limonade nach draußen und war begeistert von Benjamins Besuch. »Ava«, rief der junge Mann und rannte ihr in die Arme. »Schön, dass du da bist. Ich freue mich so sehr. Aber das haben deine Eltern dir doch bestimmt nicht erlaubt?« Ava war dies sofort klar. Sie hatte viel Lebenserfahrung, man konnte ihr nichts mehr vormachen. Sie ahnte schon, dass Benji ohne die Erlaubnis seiner Mutter hier sein würde. Ertappt gefühlt sagte er: »Du weißt auch immer alles. Aber das ist okay. Ich bin 25 Jahre alt und kann meine eigenen Entscheidungen treffen. Zum Glück.« Dabei schaute er Isabella an. Ava bemerkte sofort die Sympathie zwischen den beiden jungen Erwachsenen. »Na, dann hast du Isabella bestimmt schon kennengelernt? Sie ist die junge Frau, die das Herz deiner Tante eingepflanzt bekommen hat«, sagte Ava. Etwas schüchtern antwortete Benjamin, dass er Isabella gerade kennengelernt hatte. »Dann hole ich jetzt drei Gläser Limonade raus«, grinste Ava und ließ die beiden jungen Leute einen Moment für sich alleine. Mit frischer, selbst gemachter Zitronenlimonade feierten die drei kurze Zeit darauf ihre Freundin Mary und das *neue Leben* von Isabella, die durch das Herz von Mary weiterleben konnte. Benjamin machte sich direkt nützlich und führte den Stecker der Lampion-Lichterkette in die Steckdose. Genauso bunt wie Avas Blumen im Garten leuchteten die Lichter in allen Farben. Isabellas erste eigene Aktion als Besucherin in Mississippi war es, die Kerzen auf der Veranda anzuzünden. Eine wunderschöne Atmosphäre wurde geschaffen. Die drei unterhielten sich harmonisch und mussten über den einen oder anderen Witz von Mary lachen. Ava und Benji hatten alles über ihre Freundin und Tante als Erinnerung gespeichert. Zum ersten Mal trat wieder Glück in das Haus ein, dass nach dem Tod von Mary selbst zu sterben drohte. Die ausgelassene Stimmung zog auch die Leute aus der Nachbarschaft an, die nach langer Zeit wieder in Avas Haus einkehrten. Die Gastgeberin machte alle Nachbarn und Freunde mit Isabella bekannt. Das waren die Südstaaten. Plötzlich unerwarteter Besuch mit ungeplanter Feier. Es wurde geredet, mal laut, mal etwas lauter und viel gelacht. Und natürlich viel gegessen und getrunken. Isa lernte so viele neue Leute kennen, dass sie und Benjamin keine Zeit hatten, sich alleine zu unterhalten. Der Tag und der Abend vergingen rasch. Nachdem alle anwesenden beim Aufräumen geholfen hatten, bedankte sich Isabella bei Ava für den schönen Tag und zog sich in ihr Zimmer zurück. Doch zuvor verabschiedete sie sich von ihrer neuen Bekanntschaft, dem jungen Benji. Dieser wollte es sich nicht nehmen lassen, Isabella mitzuteilen, morgen gewiss wiederzukommen. Auf ihrem Zimmer angekommen, sah sie auf ihr Handy, dass zehn Anrufe in Abwesenheit anzeigte. Sofort klingelte Isa ihre Mutter an. »Wir haben uns schon Sorgen gemacht. Warum hast du uns nicht zurückgerufen? Dein Vater und ich wollten wissen, wie es dir geht? Du hattest doch überlegt, eventuell nach Hause zu fahren«, sprach die besorgte Annabelle am Telefon zu ihrer Tochter. Isabella gab schnell Entwarnung und berichtete von dem tollen Tag, den sie heute erlebte. Von dem Besuch am Grab von Mary, der köstlichen Limonade, die aufmerksame Gastfreundschaft von Ava, das kleine Fest auf der Veranda mit den Nachbarn und natürlich von Benjamin. »Oh, du hast jemanden kennengelernt?«, für Thomas konnte kein Mann gut genug für seine Tochter sein. Er sah selbst, dass die Beziehung zu Jack, seiner herzkranken Tochter, nicht mehr guttat. »Nein Dad. Er ist der Neffe von Mary und wollte sich nur vorstellen. Aber er ist nett«, grinste Isa durchs Handy. Freudestrahlend beendete Isabella das Gespräch mit ihren Eltern. »Na das kann ja heiter werden. Gerade frisch operiert, geht unsere *Kleine* schon auf Reisen und lernt neue *Benjamins* kennen«, sagte Thomas zu seiner Frau. Die bemerkte sofort die Eifersucht, die ihr Mann empfand. »Er wollte sich nur vorstellen. So fängt das doch meistens an«, grummelte der Vater. »Ich glaube, du brauchst ein wenig Ablenkung. Wie wäre es mit einer entspannenden Massage und einem guten Glas Wein dazu?«, Annabelle schaute ihrem Mann tief in die Augen. Der konnte dem verlockenden Angebot nicht widerstehen und holte zwei Weingläser aus der Vitrine. An Schlaf war derweil bei Isabella noch nicht zu denken. Sie hatte nur Benji im Kopf und hoffte, ihn tatsächlich morgen wiedersehen zu können. Voller Glückshormone im Körper klingelte sie zum Tagesabschluss ihre beste Freundin Katy an, um ihr vom Tag und in erster Linie vom Kennenlernen des 25- jährigen Neffen Marys zu berichten. Anschließend lag Isa mit offenen Augen im Bett und konnte nicht einschlafen. Irgendwann machte sie ermüdet schlapp, sie schlief seicht und beruhigt ein.

Benjamin hielt sein Versprechen ein und kam am nächsten Tag wieder zu Besuch bei Ava und Isabella vorbei. Da an diesem Tag das Wochenende begann, hatte Benji keine weiteren Verpflichtungen. Isabella schaute sich zur selben Zeit die Bibliothek von Ava fasziniert an und wurde urplötzlich durch ein lautes Geräusch gestört. Sie erschrak und blieb stehen. Ihr Herz und ihr Körper waren immer noch feinfühlig auf laute Geräusche eingestellt. Wo kam dieses grässliche Geräusch nur her? Sie folgte ihrer auditiven Wahrnehmung und öffnete die Haustüre. Es war Benji, der für Ava den Rasen mähte. »Guten Tag verehrte Isabella«, begrüßte er sie und stoppte den Rasenmäher. Beim Anblick des Neffen von Mary strahlten Isabellas Augen vor Freude. »Hi Benji. Toll, dass du ihr hilfst«, bewarf Isa ihren Schwarm mit Komplimenten. »Bevor meine Tante bei diesem schrecklichen Unfall verstarb, war ich jeden Tag

hier. Na ja, so kann es kommen. Wo ist denn Ava?«
Die alte Dame war wie Familie für ihn, darum sorgte
er sich um die Achtzigjährige. »Sie ist in ihrem
Schreibzimmer. Sie sagte, sie müsse noch was
erledigen«, antwortete Isa mit verträumtem Blick.
Benjamin überlegte kurz und schlug dem Gast eine
tolle Idee vor: »Du, sag mal Isabella. Hast du heute
schon was vor? Wenn Ava in ihrem Schreibzimmer
ist, dann könnten wir beide was unternehmen.
Wenn du möchtest? Außer dem Friedhof hast du
bestimmt noch nicht viel von Mississippi gesehen?«
Isabella konnte ihr Glück kaum fassen. Natürlich
wollte sie mit ihm etwas unternehmen. Sie
versuchte, cool zu bleiben, und faselte so was wie:
»Muss ich mal überlegen, aber ich glaube schon,
dass ich Zeit habe.« Isa wollte noch distanziert und
kühl rüberkommen. »Fein«, sagte Benjamin und
mähte weiter den Rasen. Isabella wollte nicht gleich
einfach so verschwinden, darum informierte sie Ava
über den Ausflug. Die Bürotüre von der alten Dame
stand einen Spalt weit auf, sodass Isabella gerade
dadurch gucken konnte. Ava saß auf ihrem Stuhl
und beugte ihren Unterarm auf den Schreibtisch ab.
Immer wieder schüttelte sie mit dem Kopf, so als sei
etwas nicht gut. Sie sah nachdenklich aus und
schrieb kein einziges Wort. Isa war es peinlich, in
dieser Situation anzuklopfen, sie wollte nicht stören.
Ein Zeichen, um sich bemerkbar zu machen, war
das Räuspern aus ihrem Mund. Ava erschrak
daraufhin und drehte sich sofort um. Isabella war es
so unangenehm, die gebildete Dame beim

Nachdenken gestört zu haben, dass sie sich umdrehte und weggehen wollte. »Was gibt es denn? Gefällt dir die Bibliothek nicht?«, Ava wusste nichts anderes zu fragen. »Nein, Nein. Alles gut. Die Bibliothek ist wundervoll. Ich wollte nur fragen, ob ich nachher mit Benjamin einen Ausflug machen darf? Er wollte mir die Gegend zeigen«, Isa sah ihre Gastgeberin mit erwartungsvollen Augen an. Die wünschte den beiden viel Spaß und einen schönen Tag. Motiviert ging Isa in ihr Gästezimmer, um ein passendes Outfit für den bevorstehenden Ausflug herauszusuchen. Außer Jeans und T-Shirts hatte sie nicht viel dabei. Isabella war kein *Modepüppchen*, sie hatte ihren eigenen Geschmack. Schnell zum Handy gegriffen, rief sie Katy an, um einen Tipp zu bekommen, welches ihrer vielen T-Shirts sie denn anziehen könnte? Es kam ihr vor, als hätte sie heute ein Date. Dementsprechend aufgeregt war sie in dem Wissen, dass es ein harmloses Treffen werden sollte und sie Benjamin nicht einmal genau kannte. Eine Stunde später trafen sich die beiden unten im Flur. »Bist du startklar? Ich habe mir was Tolles überlegt«, Benji war gut im Planen. »Ich bin bereit«, strahlte sie Benjamin an. Sie verabschiedeten sich von Ava und starteten ihren gemeinsamen Ausflug. »Hast du Lust auf Natur?«, fragte der Neffe von Mary seine neue Bekannte aus Louisiana. »Und wie. Durch meine Krankheit war ich wochenlang im Krankenhaus und danach zu Hause gefesselt. Darum habe ich mich auch so auf den Besuch in

Mississippi gefreut. Natürlich um alles über Mary zu erfahren. Aber auch um mal herauszukommen, mich zu bewegen und Menschen kennenzulernen. Ich habe damals so gerne Sport gemacht.« Isabella plapperte, ohne nachzudenken. »Na, dann ist ja der Trip genau das Richtige für dich«, war sich Benji sicher. Er hatte einen Ausflug zum *Bienville national Forest* geplant. Doch verriet er Isa noch nichts davon. Ein Bus sollte die beiden dort hinbringen. Gespannt, was Benjamin sich ausdachte, ließ sie sich auf die Busfahrt ein. Dort saßen auch Touristen, genau wie sie selbst, die sich die Gegend anschauen wollten. Während der Fahrt unterhielten sich die beiden so, als wären sie langjährige Freunde. Mit Augenkontakt und einem Lächeln sollten sie bald am Wald ankommen. Beeindruckt von der Schönheit der Natur stiegen die beiden aus dem Bus und betrachteten die Umgebung. Wie zwei Wanderer schlenderten sie durch den *Forest*. Das Grün der Bäume wies auf die Gesundheit des Waldes hin. Der frische Geruch der Natur machte den Tag noch angenehmer und fast schon perfekt. Und Benjamin spielte den Reiseführer: »Herzlich willkommen im *Bienville national Forest.* Ich hoffe, es gefällt Madame hier? Das 723 Quadratkilometer große Gebiet wurde 1934 gegründet, indem die Wälder direkt von den örtlichen Holzfirmen gekauft wurden. Es wurde nach Jean-Baptiste le Moyne de Bienville benannt.« Isabella war so verzückt, dass sie den Worten von Benjamin nicht folgen konnte, sondern nur in seine Augen schaute. An der

Touristeninformation liehen sich die beiden zwei Fahrräder aus und erkundeten per Rad den friedlichen Wald. Es ging Isabella lange nicht mehr so gut wie an jenem Tage. Sie mochte Benjamin sehr, dies beruhte auf Gegenseitigkeit. Hatte er doch schließlich die Beziehung zu seinen Eltern aufs Spiel gesetzt, nur um Isa kennenzulernen. Der operierte Körper der Zwanzigjährigen machte die Radtour keinerlei Probleme, ganz im Gegenteil. Sie fühlte sich frei und unbeschwert. In dem Wald gab es neben diversen Freizeit- und Erholungsangeboten auch Seen und Flüsse zum Entspannen. Die beiden stellten ihre Fahrräder an einem See ab und legten sich auf eine geliehene Decke. So als wären sie jahrelange Vertraute, legte sich die junge Frau in Benjamins Arm. In dem Moment konnte es nichts Besseres geben, als zu genießen und zu schweigen. Der Wald mit seinen Kiefern und Eichen war bekannt für seinen Vogelreichtum. Über 170 verschiedene Vogelarten lebten in diesem Wald. »Ich fühl mich so, als könnte ich hier ewig verweilen. Du nicht auch?«, fragte sie ihren Schwarm in der Hoffnung, er würde dasselbe empfinden. Und das empfand er offensichtlich auch: »Du, die Bäume und das Gezwitscher der Vögel … Ich bin beeindruckt«, antwortete er. Von was auch immer er beeindruckt war, Isabella fühlte sich ihm verbunden. Der Tag hätte ewig so weitergehen können, doch bevor es dunkel wurde, sollte man den Wald als Tagestourist verlassen haben. Isabella fühlte sich wie neugeboren. Sie stiegen auf die Fahrräder und fuhren bis zur Touristeninformation zurück. Beide Räder und die Decke abgegeben, gingen sie erfrischt zur Bushaltestelle zurück. Während der Busfahrt lehnte sich Isa an ihren neugewonnenen Freund an. Sie hatte Jack gegenüber zwar ein schlechtes Gewissen, doch so einen schönen Tag hatte sie mit ihm schon lange nicht mehr erlebt. Sie schien sich sogar sicher, dass sie sich noch nie bei jemand anderen so wohlfühlte wie bei Benjamin. Doch das wusste sie vorher nicht, weil sie erst durch Benji dieses Gefühl kennenlernte. Zurück im Haus sah Ava den beiden ihre gegenseitige Zuwendung füreinander an. Sie hatte ein leckeres Abendessen zubereitet und lud die beiden jungen Leute zum Dinner ein. »Danke Ava. Aber ich muss nach Hause, bevor Mum noch weiter ausrastet. Danke für alles. Und Isabella, es war ein wunderschöner Tag«, verabschiedete sich Benji von den Damen. »Danke auch dir. Ich werde den Tag nie vergessen. Und komm gut Heim«, Isabellas Interesse für Benjamin wuchs immer mehr, dass sie gar nicht nach Hause zurückfahren wollte. Sie fühlte sich im Staat von Mississippi rundum wohl und gesund.

Die nächsten Tage half sie viel im Haushalt mit. Isa putzte, kehrte, saugte und bügelte. Sie wollte Ava helfen und sich somit für ihre aufmerksame Gastfreundschaft bedanken. Davon mal abgesehen, lenkte die Hausarbeit gut von dem Gedanken ab, bald wieder nach Hause fahren zu müssen. Die

Bewegung tat ihr und ihrem Körper gut. Ihre Gastgeberin war 80 Jahre alt und Isabella schämte sich ungeheuerlich, wenn sie nicht genug helfen würde. Ava war noch nicht bereit für eine neue Haushälterin. Der Verlust von Mary saß tief in ihr und würde so schnell nicht verschwinden. Mary war nicht nur die beste Haushaltshilfe, sondern auch Ansprechpartnerin, vertraute und beste Freundin. Jemand Fremden ins Haus zu lassen konnte sie noch nicht. Bei Isabella war das anders. Sie trug Marys Herz in sich und schien dem auch würdig zu sein. Isa verstand die Achtzigjährige in diesem Punkt. Mary war so viele Jahre in ihrem Hause ein und ausgegangen, sie lebte vom Gefühl her auch dort. Das Vertrauen wurde nie infrage gestellt. Ava musste den Tod ihrer Freundin erst mal verdauen. Isabella dachte sich, wie schön es wäre, für länger hierzubleiben und ihrer Gastgeberin zu helfen. Natürlich auch, um Benjamin weiter kennenzulernen. Der kam natürlich auch wieder zu Besuch. Der Streit mit seiner Mutter war immer noch nicht beigelegt, doch konnte er nun mal mit seinen 25 Jahren alleine Entscheidungen treffen. Er fühlte sich zu seiner neuen Bekanntschaft hingezogen; eine Wärme umgab ihn jedes Mal, wenn er Isabella sah. Der Ausflug zum *Bienville national Forest* brachte die Zwei näher zusammen. Benji mochte sie und wollte die junge Dame aus Louisiana weiter kennenlernen. Und Ava war für Benjamin sowieso ein ganz besonderes Thema. Sie war die beste Freundin seiner verstorbenen Tante.

Schon vor der Ankunft von Isabella war er fast täglich im Hause bei der alten Dame in Mississippi zu Besuch. Die Art, zwischen Mary und Ava miteinander umzugehen und die Harmonie in dem Haus lockten ihn immer wieder an. Auch das Ava als Schriftstellerin arbeitete und ein all umfängliches Wissen vorweisen konnte, beeindruckte ihn. Er fühlte sich oft inspiriert und lernte viel. Nie wollte er so enden wie da draußen die Gangster und Gruppen auf den Straßen. Gerade junge, schwarze Männer gerieten oft in solche kriminellen Systeme und Strukturen. Er merkte, dass das Haus von Ava ihn davor bewahrte. Sein Ziel war es, ein guter Mensch zu werden. Vielleicht war er das auch schon? Tante Mary sah stets das Beste in ihm.

Isabella war es nicht verborgen geblieben, dass Ava Liebesromane schrieb. Und wie sie hörte, sogar ziemlich erfolgreich. 50 Bücher hatte sie in ihrem Leben bereits veröffentlicht. Immer wieder staunte die Zwanzigjährige, wie Ava mit ihren 80 Jahren noch hart arbeitete. Sei es am Schreibtisch, im Garten oder im Haus. Ihre Art zu sprechen wies auf einen gebildeten Status hin. Es lohnte sich, ihr zuzuhören. Die Schriftstellerin bot niemandem ihre Romane an. Es war Isabella, die danach fragte, ob sie mal einen Liebesroman von ihr lesen dürfte? Für ihre Gastgeberin war das okay, Millionen Fans auf der ganzen Welt erteilten ihren Zuspruch für die Werke bereits vor Jahren. Preise und Auszeichnungen waren Ava immer völlig egal. Sie bildete sich nie etwas darauf ein. Das beeindruckte Isabella und auch Benjamin unabhängig voneinander noch mehr. »Sie ist ein Welt-Star und bekam niemals einen *Höhenflug* ...«, las Isabella in einem alten Zeitungsartikel über die intellektuelle Dame. ›Welch ein Vorbild.‹ Isa tauchte ab in den Liebesroman. Eine ganze Woche lang verbrachte sie damit, sich in eine geschriebene Liebesgeschichte von Ava zu vertiefen, im Haushalt zu helfen, sich mit Ava über ihre Romane und Erfindungen auszutauschen und Benji zu sehen. Der war sowieso täglich im selben Haus anwesend. Er half der alten Dame im Garten. Isabella saß entweder in der Bibliothek, im Wohnzimmer oder auf der Veranda, um sich dem leidenschaftlichen Roman hinzugeben. Es sollte der Tag des Abschieds kommen. ›Kaum zu glauben, dass meine Zeit in Mississippi schon um ist. Könnte ich doch bloß hierbleiben‹, dachte sich Isabella wehmütig. Ihrer Gesundheit ging es besser denn je. Liebevoll packte die Dame des Hauses ihr Proviant für die lange Busreise ein. Den Roman nahm sie mit nach Hause, um ihn in Louisiana weiterzulesen und vertiefen zu können. Isabella ging noch einmal mit voller Achtsamkeit durch das *schöne* Haus und war innerlich voller Dankbarkeit für die schönen Momente. Sie lernte Ava und Benji kennen, von denen sie vor einem Jahr noch nie etwas gehört hatte. Das Wichtigste, der Besuch an Marys Grab, bedeutete ihr alles. Durch den Ausflug in den Wald mit Benjamin wusste sie, was es im Ansatz bedeutet, sich bei jemandem wohl und geborgen zu fühlen. Die Reise nach Mississippi ließ sie einiges lernen im Leben. Ihr Erfahrungsschatz wurde erweitert. Wann würde sie die beiden Wiedersehen? Eins war klar, sie trug die beiden im Herzen mit nach Louisiana. Der Bekannte aus der Nachbarschaft, der Isabella auch schon von der Busstation zu Ava brachte, sollte erneut Taxi spielen. Auf dem Beifahrersitz platzierte sich die Achtzigjährige, hinten saßen Isa und Benji. So als bewahrten sie ein kleines Geheimnis, hielten die beiden Händchen während der Autofahrt. Benjamin fiel es schwer, seine neue Bekannte, die ihm viel bedeutete, gehen zu lassen. Zögerlich stieg er nach der Fahrt aus dem Wagen. Den beiden jungen Leuten standen die Tränen in den Augen, als sie den Bus nach Louisiana vor sich stehen sahen. Auch Ava fiel der Abschied schwer. Ihr fiel es nur leichter, sich das nicht anmerken zu lassen. Sie hatte die junge Besucherin schon gern und das nicht nur, weil sie Marys Herz in sich trug. Einen selbst gebundenen Blumenkranz legte sie auf Isabellas Haar. »Wie wunderschön. Ich liebe deine bunten Blumen aus dem Garten. Ava, ich danke dir so sehr für alles. Und ich möchte dich auch wiedersehen«, das war Isa ernst. Die beiden Frauen umarmten sich innig. Diese Zuneigung kannte Ava nur von der Freundschaft zwischen ihr und Mary. Die sonst eher distanzierte Ava umarmte niemanden einfach so innig. Es war Isabella, die den ersten Schritt wagte. Dafür war Ava ihr außerordentlich dankbar. Dann war Benji an der Reihe. »Ich möchte dich auch Wiedersehen. Egal ob in Mississippi oder in Louisiana. Und ich möchte dich weiter kennenlernen«, besser hätte Benjamin sich nicht ausdrücken können. Damit erwiderte er Isabellas Gefühle. Unter Abschiedsschmerzen nahmen die beiden die räumliche Trennung für eine gewisse Zeit in Kauf. Gerade wollte Isabella in den Bus einsteigen, da kam eine unbekannte Frau angelaufen, die sie rief. Isa drehte sich erschrocken um und wusste nichts zu sagen. »Mum, Dad, was macht ihr denn hier?«, fragte Benjamin seine gerade angekommenen Eltern. »Isabella, es tut mir leid, dass ich keinen Kontakt zu dir wollte und auch meinem Sohn den Besuch bei Ava im Haus verboten habe. Ich konnte einfach nicht anders. Ich bin die Schwester von Mary, der Frau, dessen Herz du unter deiner Brust trägst. Bitte verzeih mir. Benjamin mag dich und wenn du diejenige bist, die das Herz meiner Schwester bekommen hat, so sollst du herzlich willkommen in meiner Familie sein. Auch wenn meine Worte etwas spät kommen«, sprach Benjamins Mutter reumütig. Das *Happy End* in Mississippi war perfekt. Die junge Besucherin umarmte Benjamins Eltern und verzieh diesen ihre Abweisung, bevor sie dann zur Rückreise nach Louisiana in den Bus stieg. »Wir telefonieren«, beschlossen die zwei jungen Herzen. Sie fand in Mississippi Freunde und Gewissheit, von wem ihr Herz stammte. Alle vier winkten dem abfahrenden Bus hinterher. Der Nachbar und

Fahrer von Ava wartete geduldig auf dem Parkplatz, um Ava wieder nach Hause zu bringen. Leider ohne Isabella, die mit einem lachenden und einem weinenden Auge nach Hause fuhr. Benji stieg bei seinen Eltern in den Wagen. Der Streit um Isabella war vergeben und vergessen. Und irgendwie mochten Benjamins Eltern die lebensfrohe und freundliche Isabella auf Anhieb.

12.

Mit wehenden Fahnen wurde die Urlauberin in Louisiana empfangen. Ihre Eltern und Katy standen an der Bushaltestelle und nahmen ihre *Beste* in Empfang. »Schatz, es ist so schön, dich zu sehen und zu wissen, dass du doch noch eine gute Zeit hattest. Du siehst gut aus«, Annabelle nahm ihre Tochter feste in den Arm. Ihr Vater Thomas strich ihr übers Haar und bewunderte die kreative Blumengestaltung auf ihrem Kopf. »Endlich. Wir haben sie wieder«, konnte er sich nicht verkneifen. »Du musst mir alles von diesem Benji erzählen. Ich kann es kaum erwarten«, Katy war wieder in ihrem Element. Die Familie stieg ins Auto und fuhr nach Hause. Zur Feier des Tages gab es wie üblich chinesisch zu essen. »Ihr müsstet mal den Chinesen aus Avas Nachbarschaft probieren. Ich sag's euch. Eine Geschmacksexplosion«, schwärmte die Heimgekehrte. »Es ist dir also gut ergangen? Du wirkst richtig glücklich und erholt«, fiel ihrem Dad auf. Das konnte Isa nicht abstreiten. Am liebsten hätte sie gesagt, dass Benjamins Kennenlernen mit ihrem Wohlbefinden zusammenhing. Doch wollte sie ihren Vater nicht unnötig eifersüchtig machen. »Und was ist mit Jack? Habt ihr ihn gesehen oder was von ihm gehört?«, wollte Isa wissen und ablenken. Sie interessierte sich nicht mehr richtig für Jack, doch war er immerhin noch ihr fester Freund. Verlegen

167

schauten alle drei zu Boden. »Er war hier und wollte wissen, wo du bist und warum du nicht ans Handy gehst? Nachdem er dreimal hier geklingelt hat, haben wir ihm gesagt, dass du in Mississippi zu Besuch bist. Um dort die beste Freundin deiner Herz-Spenderin kennenzulernen«, erklärte die Mutter. »Und dann?«, wollte Isabella wissen. »Nichts weiter. Er schwieg und ging sofort zur Tür hinaus. Ab da an haben wir ihn nicht mehr gesehen«, fuhr Annabelle weiter fort »Warum hast du ihm nicht die Wahrheit gesagt?« Thomas verstand nicht. Isabella wirkte nachdenklich und antwortete aus Überzeugung, dass ihr Freund es nicht verstanden hätte. »Er hat sich verändert und ist nicht mehr der coole, lockere Jack wie früher. Er will alles wissen und teilt nicht mehr meine Meinung«, fügte Isa ehrlich hinzu. »Das zeigt doch nur, dass der Junge Interesse an dir hat, wenn er etwas wissen möchte. Er war auch hier und hat sich nach dir erkundigt. Würde Jack dich nicht mögen, dann wäre er nicht gekommen«, Thomas sah seitens Jack das Interesse an seiner Tochter. Isabella war längst klar, dass sie sich bei Jack nicht mehr wohlfühlte, hingegen bei Benjamin schon. Dies behielt sie noch für sich. Ein kleines Geheimnis aus Mississippi wollte sie sich bewahren.

Schon am zweiten Tag in Louisiana musste Isabella zur Untersuchung in die Klinik, in der ihr Herz transplantiert wurde. Die Untersuchungen dauerten den ganzen Tag. »Deine Werte sind alle gut und du machst einen vitalen Eindruck. Das ist nicht nach jeder Herztransplantation so«, der Oberarzt bestätigte im Grunde nur, wie Isabella sich auch wirklich fühlte. »Pass weiter auf dich auf, schone dich ein wenig und nimm täglich deine Tabletten«, mehr hatte der Arzt nicht zu sagen. Was Isa auffiel, war, dass der Arzt nur vom medizinischen Aspekt sprach. Doch viel mehr, und da war sich Isabella sicher, trug ein wesentlicher Teil der Besuch in Mississippi zu ihrer Genesung bei. Und die damit verbundene Freude in ihrem Leben. »Die wissenschaftliche Medizin ist Lebenserhalt, doch sind Liebe und Freude im Herzen, der Saft, den du einnimmst, während du dich der Medizin bedienst.« Diese Worte kamen tatsächlich aus Isabella hinaus. Die Reaktion des Oberarztes darauf war ein offener Mund. »Liebe und Freude, ja«, er schüttelte nachdenklich den Kopf und verschwand ins nächste Behandlungszimmer. Isabellas Eltern verstanden mittlerweile, was ihre Tochter damit sagen wollte. Die Blutwerte waren gut und Isa sah schon lange nicht mehr so frisch, gesund und erholt aus. »Es war offensichtlich kein Fehler, sie nach Mississippi reisen zu lassen. Irgendwas muss dort geschehen sein, was sie so derart positiv beeinflusst«, Thomas dachte kurz nach, war aber mehr über den Gesundheitszustand seiner Tochter erfreut. Am Abend machte Isabella es sich zu Hause auf ihrem Bett gemütlich. Neugierig war sie, wie der Liebesroman von Ava weitergehen würde?

Annabelle brachte ihrer Tochter eine heiße Schokolade mit weichen Marshmallows nach oben. Bis in die Nacht hinein hing Isa über dem Buch und vertiefte sich in die verfasste Liebesgeschichte von Ava.

Der nächste Mittag sollte es in sich haben. Jack kam unerwartet zu Besuch. Er klingelte an der Haustüre und wurde von Annabelle freundlich hineingebeten. Schon beim Klingeln schreckte Isabella auf und bekam umgehend ein schlechtes Gefühl. Ihr Herz pochte zu schnell, das sollte es nicht. Mit jeder Stufe, die Jack nach oben eilte, ging es Isabella schlechter. Ihre Atmung wurde unkontrolliert und sie begann zu schwitzen. »Hey, da bist du ja«, Jack stand mit seinem verschmitzten Lächeln im Türrahmen. »Hi Jack. Ja, da bin ich wieder«, antworte Isabella leise. Er ging auf seine Freundin zu, um sie mit einem Kuss auf dem Mund zu begrüßen. Schnell antwortete die kesse junge Frau, dass ein Kuss auf den Mund noch zu gefährlich sei und man der Genesung nicht im Wege stehen sollte. Sie wusste schon, wie sie Jacks körperlicher Nähe und Zuwendung entkam. Der schien alles andere als glücklich darüber und zog eine verärgerte Miene. Sofort und ohne jede Umschweife sprach er Isabellas Reise nach Mississippi an. »Warum hast du mir nicht gesagt, dass du unseren Bundesstaat verlässt und eine Busreise nach Mississippi antrittst? Nur um die Freundin deiner Herz-Spenderin kennenzulernen.

Das ist vollkommen unverantwortlich deiner Gesundheit gegenüber. Ich habe noch nie von jemandem gehört, der nach einer Herztransplantation in Urlaub gefahren ist. Und du fährst alleine zu einer völlig Fremden und sagst nicht einmal deinem eigenen Freund Bescheid. Was denkst du dir eigentlich dabei? Und dann willst du mich nicht einmal zur Begrüßung küssen, weil es dir zu gefährlich ist. Aber eine lange Reise machen, das kannst du!« Jack bewarf seine Freundin mit Vorwürfen und versuchte, in ihr ein schlechtes Gewissen auszulösen. Alles, was er sagte, klang Contra Isabella. Seine wütende und bevormundende Art ließ Isa sich noch mehr von ihm entfernen. Sie gab sich kämpferisch und wollte seinem Ärger keinen Raum geben. Und sie wollte, dass alles nicht auf sich sitzen lassen. »Im Krankenhaus wolltest du mich schon nicht verstehen. Du unterstützt mich nicht in meinen Vorhaben und wirst verärgert, wenn ich meine eigenen Ideen habe und demnach handle. Du hättest es nie zugelassen, dass ich alleine Louisiana verlasse. Und übrigens … Ava ist nicht nur so eine Freundin von Mary gewesen. Die Verbindung ging tiefer und davon kann jeder lernen. Durch unseren Briefkontakt konnte ich sie vorab kennenlernen und ich bin ja auch nicht sofort nach der Operation gefahren. Unverantwortlich war ich auch nicht, denn meine Blutwerte sind gut und mir geht es besser denn je. Das hat der Oberarzt selbst gesagt«, die junge Frau argumentierte selbstsicher, fast schon aggressionslustig. Ihrem Körper hingegen fiel diese Auseinandersetzung von Satz zu Satz schwerer. Die einstige Diskussion im Krankenhaus und der Streit um den Besuch in Mississippi nahmen ein trauriges Ende. Jack ließ Isabella einfach so stehen und ging mal wieder zur Türe hinaus. Isa blieb in ihrem Zimmer zurück mit nassen, verschwitzten Kleidungsstücken. Ihre Mutter kam nach oben und war höchst besorgt um ihre einzige Tochter. Isabella lag auf dem Bett, sie war am Hecheln und am Pochen. Feuchte Wickel legte Annabelle ihrer *Liebsten* um und betete heimlich nebenher. Es dauerte den ganzen Abend, bis Isa sich körperlich beruhigte. Später lag sie unten auf der Wohnzimmer-Couch bei ihren Eltern. Gemeinsam schauten sie sich eine Sendung im TV an. Katy kam selbstverständlich auch zu ihrer besten Freundin, um nach ihr zu schauen. Die folgende Nacht schlief Isabella unruhig. Ihr Körper fühlte sich so ähnlich krankhaft an wie vor der Operation. Katy war die Nacht geblieben, um neben ihrer Freundin zu schlafen und um nach ihr zu sehen. Ein Zimmer weiter machten die Eltern der Herzpatientin sich gewaltige Sorgen um ihre Tochter. »Als sie aus Mississippi wiederkam, sah sie so erholt und fast schon gesund aus. Ihre Stimme klang glücklich, sie war mit sich im Reinen. Zu erfahren, von wem sie das Herz hat, tat ihr gut. Genau wie der Kontakt zu Ava und Benjamin«, fasste Annabelle zusammen. Die Eltern sahen sich traurig an. Die Mutter hatte so viel auf dem Herzen,

172

was sie sagen wollte und was sie aufregte. »Jack war immer ein guter Freund für unsere Tochter. Er hat ihr beigestanden und sie im Krankenhaus besucht. Die ganzen Geschenke und Aufmerksamkeiten. Und was ist jetzt? Fakt ist, wenn Jack und Isabella Aufeinandertreffen, dann geht es ihr nicht gut. In letzter Zeit sogar ziemlich schlecht. Und unsere Tochter hat eine Krankheit, ich will sie nicht durch den Ärger mit Jack verlieren. Nicht nachdem sie die Herztransplantation gut überstanden hat und es ihr in Mississippi bestens ergangen ist.« Das Ehepaar fühlte sich machtlos in der Situation. Sie wollten Isabella helfen, um ihr weiter ein Leben in Genesung zu ermöglichen. Umso verwunderter waren sie, mit anzusehen, wie das langjährige Paar auseinanderging. »Gott wird uns beistehen und allem voran unserer Tochter«, Thomas suchte göttlichen Beistand. Gemeinsam betete das Ehepaar, das alles gut werden würde.

Nach einer schlechten Nacht folgte ein guter Morgen. Annabelle bereitete für ihre Tochter und dessen bester Freundin ein kraftvolles Frühstück zu. Heile froh, dass ihre Tochter die Nacht überstanden hatte, gab sie ihr einen dicken Kuss auf die Stirn. »Ich würde gerne heute mit dir zur Herzklinik fahren. Nach Jacks gestrigen Besuch und deinem schlechten Zustand halten dein Vater und ich es für angebracht, dich heute noch untersuchen zu lassen«, da kam das *Muttertier* in Annabelle hervor. Isabella merkte von selbst, was der Streit mit Jack in ihr auslöste. Sie ärgerte sich sogar ein bisschen, denn der Streit und die Aufregung wären nicht nötig gewesen. Vor Jacks Besuch war sie glücklich. Und nun ging es ihr erneut schlecht. Verantwortungsbewusst stimmte Isabella einer Untersuchung in der Klinik zu. Ihre Mutter hatte am Morgen schon einen Termin beim leitenden Oberarzt ausgemacht. Für dringende Notfälle operierter Patienten stand jederzeit ein Ansprechpartner zur Verfügung. Katy begleitete Mutter und Tochter in die Klinik. Noch einmal wurde die junge Patientin genauestens untersucht und durchgecheckt. »Das ist noch mal gut gegangen. Aber du solltest dich weiterhin schonen. Damit meine ich, jeglichen Ärger zu vermeiden. Auch wenn es bedeutet, dass du einen Kontakt abbrechen musst«, der Oberarzt sprach Klartext. Isa hatte verstanden, was der Arzt damit sagen wollte. Erleichtert fuhren die drei Frauen nach Hause zurück.

Die kommende Woche verbrachte Isabella damit, den 500-seitigen Roman von Ava weiterzulesen und darüber mit der Schriftstellerin in Briefkontakt zu bleiben. Isa informierte die Achtzigjährige auch über Privates aus Louisiana. Über den Streit mit Jack und die nachfolgende Untersuchung im Krankenhaus. Selbstverständlich schrieb Ava in ihrer schönsten Handschrift Briefe an ihre deutlich jüngere Freundin zurück. Ebenfalls telefonierte Isabella mit ihrer ehemaligen Zimmernachbarin aus dem Krankenhaus, um sich auszutauschen, gegenseitig aufzuheitern und Kraft zu spenden. Ihre körperliche und seelische Verfassung wurde ein wenig besser. Isa ging täglich walken und bekam Besuch von Freundinnen. Darunter natürlich Katy, die schon fast bei Isabellas Familie eingezogen zu sein schien. Die Sehnsucht nach Mississippi wuchs stetig in Isabellas Herzen. Da waren die Gespräche mit Ava, ihr wunderschönes Haus und nicht zu vergessen – Benjamin. Sie wollte ihn sehen und Zeit mit ihm verbringen, täglich musste sie an ihn denken.

Mit ihrer Mutter fuhr die Zwanzigjährige in den ortsansässigen Supermarkt, um dort Lebensmittel, Waschpulver und andere Dinge von der Einkaufsliste zu besorgen. Hier traf man meistens Freunde oder Bekannte, mit denen man sich kurz oder lang unterhielt. Der Besuch in dem riesigen Supermarkt verlief nie unter einer Stunde ab. Die Familie kaufte dort meistens so viel, dass sie zwei Einkaufswagen benötigten. Annabelle hielt ihre Liste und schob einen Wagen vor sich her. Isabella trug die zweite Liste mit sich herum und nahm sich ebenfalls einen blauen Einkaufswagen. Zwischen Träumerei und Einkaufsliste schlenderte Isa durch die unendliche Weite der Supermarktgänge. Bis auf einmal ihr Handy klingelte. So wie sie es an der Haustürklingel erkannte, dass Jack der Besucher war, so spürte sie es dieses Mal, dass der Anrufer Benjamin sein sollte. Das Gefühl war richtig. Seine

Nummer stand auf ihrem Display, dass sie vor lauter Euphorie beinahe zu Boden fallen ließ. Aufgeregt, aber total *cool* wirkend, ging sie an ihr Mobiltelefon dran. Mit aufgeregter Stimme sagte sie: »Benji. Hi, wie gehts dir?« Fast fuhr sie den blauen Einkaufswagen gegen ein Regal. Die liebliche, freundliche und interessierte Stimme von Benjamin aus Mississippi ließen Hunderte Schmetterlinge durch Isabellas Bauch fliegen. Sie fühlte sich gleichzeitig wie im Paradies und auf Wolke sieben, und nur weil sie Benjamins Stimme hörte. Sie nahm die Menschen um sie herum nicht mehr wahr. Die Einkaufsliste war vergessen und der Flirt am Telefon wurde eingeläutet. Sie fühlte sich lebendig. Der Einkauf wurde zum *Telefon-Dating* umgewandelt, was der jungen Frau *Herzchen* in die Augen trieb. Seine Stimme zu hören fühlte sich an, wie das Schönste auf der Welt zu spüren. Dabei sah oder berührte sie Benjamin überhaupt nicht. Nur seine Stimme gab ihr Frieden und Zuversicht. Doch der kurzweilige Frieden sollte erneut gestört werden. Während Isabella am Handy mit dem 25-jährigen Benji flirtete, bekam dies ein Gast des Supermarktes heimlich mit. Isa wurde belauscht und beobachtet, ohne dies zu bemerken. Zu sehr war sie in das Telefongespräch vertieft. ›Ich glaub es nicht. Sie hat einen anderen … ‹, dachte sich ein Nebenbuhler. Es war Jack, der zufällig zur selben Zeit im Supermarkt wie Isabella und ihre Mutter einkaufte. Er wollte sich Erfrischungsgetränke besorgen und dachte die Stimme aus dem

Nebengang zu kennen. Unauffällig schaute er zwischen die Kartons und erkannte seine Freundin, die sich anscheinend amüsiert mit einem anderen Mann am Handy unterhielt. Eifersüchtig überraschte er seine Freundin auf ihrem Gang, die vor Schreck ihr Handy beinahe fallen ließ. Jack fühlte sich hintergangen und belogen. Dies wollte er nicht auf sich sitzen lassen. Das Herz der jungen Frau pochte in diesem Moment nicht wegen der Schmetterlinge im Bauch, sondern aus Angst vor Jacks Reaktion auf ihr Telefonat. »Hab ich es mir doch gedacht. Du hast einen anderen und betrügst mich. Und das nach dem, was ich alles für dich getan habe«, die Stimme des Zornigen sprach sich aus. »Isabella, wer ist das? Brauchst du Hilfe? Bitte sag doch was!«, sprach Benjamin in Sorge zu Isabella durch sein Handy. »Ich muss auflegen. Ich melde mich später«, und drückte das Gespräch weg. »Nein Jack. Das ist völliger Quatsch. Ich habe keinen anderen und ich habe dich auch nie betrogen«, rechtfertigte sich Isa umgehend. »Und wer war das am Telefon? Euren Flirt konnte man bis Acapulco hören«, Jack erhob seine Stimme. »Das ist nur ein Freund. Jemand, den ich in Mississippi kennengelernt habe. Und natürlich Jack, ich danke dir für alles, was du für mich getan hast«, Isabella versuchte standhaft zu bleiben. Ihren *Mutterinstinkt* hatte Annabelle nie verloren. Um nach ihrer Tochter zu schauen, entdeckte sie Isabella und Jack in Gang Nummer zehn. Sie bemerkte sofort den erneuten Streit zwischen den

177

beiden und ergriff das Wort für ihre kranke Tochter. »Hallo Jack. Was wirst du hier so laut?« Es verschlug ihm daraufhin die Sprache. Lieber wollte er das mit seiner Freundin alleine klären. Doch Annabelle stellte sich schützend vor ihre einzige und geliebte Tochter. »Isabella, möchtest du Jack noch irgendetwas sagen? Ansonsten schlage ich vor, dass wir bezahlen und dann gehen!« Der Vorschlag ihrer Mutter kam wie gerufen. »Wir können gehen. Nichts lieber als das. Ich habe Jack heute nichts mehr zu sagen«, Isabella trat selbstbewusst auf. Im Auto erklärte sie, was im Supermarkt mit Jack geschehen war, bevor ihre Mutter helfend dazu kam. Im Familienauto fühlte sie sich wieder sicher und geschützt. Doch ihr Herz war immer noch vor Aufregung wild am Pochen. Als sie wieder zu Hause waren, kam ihr Dad gerade vom Revier zurück. Auch er bemerkte sofort, dass etwas mit Isabella nicht stimmte. Annabelle unterrichtete ihn vom Vorfall im Supermarkt, während sie zusammen die Einkaufstüten aus dem Auto ins Haus trugen. Isabella zog es vor, sich in ihr Zimmer zurückzuziehen, um Benjamin in Mississippi anzurufen. Das Telefongespräch tat ihr gut, sodass ihr Körper sich weiter beruhigte. Über eine ganze Stunde sprachen und lachten die beiden am Handy. Die sonst so quirlige Isabella hörte sich später Meditationsmusik an und machte dazu Yoga. Ihre Eltern schauten bei ihr im Zimmer rein, wollten das Thema aber nicht ansprechen. Es ging ihnen nur darum zu sehen, ob ihre Tochter wohlauf war oder

zurück ins Krankenhaus gebracht werden musste.
Katy war zurzeit am Arbeiten und kam nicht mehr
vorbei. Isabella legte sich nach dem Yoga-Training
wieder auf ihr Bett, während die Meditationsmusik
weiter lief. Von den leicht schläfrigen Klängen der
Meditation wurde ihr schummrig und sie döste weg.

13.

Sie begann zu träumen …

Der Pianist spielte auf dem alten Klavier im *Western Saloon*. Die hübschen Tänzerinnen standen auf der Bühne und warfen ihre langen Beine in die Höhe. Die männliche Menge tobte. Trunkene Gäste saßen mit ihren Whiskys auf alten Holzstühlen und rauchten, spielten Karten, feuerten die Girls an oder prügelten sich halb zu Tode. Dies war die Westernstadt *Golden Hills*, die außer Cowboys und Rowdys die Suche nach dem wertvollen Gold lebenswert machte. Männer, die ihre Saloons betrieben und Bohnen kochten neben schönen Bühnentänzerinnen. Die heißblütige Show-Darstellerin Isabella da Goldie trug gleich eine doppelte Last in sich. Zwei Verehrer buhlten um die Gunst der *Schönheit*. Der edle und wilde Cowboy Benjamin gegen den schlauen und gerissenen Kaufmann Jack. Für wen sollte sie sich entscheiden? Und noch wichtiger für wen schlug ihr Herz? Am Abend war im Saloon wieder *die Hölle* los. Einer betrunkener als der andere. »Bella, heute Abend schmeißt du den Rock so hoch wie du kannst. Deine Verehrer und die anderen Männer werden ausflippen«, riet ihr die Tänzerin Gloria, dessen roter Lippenstift wie immer viel zu dick aufgetragen war. Isabella da Goldie war privat eher von der ruhigen Art. Außer zu tanzen hatte sie nur eine Absicht, nämlich ihren Traummann zu finden, um in der Zukunft mit ihm eine Familie gründen zu können. Auf der Bühne gaben die Tänzerinnen alles, wurden umjubelt und angefasst von den stinkenden, volltrunkenen Gästen. »Sie sind mir am liebsten, wenn sie einfach nur Kartenspielen«, lachte die älteste unter den Tänzerinnen, Maria Garcia. Kaufmann Jack, der gerade wieder ein vorteilhaftes Geschäft mit einem besoffenen Rowdy abgeschlossen hatte, widmete sich nun seinem größten Feind und Kontrahenten; Nebenbuhler und Cowboy Benjamin. Der saß die ganze Zeit stillschweigend vor der Bühne und beobachtete Isabella beim Tanzen. Er zog seinen Cowboyhut ab, um Isabella da Goldie Ehre zu erweisen. Jack packte Benjamin von hinten an die Schulter und flüsterte ihn ins Ohr: »Die bekommst du nie. Isabella ist meine. Was soll sie mit so einem armen Schlucker wie dir?« Benjamin schaute Kaufmann Jack tief und ernst in die Augen. Er stand auf und bewegte sich männlich. »Lass sie in Ruhe. Du hast sie nicht verdient«, konterte der Cowboy. Das wollte sich der Kaufmann nicht bieten lassen und forderte Benjamin zu einem Duell auf. Der war einverstanden und setzte lässig seinen Cowboyhut auf den Kopf, zog noch einmal an seiner Zigarette, bevor er nach draußen ging. Alle anwesenden Männer stellten sich um die beiden Feinde herum. Kaufmann Jack auf der einen Seite und Cowboy Benjamin auf der anderen. Die Tänzerinnen pfiffen und bestaunten das angekündigte Duell der beiden unterschiedlichen Männer. Nur Isabella war nicht zum Jubeln aufgelegt. Sie zitterte und ihr Herz pochte. Doch für wen bloß? Wer war der Richtige? Ohne wen könnte sie nicht leben? Die Spannung stieg an und die warme Luft ließ den roten Boden bei jedem Schritt aufwirbeln. Isabellas Herz rutschte fast vor Sorge in ihren Rock, sie konnte sich das unreife Spiel nicht mitansehen und legte ihre Hände vor die Augen. Die zwei Männer hielten die Revolver bereits in ihren Händen und waren jede Sekunde bereit, den Colt zu betätigen. Isabella dachte sich, dass sie höchstwahrscheinlich beide Männer in der unsinnigen Schießerei verlieren würde. Eine innere Stimme sprach zu ihr: »Benjamin bleib bei mir!« Die Zuschauer jubelten weiter und feuerten die Kontrahenten an …

»Isabella werde wach«, schüttelte Thomas seine Tochter. Annabelle lag einen feuchten Lappen auf ihre warme Stirn. Langsam erwachte die Zwanzigjährige aus ihrem Traum. Ihre Mutter schaltete die Meditationsmusik aus. »Ihr glaubt nicht, was ich geträumt habe? So einen Schwachsinn …« Isa war nicht klar, dass der Traum mehr bedeutete als *Schwachsinn*. Im Traum entschied sie sich für Benjamin. Es war vielleicht dies, was sie im wahren Leben auch von ganzem Herzen wollte.

14.

Nachdem Isabella den Traum langsam verdaute und auch mit dem Streit im Supermarkt abschloss, war Jack für sie nicht mehr der potenzielle Traummann. Sie erholte sich von den Strapazen um ihn und begann ihr Leben fortzuführen. Sie genoss die Zeit zu Hause mit ihren Eltern und Katy. Weiter ging sie walken und machte wie gewohnt Yoga. Mit Benji telefonierte sie täglich, mit Ava hielt sie weiterhin Brieffreundschaft. Ihren Liebesroman las die junge Frau zu jeder freien Minute weiter. Dabei vertiefte sie sich vollkommen in die Geschichte der zwei Liebenden. Sie war mitgerissen und spürte die Story gar förmlich in sich. Es war, als wäre sie selbst mittendrin. Mit dem Lesen des Romans wuchs ihre Kreativität, Menschen aus einem anderen Blickwinkel zu betrachten und Dinge auch zu hinterfragen. Sie musste wieder an das unerfüllte Thema ihrer vermissten Großmutter denken. Beim Roman lesen und den Gedanken an ihre Oma, die vielleicht gar nicht mehr lebte, blendete sie alles um sich herum aus. Ihre Außenwelt war in diesen Momenten nicht mehr existent für sie. »Isa, es ist nicht gut, wenn du dich nur auf das Buch fixierst und den Rest deiner Umwelt nicht mehr wahrnimmst. Ich weiß, Ava ist eine tolle Frau und wenn du magst, würde ich gerne den Roman lesen, wenn du ihn fertig gelesen hast«, schlug Annabelle vor. Und ihre Mutter hatte ja recht, das war Isa auch klar. Egal ob man sich zu sehr in ein Buch, in einen Film oder in ein Computerspiel vertiefte; irgendwann sollte man sich der Realität stellen und sein eigenes Leben bestreiten. Also schob sie den Roman erst mal beiseite und widmete sich den Telefongesprächen mit Benjamin aus Mississippi. Auch mit ihrer ehemaligen Zimmernachbarin aus dem Krankenhaus hielt sie regen telefonischen Kontakt. Mit Katy quatschen, Spieleabende mit der Familie und chinesisch Essen gehörten zu ihrem Alltag dazu. Aber tief in ihrem Unterbewusstsein schlummerte immer noch die Frage nach ihrer Großmutter. Um sich abzulenken, nahm Isabella den Roman von Ava doch wieder in die Hand, um ihn weiterzulesen. In den meisten Büchern gab es oft ein glückliches Ende, welches sich schon meist frühzeitig andeutete. Auch der Roman von ihrer neugewonnenen Freundin Ava deutete darauf hin, dass die Geschichte der zwei Liebenden gut ausgehen würde. Inspiriert von der Liebesgeschichte, die sie gerade las, kam wieder das Bedürfnis nach heiler familiärer Welt und Vollkommenheit in ihr hoch. Ja, die Vollkommenheit war ein großes Thema. Isa wollte sich als *Ganzes* fühlen. Da sie nicht wusste, wer ihre Oma war, fühlte sie sich nicht vollkommen. Ein Teil fehlte, das sie zu suchen vermochte. Das fehlende Puzzleteil sollte endlich ergänzt und das Rätsel um die unbekannte Großmutter gelöst werden. Nur so konnte sie inneren Frieden finden und ihr Herz würde zur Ruhe kommen. Manchmal fühlte es sich an, als ob ein Teil des *alten* Herzens noch in ihr schlug. Ihr eigenes Herz wurde entfernt, was nicht heißen sollte, dass Isabella es nicht mehr spürte. Mit dem Herzen von Mary kam sie gut zurecht, es passte. Trotzdem fragte sie sich, ob sie denn jemals mit diesem Herzen die nötige Kraft aufbringen könnte, ihre eigene Großmutter zu finden? Ja, das würde sie. Dies beschloss Isabella *innerlich* für sich selbst. Dafür brauchte sie aber ihre Mutter Annabelle. Ohne sie war die Herzpatientin nicht in der Lage, die Geliebte und schmerzlich vermisste Oma zu finden. Jedes Mal, wenn Isabella ihre Mutter auf die Suche nach der Großmutter ansprach, endete dies im Chaos, Streit und einem Krankenhausaufenthalt für die Zwanzigjährige. Isabella hatte keine Lust danach wieder im Krankenhaus zu landen. Der Streit mit Freund Jack tat ihrer Gesundheit nicht gut, zum Glück blieb sie danach dem Krankenhaus fern, doch das musste ja nicht immer so laufen. Sie wollte nichts riskieren und es besonnen angehen. Dieses Mal schrieb sie einen Brief an ihre Eltern, indem sie um Hilfe bei der Suche nach der Großmutter bat. Dabei schrieb sie sich ihre Gefühle von der Seele. Es war wie eine Art Schreibtherapie. Die Begründung, dass sie vor der Herztransplantation das starke und innige Gefühl hatte, ihr Herz würde jemanden vermissen; der Gedanke blieb bis heute im Kopf und in ihrem Körper verankert. Sie hatte zwar ein neues Herz, doch der Wunsch war geblieben. Isabella überlegte vielleicht eines Tages selbst Mutter zu werden und dann mochte sie ihrem Kind von der Urgroßmutter erzählen. Ihr Herz konnte nur die unbekannte Oma vermissen, denn sonst waren alle Menschen in ihrem Leben anwesend. Das mit Jack und Benjamin würde sich auch noch klären. Da war sie sich sicher. Sie schrieb den Brief bedacht zu Ende. In der Hoffnung, dass ihre Eltern sie bei der Suche unterstützen, besonders nachdem die Operation gut verlaufen war und sie einigermaßen okay zu sein schien. Den Brief legte sie am Abend auf das Schlafkissen ihrer Mutter. Morgen hätte sie Gewissheit, ob ihre Eltern bereit sein würden, gemeinsam mit ihr nach der Großmutter zu suchen?

»Schatz, wir reden heute Abend über deinen Brief, wenn dein Dad von der Arbeit nach Hause kommt«, mehr wollte Annabelle nicht zu dem Thema sagen. Isabella war den Tag damit beschäftigt, sich einen Plan für die Suche auszuarbeiten. Dieses Mal würde sie ihre Oma finden und nichts könne sie daran hindern. Katy malte aus Solidarität zu ihrer besten Freundin ein Schild.
Darauf stand: *Suche meine Großmutter!*
Das Schild stand noch bei Katy zu Hause, zeigte sie Isa aber per Internetvideo. Motiviert von der Hilfe ihrer besten Freundin stand für Isabella fest, dass nun auch ihre Eltern helfen würden. Sie nahm es zumindest als Vermutung an. Als ihr Dad am Abend von der Polizeiwache nach Hause kam, besprach er sich längere Zeit mit seiner Frau. Die zwei diskutierten über den Brief, während Isa auf ihrem

Zimmer wartete. Sie saß auf *heißen Kohlen* und war gespannt auf die Antwort ihrer Eltern. ›Bitte kein Streit jetzt. Helft mir doch einfach‹, dachte sich die Organisierte junge Frau. Bevor sie zu ihren Eltern heruntergehen wollte, telefonierte sie noch mit Katy, die ihre Meinung äußerte: »Sag mir Bescheid, was deine Eltern gesagt haben und ob sie dir helfen? Ich bin ehrlich, sie wollten bisher nichts von dem Thema wissen und hatten sogar damit abgeschlossen. Warum sollten sie ausgerechnet jetzt ihre Meinung ändern?« Ein wenig irritiert schlich sich Isabella nach unten ins Wohnzimmer, um das Gespräch ihrer Eltern zu belauschen. Die bemerkten ihre Tochter und hörten sofort auf zu diskutieren. »Da bist du ja«, tat ihre Mutter ganz überrascht, als Isa im Türrahmen stand. ›Was ist denn jetzt? Antwortet mir endlich‹, sprach die junge Frau in Gedanken. Annabelle und Thomas standen sekundenlang wortlos in ihrem eigenen Wohnzimmer. Isabella konnte nicht mehr warten, es platzte aus ihr heraus. Sie hatte sich nicht mehr unter Kontrolle und begann laut zu werden: »Habt ihr euch entschieden? Wie lange soll ich denn noch warten?« Die Eltern nahmen ihre Tochter bisher noch nie so laut wahr, außer sie lachte laut und herzlich. Darum wollten sie Isabella erst mal beruhigen. Annabelle sprach im selbstbeherrschten Ton: »Wir sind dir dankbar für deine Offenheit und den Brief. Und wir können dich auch verstehen. Darum geht es aber nicht.« Isabella wurde nur noch wütender: »Um was geht es dann? Sag doch bitte!«

Wieder schwiegen die Eltern für einige Sekunden. Annabelle holte noch einmal Luft, bevor sie argumentierte, wie sie es zuvor auch immer tat: »Es ist meine Mutter und nicht deine. Ich bin deine Mutter, du hast einen Vater und das ist das Wichtigste. Ich muss damit zurechtkommen, darum habe ich mit dem Thema abgeschlossen. Und ich habe es dir schon so oft erklärt. Ich habe recherchiert und keine Informationen erhalten. Damit ist das Thema für mich durch. Wie gesagt, dein Opa war ein schwarzer Mann und er ist leider Tod. Deine Oma ist eine weiße Frau und bestimmt schon sehr alt. Ich gehe davon aus, dass sie nicht mehr lebt. Ich weiß nicht mehr über sie oder über die Situation. Meine Adoptiveltern haben alles für mich getan und es hätte mir nicht besser gehen können. Ich habe studiert, geheiratet und dich bekommen. Und ich bitte dich jetzt zum letzten Mal, Isabella ... Das ist mein Thema und nicht deins. Nimm davon Abschied und konzentriere dich fortan auf dein eigenes Leben und um deine Gesundheit.« Völlig unverstanden fühlte sich die Angesprochene und alleine gelassen mit dem Thema. Sie erfuhr Gewissheit. Ihre Eltern wollten und konnten ihr nicht bei der Suche helfen. Ihre Mutter hatte mit dem Thema längst abgeschlossen und Isabella sollte dies ebenso vornehmen. Annabelle gab ihr zu verstehen, dass dies kein Thema mehr für sie war und sie ihre Meinung auch nie mehr ändern würde. Für sie war das Thema durch, doch für Isabella fing das Thema gerade erst an.

Der Regen draußen fiel hinab auf die Straßen und die Häuser. Die Tropfen prasselten vom Himmel, die Luft wurde kälter, die Natur reinigte sich. Im Hause bei Isabella tobte die Zwanzigjährige innerlich vor Wut und Ohnmacht. Was sollte sie nun tun? Es wieder eskalieren lassen, brachte das letzte Mal schon nichts als Ärger. Ihre Mutter hatte sich entschieden und das war eindeutig. Also blieb Isabella nur eins übrig. Auf eigene Faust suchen. Katy wollte sie da nicht mit hereinziehen. Ihre beste Freundin sollte sich auf die Arbeit und das Studium konzentrieren und natürlich weiterhin zum Quatschen vorbeikommen. Das reichte ihr bisher immer. Auf Jack konnte sie sich nicht mehr verlassen und Benjamin lernte sie gerade erst kennen. Für ihn war sie die herzkranke Patientin, die das Herz seiner Tante transplantiert bekam. Diesen Fakt hielt Isabella schon für genug an Information für einen Menschen, den sie weiterhin kennenlernen mochte. Hätte sie ihm direkt mit dem Familienschicksal konfrontiert, wäre dies wahrscheinlich eine Überforderung für den jungen, freundlichen Mann aus Mississippi gewesen. Obwohl Isabella fest daran glaubte, dass Benji ihr zur Seite stehen würde, wenn er das Anliegen gekannt hätte. Auf sich alleine gestellt, ging Isabella somit in ihr Zimmer und packte ihren Rucksack. Fest entschlossen, dass sie alleine mit der Situation klarkommen musste. Der Regen draußen wurde immer stärker und hörte nicht auf. Während Isabella das Wichtigste für die Suche in ihren Rucksack legte, hörte sie ihre Eltern unten im Wohnzimmer streiten. Annabelle hatte im Gespräch mit ihrer Tochter jegliche Hilfe bei der Suche nach der Großmutter abgeblockt, doch ihr Vater hielt anscheinend zu seiner Tochter. Das konnte sie aus dem Streitgespräch heraushören. Thomas überlegte ernsthaft, ob man seiner Tochter Hilfe zur Verfügung stellen könnte? »Vielleicht können meine Jungs aus dem Präsidium Informationen für unsere Tochter beschaffen? Das wäre doch zumindest eine Überlegung. Meinst du nicht?« Annabelle wirkte unzufrieden: »Das ist doch lächerlich. Die Polizei hat Wichtigeres zu tun, als meine Mutter zu finden, die wahrscheinlich gar nicht mehr lebt. Das ist vollkommen absurd.« Der Streit zwischen den Eltern ging weiter. Dies hielt Isabella nicht davon ab, den Rucksack weiter für die Suche zu packen. Zwar belastete sie der Streit zwischen ihren geliebten Eltern sehr, sie hatte es sich schließlich anders gewünscht. Doch es war gerade einfach nun mal so, wie es war. Isa ging fest entschlossen nach unten ins Wohnzimmer und teilte ihren Eltern mit, dass sie das Haus jetzt verlassen würde, um nach ihrer Großmutter zu suchen. »Auf eigene Faust«, nannte sie das. Erschrocken von dem Vorhaben ihrer Tochter beendeten die Eltern den Streit. »Wo willst du denn hin? Es regnet draußen. Sie kann überall oder auch schon tot sein. Die Situation ist aussichtslos«, Annabelle machte sich große Sorgen um ihre Tochter. Da sie selbst nie ihre leibliche Mutter kennenlernen durfte, wollte sie nicht ihren

190

größten Schatz, ihre einzige Tochter verlieren. Ohne ein weiteres Wort zu sagen, rannte die entschlossene junge Rebellin zur Türe hinaus und hinein in den Regenschauer. Das Ziel war ungewiss, der Aufenthaltsort ihrer Großmutter könnte theoretisch überall auf der ganzen weiten Welt sein. Selbst die Größe der Vereinigten Staaten von Amerika schien überwältigend groß für diese ungewisse Suche. Also wo anfangen? Die Fragen nicht ganz im Kopf ausgesprochen war Isabella durchnässt von oben bis unten. Da ihre Eltern sich aufgrund der Herztransplantation, verbunden mit hohen Risiken, enorme Sorgen machten, liefen sie ebenfalls hinaus, um nach ihrer Tochter Ausschau zu halten. Doch es war zu spät, Isabella war längst nicht mehr in Sichtweite. Ohne jeglichen Anhaltspunkt lief die junge Frau weiter durch die verregneten Straßen. Dies war nicht ganz ungefährlich, denn war ihre Herzspenderin Mary selbst auf einer Straße ums Leben gekommen. Isa behielt diesen schrecklichen Unfall in ihrem Hinterkopf, als sie sich auf die Suche nach ihrer Großmutter begab. Unbedacht lief sie quer durch die endlosen Straßen. Nach einer Stunde sinnlosen durchqueren im Regen blieb Isabella stehen. Sie spürte, dass ihre Großmutter noch am Leben war. Darum rief sie draußen im Dunklen durch den Regen, so laut sie konnte: »Ich spüre, dass du noch lebst! Nun sag mir, wo bist du denn?«

Nachdem die Kräfte der Suchenden langsam nachgelassen hatten, stellte sie sich an einem Geschäft unter. ›Mein Herz, lass mich jetzt bloß nicht im Stich‹, redete sie selbst in Gedanken, während sie mit angelaufenen blauen Lippen zitternd unter der Überdachung eines Geschäftes stand. »Komm, wir nehmen den Wagen. Das bringt nichts. Hier draußen holen wir uns den Tod«, Thomas und Annabelle liefen zurück zum Haus, um sich trockene Kleidungsstücke anzuziehen. Danach begaben sie sich mit dem Auto auf die Suche nach ihrer Tochter. Annabelle war wie ferngesteuert. Sie wollte ihre Tochter um gar keinen Preis verlieren, sie machte sich Vorwürfe, Isabella nicht angeboten zu haben, sie bei der Suche zu unterstützen, selbst wenn die Suche für sie selbst aussichtslos erschien. Eine volle Stunde fuhren die beiden durch die Gegend, doch ihre einzige Tochter war nirgends aufzufinden. »Was machen wir denn jetzt? Bei Jack ist sie bestimmt nicht. Wir sollten bei Katy klingeln, auch wenn es schon spät ist. Ein Versuch ist es dennoch wert«, sprach Annabelle eindringlich. Thomas fuhr direkt auf das Haus zu, indem Katy mit ihren Eltern lebte. Der Vater von ihr öffnete die Haustüre und sprach mit Isabellas Eltern. Katy kam hinzu, als sie die Stimmen der beiden hörte. Freundlich und zuvorkommend wurde das Ehepaar hineingebeten. Ihre Sorgen und Ängste teilten sie Katys Familie mit. Leider war Isabella dort nicht anzutreffen. Die beste Freundin ihrer Tochter machte den Vorschlag, Isabella auf ihrem Handy anzurufen. Mehrmals klingelte sie ihre Freundin an. Isa ging nicht an ihr Handy ran, was die Eltern noch mehr besorgte. »Hoffentlich ist ihr nichts zugestoßen. Das würde ich mir nie verzeihen«, Annabelle brach in Tränen aus. Die Mutter von Katy reichte Isabellas Mutter Taschentücher an und kochte Tee für alle. »Beim Polizeipräsidium können wir erst in 24 Stunden eine Vermisstenanzeige stellen. Ich hoffe, dass wir sie bis dahin gefunden haben«, Thomas nahm seine Frau in den Arm. Isabella wollte selbst in der Nacht weiter suchen. Triefnass begab sie sich in Richtung U-Bahn, hier saß sie wenigstens im Trockenen. Isa erhoffte sich eine Eingebung von oben zu erhalten. Doch in dieser Nacht sollte sie kein Glück haben. Quer durch die Stadt ging die Reise erfolglos weiter mit der fahrenden U-Bahn. Thomas meldete sich zur selben Zeit bei einem Arbeitskollegen, der Isabella auch gut kannte. Er bat ihm, Ausschau nach seiner Tochter zu halten, wenn er auf Streife sein sollte.

15.

Der nächste Tag war immer noch verregnet.
Isabella hustete ständig, ihrem Herzen ging es
überhaupt nicht gut. Sie bekam Hunger und Durst
während der langen Suche durch die große Stadt.
Müde und erschöpft war sie zugleich. Hatte sie die
Nacht in der U-Bahn nicht schlafen können. Die
Angst, ausgeraubt zu werden, war einfach zu groß.
Und das Warten auf ein *Zeichen von oben* schien
der Suchenden zu wichtig. Also lief Isa weiterhin
draußen herum. Ihre Kleidung war schon wieder
und immer noch durchnässt. Sollte noch eine
Lungenerkrankung dazu kommen, würde die junge
Frau das wahrscheinlich nicht überleben. Die Angst
stieg an und die Hoffnung verschwand. Besser wäre
es umgekehrt. Die Situation schien aussichtsloser
denn je. Die Herzkranke fühlte sich so, als müsste
sie aufgeben und ihren Traum, die eigene
Großmutter zu finden, in sich begraben. Sie hatte
die Herztransplantation gut überstanden und war
dabei, alles zu riskieren, weil sie sich viel zu lange
im Regen und im Stress alleine auf die Suche
begab. Ihre Strümpfe, sogar die Unterhose und der
BH fühlten sich an, als käme sie gerade aus dem
Schwimmbad heraus. Der Husten wurde lauter und
stärker. Auf dem Weg zu einer öffentlichen Toilette
sah sie am Straßenrand einige Obdachlose sitzen.
Isabella wusste, dass sie ein Zuhause besaß, doch
kam sie sich gerade auch vor wie jemand, der ohne

Wohnsitz war. Sie streifte durch die Gegend und fand rein gar nichts. Nass, krank, mit Hunger im Magen und viel Durst. Unglaublich großes Mitleid bekam sie mit den Menschen auf der Straße, denn hinter jedem Obdachlosen steckte auch immer eine Geschichte. Sie hatte zwar kaum Geld mit, wollte aber etwas abgeben. Sie ging auf einen Obdachlosen zu, der ihr besonders trostlos erschien. Einige Dollars legte sie in seinen leeren Kaffeebecher. »God bless you – Gott beschütze dich«, wünschte der Obdachlose Isabella. Ein Lächeln warf sie ihm zu und suchte dann die öffentliche Toilette auf. Hier fand sie einen kurzen Moment Ruhe und Privatsphäre. Sie wärmte sich unter einem Gebläse-Trockner. Zum Schluss war ihr Kopf dran. Ihre Haare zu trocknen nahm viel Zeit in Anspruch, doch der Aufwand lohnte sich. Anschließend vom Wasserhahn getrunken und ab wieder nach draußen gegangen. Halbwegs trocken und frisch begab sich Isabella zu einem Stand, wo sie sich einen Snack zu essen kaufte. Aus Hunger verdrückte sie die Mahlzeit umgehend. Obwohl es hart war, auf der Straße rum zu laufen und nach der *Nadel im Heuhaufen* zu suchen, hatte Isabella dennoch nicht vor, nach Hause zurückzukehren. Sie wollte noch ein wenig weiter suchen. Und so machte sie sich weiter auf den Weg ins Ungewisse. Dabei verdrängte sie, dass sie vorher extrem nass geworden war und mittlerweile sogar erhöhte Temperatur bekam. Sie ging ihren Weg weiter und wurde vom Klingeln des Handys überrascht. Auf dem Display sah sie die Nummer ihrer Mutter. Kurz überlegte sie, ob sie überhaupt dran gehen sollte? Isabella war immer eine gute Tochter gewesen und wollte nie absichtlich einen Streit anfangen. Sie wusste, welche Sorgen ihre Eltern sich um sie machten. Also ging sie ran. Isa spürte die Tränen und Verzweiflung ihrer Mutter Annabelle durch das Telefon hindurch. Mit schlechtem Gewissen redete sie derart freundlich mit ihrer Mum, als hätte es nie einen Streit gegeben. Annabelle war überglücklich, die Stimme ihrer einzigen, aber auch kranken Tochter zu hören. Und sie wusste nun, dass Isabella sich in der Stadt aufhielt und nicht den Bundesstaat wechselte. Auch ihr Dad sprach mit ihr. Da er als Polizist wusste, welche Gefahren ständig da draußen in der großen Stadt herrschten, wollte er natürlich nicht, dass sie sich als junge Frau weiter alleine draußen aufhielt. Besonders nicht in der Nacht. Isabella versicherte ihnen aufrichtig, dass sie bald nach Hause kommen würde. Während sie mit ihren Eltern weiterhin am Handy kommunizierte, traute sie ihren Augen nicht. Sie sah ihren Freund Jack in seinem Auto auf der Straße herfahren. Auch er hatte Isabella bemerkt und hielt den Wagen am Seitenrand an, ohne auszusteigen. Isabella bekam einen Schock, als sie Jack unerwartet sah. Es regnete wieder und der Himmel verzog sich düster und unheimlich. Er drehte seine Autoscheibe hinunter und rief Isabella provokant zu: »Telefonierst du schon wieder mit deinem neuen Lover?« Sie konnte und wollte nicht glauben, was sie da eben hörte. »Mum, ich muss auflegen. Ich melde mich später wieder bei euch.« Und drückte auf das Zeichen des roten Hörers, um aufzulegen. »Wie? Was meinst du mit Lover? Ich war dir immer treu. Also hör auf, solche derartigen Lügen durch die Stadt zu brüllen«, Isabella konterte, während sie wieder durchnässt im Regen stand. Jack ließ seine Freundin einfach so im Nassen stehen. Er bot ihr nicht an, sie im warmen Auto nach Hause zu fahren. Stattdessen folgten weitere Vorwürfe seinerseits. Hatte sich aus Liebe Hass entwickelt? Es schien so. Jack saß immer noch in seinem trockenen Auto und schrie durch die offene Scheibe hinaus. Bei all den Vorwürfen wurde es Isabella immer schlechter und sie bemerkte, wie sie fast umkippte. Kurz schloss sie ihre Augen und klammerte sich an einer Straßensäule fest. ›Das mache ich nicht mehr mit. Ich werde es ihm jetzt sagen, und wenn es das Letzte ist, was ich heute tue‹, Isabella ging mutigen Schrittes auf Jacks Wagen zu. »Weißt du was Jack? Es reicht mir. Ich musste mir genug von dir anhören. Du stehst nicht mehr zu mir und dem Leben, was ich führe. Meine Wünsche sind dir vollkommen egal. Und darum ist es mir jetzt egal, was aus uns werden könnte. Du gehst deinen Weg und ich gehe meinen. Es ist besser so. Ich mache Schluss mit dir. Alles Gute Jack.« Das hatte gesessen. Ohne eine Miene zu verziehen, nahm Jack das Urteil an. Trotzdem äußerte er seine Meinung. Er stieg aus seinem Auto aus und beschwerte sich über den Regen, den er auf einmal bemerkte, als er ohne ein Dach über dem Kopf draußen stand. ›Verwöhnter Bursche‹, dachte sich die Zwanzigjährige. »Du machst mit mir Schluss? So ein Witz. Ich bin doch nur noch aus Mitleid mit dir zusammen gewesen. Wegen nichts anderem. Nur aus Mitleid. Mein Typ bist du sowieso schon längst nicht mehr«, protzte der junge Mann, der seit der Schulzeit mit Isabella zusammen war. Er wollte sie verletzen, keine andere Absicht verfolgte er. Durch das fordernde Studium und seinem Perfektionismus hatte ihr ehemaliger Freund sich scher verändert. Er war zur Schulzeit ein ganz normaler und netter Junge. Das Älterwerden machte ihn zu einem protzigen Studenten. Tief im Herzen wünschte sich Isabella für ihn, dass er glücklich werden würde. Die Sticheleien ließ die junge Frau kommentarlos stehen. Da Jack keine Angriffsfläche mehr geboten bekam, stieg er in seinen Wagen und fuhr davon. Kurz schaute sie ihm hinterher und kam zu dem Entschluss, dass ihre Entscheidung gut getroffen war. Die beiden verbrachten viele Jahre miteinander und machten auch *harte Zeiten* aufgrund Isabellas chronischer Herzmuskelentzündung durch. Jack hatte sich definitiv zum Schlechten verändert. Es regnete stark und der Himmel war wie schwarz eingefärbt. Man konnte die Tränen in Isabellas Gesicht nicht mehr vom Regen unterscheiden. Sie musste nach Hause zurückkehren, sonst würde sie hier auf der Straße zusammenbrechen. Ihr Herz und ihre Lunge würden die Nässe auf der Straße nicht mehr lange durchmachen. Isabella wollte leben. Um am Ende sich nicht auch noch selbst zu verlieren, suchte sie den schnellsten Weg nach Hause zurück. Ohne ihre Eltern anzurufen, machte sie sich alleine auf durch die dunklen, nassen Straßen. Der Weg dauerte zwei Stunden. Als Isabella zu Hause ankam, war sie derart erschöpft, dass sie dachte, ihr Leben würde bald vorbei sein. Annabelle und Thomas kamen ihr schon entgegengelaufen. In dem Moment wusste sie, wie schön es war, Eltern zu haben. Eltern, die sich kümmerten und sich um einen sorgten. Sie befreiten ihre Tochter von den triefnassen Anziehsachen, machten ihr ein warmes Bad und einen Tee dazu. Dann legten sie Isa auf die Couch und stellten mit Entsetzen fest, wie schlecht es ihr ging. Isabella war am Hecheln schwer am Husten und hatte hohes Fieber. »Ich rufe den Krankenwagen«, es gab keine Diskussion zwischen den Eltern. Den beiden war klar, dass ihre Tochter in Lebensgefahr schwebte. Wenige Minuten später stand auch schon der Krankenwagen vor ihrer Türe und lud die Zwanzigjährige hinten ein. Annabelle durfte mit bei ihrer kranken Tochter im Rettungswagen fahren, Thomas fuhr mit dem Familienwagen hinterher. Im Krankenhaus angekommen, kam Isabella sofort in das Herzzentrum. Eine Art Spezial-Klinik, wo sie vorher als Patientin schon fast wohnte. Die kompetente Krankenschwester legte Isabella an den Tropf.

Alle Untersuchungen begannen wieder von vorne. Ein Mittel, um das Fieber zu senken und andere nötige Medikamente bekam sie in ihren Körper eingeführt. Kurzzeitig musste Isabella sogar an das Beatmungsgerät. »Ich will sie nicht verlieren. Oh, Herr Gott. Sie muss bei uns bleiben«, Annabelle fiel Thomas weinend in die Arme. »Der Herr wird sie noch nicht nehmen. Das kann er nicht zulassen. Unser Sonnenschein bleibt hier«, tröstete er seine Frau. Doch selbst überzeugt davon war er dieses Mal nicht.

Ihre Tochter wurde noch am selben Tag auf die Intensivstation der Herzklinik gelegt. Der Kampf um ihr Leben hatte längst begonnen. Noch nie zuvor bangten die Eltern so sehr um Isabellas Leben. Die Suche nach einem passenden Herz-Spender war auch enorm belastend, doch gab es Hoffnung. Dieses Mal waren die Eltern sich nicht so sicher. Die unerfüllte Suche nach der Großmutter wurde für Isabella zur Lebensaufgabe, von der ihre Eltern sie nicht abbringen konnten. Darum war die Angst auch jeden Tag da. Nur aus dem Krankenhaus, da konnte sie wenigstens nicht fliehen. Zum ersten Mal waren die Eltern froh, ihre Tochter im Krankenhaus zu wissen. Nach einigen Tagen auf der Intensivstation hatte die junge Frau das Schlimmste überstanden und durfte auf die normale Krankenstation wechseln. »Sie hat ein drittes Leben geschenkt bekommen. Ich hoffe, das ist ihr bewusst?«, sprach Thomas zu seiner Frau. Das erste Leben war vor der Herztransplantation, das zweite begann, als sie Marys Herz bekam, das dritte Leben startete, als sie die Intensivstation verlassen durfte. Und unendlich viele Leben zur Verfügung standen auch ihr nicht. Aber anscheinend genug *Schutzengel,* um sie jedes Mal erneut zu behüten. Natürlich wollte der bekannte und leitende Oberarzt wissen, wie es dazu kommen konnte, dass es Isabella auf einmal so schlecht ging? Die Eltern erzählten dem Arzt von dem Familienschicksal, dass sie seit Ewigkeiten heimsuchte. »Die Suche nach ihrer Großmutter wird sie noch ins Grab bringen. Das will ich unbedingt vermeiden«, sagte Annabelle zum Doktor. »Es tut mir sehr leid, was sie als Familie schon alles erlebt haben. Isabella ist es anscheinend sehr wichtig zu wissen, wer ihre Großmutter ist und ob sie noch lebt? Viele Patienten suchen sich nach langem Krankenhausaufenthalt eine neue Aufgabe, eine oft viel zu hoch gegriffene Aufgabe. Menschlich kann ich ihre Tochter verstehen. Doch als Mediziner muss ich sie eindringlich davor warnen, so wie bisher weiterzumachen. Aber das wissen Sie ja«, warnte der Oberarzt. Annabelle und Thomas wirkten ratlos. »Herr Doktor, was sollen wir jetzt machen? Sie ist so darauf fixiert, ihre unbekannte Großmutter kennenzulernen, dass sie einfach abhaut. Sie geht weg, egal ob es regnet oder stürmt. Egal wie gefährlich es draußen ist. Wir können sie nicht aufhalten. Sie würde auch nachts abhauen. Und dann kommen wir nicht mehr an sie ran. Ständig suchen wir das Gespräch mit ihr, doch vergebens. Ihr Körper hat schon viel mitgemacht und ich befürchte, da sie sehr krank war, macht ihr Herz das nicht mehr lange mit.« Der sonst so starke Vater und Polizist war am Ende seiner Kräfte angelangt und wusste sich keinen Rat mehr. »Es ist sehr schwer darauf, die perfekte Antwort oder den *einen* Tipp zu geben. Den gibt es wahrscheinlich auch nicht. Sobald ihre Tochter aus dem Krankenhaus entlassen wird, muss sie einmal in der Woche zur Kontrolle hier in die Klinik zurück. Und ich empfehle ebenfalls einmal wöchentlich eine Psychotherapie für sie. Die kann sie hier in der Klinik machen. Sie kommt zur Therapie und fährt dann wieder nach Hause zurück. Am besten begleiten sie ihre Tochter zu den Terminen und warten so lange, bis sie fertig ist. Es tut mir leid. Mehr kann ich ihnen im Moment auch nicht raten. Sie muss sich schonen und zur Ruhe kommen. Bei der Gesprächstherapie kann sie ihren Gefühlen einen Rahmen geben«, der Arzt antwortete sehr verständnisvoll und mitfühlend für die Situation der Familie. Ein wenig erleichtert von den Vorschlägen um die nahe Zukunft ihrer Tochter fassten die beiden wieder Hoffnung. Katy und ihre Eltern kamen die Ausreißerin ebenfalls auf der normalen Krankenstation besuchen. Als die beiden Mädels einen kurzen Moment alleine waren, erzählte Isabella ihrer besten Freundin von dem Treffen mit Jack auf der Straße und davon, dass Isabella sich von ihm getrennt hatte. »Na endlich, das wurde ja auch Zeit. Ich konnte ihn gar nicht mehr ausstehen. Und er war damals so nett. Das hast du gut gemacht. Er hat dich nicht verdient, so wie der sich zum Schlechten verändert hat.« Katy stand ihrer Freundin bei und verstand deren Entschluss, sich von Jack zu trennen. Isa berichtete auch ihren Eltern von dem unschönen Treffen mit Jack und davon, dass sie nun kein Paar mehr sind. Annabelle und Thomas mochten Jack immer gerne, doch hatten sie in letzter Zeit kein gutes Gefühl mehr bei ihm. Die Trennung war auch für die Eltern von Isabella eine Erleichterung und brachte Ruhe in die Familie ein.

Eine Woche später durfte Isabella die Klinik verlassen. Das weitere Vorgehen hatten die Ärzte ihr bereits mitgeteilt. Der Gedanke, auf eigene Faust die Großmutter zu suchen, war nicht mehr aktuell für die herzkranke, hübsche Frau. Sie hatte verstanden, dass dies ihre letzte Chance war. Und darum tat sie, was die Ärzte von ihr verlangten. Sie ging jede Woche in die Klinik, um ihr Herz und ihren allgemeinen Gesundheitszustand kontrollieren zu lassen. Auch brachte sie ihre Mutter einmal wöchentlich ins Krankenhaus zu Dr. Blum, wo sie eine Psychotherapie machte. Herr Blum war ein guter Therapeut, der sich geduldig mit Isabellas Anliegen befasste. Die wichtigsten Baustellen ihres Lebens wurden betrachtet. Viele Themen wurden dabei angesprochen, wie Isabellas Schulzeit, ihr Ex-Freund Jack, die chronische

Herzmuskelentzündung, die Transplantation, die Beziehung zu ihren Eltern, ihre beste Freundin Katy, Ava und Benjamin und selbstverständlich der Wunsch, ihre Großmutter kennenzulernen. Die Therapie tat ihr gut und lief weiter, genau wie die Untersuchungen in der Herzklinik. Zu Hause kehrte langsam Ruhe ein. Der Alltag hielt Einzug bei der Familie. Isabella wusste, was sie mit ihrer *Ausreißer-Aktion* angestellt und welche Ängste sie in ihren Eltern hervorgerufen hatte. Zwischen Abendessen und TV schauen, entschuldigte sich Isabella bei ihren Eltern aufrichtig für die letzten Monate. Die drei nahmen sich in den Arm. Nichts und niemand konnte sie trennen. Isa fühlte sich wieder gesünder und angenommen in ihrer Familie. Thomas und Annabelle waren mit dem Leben zufrieden und dankten Gott jeden Tag, dass ihre Tochter den erneuten Krankenhausbesuch überlebte. Die Umstände der letzten Wochen setzten ihr dennoch zu. Ihr Körper brauchte viel Ruhe, dem gab sie sich hin und schlief die erste Zeit erstaunlich viel, auch tagsüber. Sie tankte ihren Körper mit Energie im Schlaf auf. Die schwere Herztransplantation, die vielen Streitigkeiten mit Jack, dann die Trennung, die Suche nach ihrer Großmutter und das Ausreißen waren alles große Stressfaktoren für die erst Zwanzigjährige gewesen. Ihr Körper regenerierte sich im Schlaf, ihr Herz begann sich aufs Neue in ihrem Körper einzuleben, zu schlagen und sich zurechtzufinden. Normalität und Routine machten den Alltag leichter für alle.

Benjamin versuchte Isabella täglich aus Mississippi anzurufen. Irgendwann ging sie ran und erzählte Benji, dass sie einen körperlichen Rückfall erlitt und sich darum viel ausruhen müsste. Doch die Wahrheit war anders. Die Beendigung der Beziehung lag noch nicht lange zurück. Sie hielt es für geschickt, die Trennung erst mal zu verarbeiten und mit sich selbst ausmachen. Erst danach wollte sie wieder den Kontakt zu Benjamin pflegen. Benji wünschte gute Besserung, er wollte sie nicht bei der Genesung stören. Sie trug das Herz seiner verstorbenen Tante, darum war Mary ein Teil von und in ihr. Isabella sollte mit Marys Herzen gesund werden. Würde er Isa verlieren, dann wäre auch seine Tante endgültig tot. Das wollte er nicht. Er ließ seine Bekannte aus Louisiana in Ruhe, in der Hoffnung, sie bald wieder zu hören. Die Wochen vergingen für Isabella mit Ausruhen, Yoga, Katys Besuchen, dem wöchentlichen Vorstellen in der Klinik sowie der Therapie bei Doktor Blum. Selbst Ava schrieb sie dasselbe, was sie Benjamin auch sagte. Sie hatte einen Rückfall, war im Krankenhaus und müsste sich jetzt erholen. Ava war ebenso freundlich wie Benjamin und wünschte ihr alles erdenklich Gute sowie körperliche Besserung. Ava schrieb über Neuigkeiten aus Mississippi und fragte, ob Isa den Roman schon fertig gelesen hatte? Da war doch was, fiel Isabella wieder ein. Sie las den Liebesroman gespannt weiter. Abends spielte sie oft Scrabble mit ihren Eltern, dabei wurde viel gelacht. Das Vokabel-Spiel machte Isa fit und war eine schöne Aktion für das gemeinsame Familienleben in Louisiana. Sie war gerade dabei, ein kniffliges Wort auf das Spielbrett zu legen, da ergriff Thomas das Wort: »Isabella, deine Mutter und ich haben uns etwas für dich überlegt. Das ist in Absprache mit Doktor Blum.« Isa saß gespannt auf dem Stuhl und wartete auf das, was ihre Eltern sagten. »Wir wissen, dass du in der Vergangenheit neben der Herztransplantation nur ein Thema hattest. Da du ein Spenderherz bekommen hast, bleibt nur noch ein Thema über. Nämlich die Suche nach deiner Großmutter. Du weißt, dass deine Mutter mit dem Thema längst abgeschlossen hat. Eigentlich wollten wir es dabei belassen. Unser Wunsch war es einfach nur, dass du gesund wirst. Trotzdem möchten wir dir etwas Entgegenkommen.« Isabella sprang vom Stuhl auf und schrie laut: »Ja!« Annabelle versuchte sie zu beruhigen, während Thomas weiter sprach: »Aber erwarte nicht zu viel. Wir haben beschlossen, dass wir gemeinsam mit dir noch mal zum Amt für Adoptionen in Louisiana fahren, um uns zu informieren. Da waren wir schon mal, vielleicht haben wir dieses Mal mehr Glück. Na Isabella ist das was?« Die Zwanzigjährige fiel ihren Eltern freudestrahlend um den Hals. Und Annabelle fügte hinzu: »Wir haben für morgen früh einen Termin dort ausgemacht.« Isa sprang auf die Couch und hüpfte dort voller Freude herum. »Hey nicht zu wild. Denk an dein Herz. Du willst doch morgen fit sein. Oder etwa nicht?«, schmunzelte Thomas. Isabella stand wie eine Siegerin auf der Couch, die gerade einen Pokal erhalten sollte. Der Abend konnte nicht schöner ausgehen. Erwartungsvoll blickte die Familie in den nächsten Tag hinein.

Ein Frühstück mit frisch gepresstem O-Saft, Bacon, Toast, Cornflakes und Ei sollte die Familie stärken, bevor sie sich in den Dschungel des Amtes begaben. Alle drei zogen ein formelles Outfit an. »Wir sehen aus, als ob wir bei der Bank arbeiten oder bei der Versicherung«, staunte Isabella vor dem Spiegel. Ihre Mutter schaute sie ernst an: »Und sei nicht traurig, wenn wir keine Informationen bekommen.« Isa nahm ihre Mutter in den Arm und sagte: »Ich bin schon so dankbar, dass ihr beide das heute gemeinsam mit mir durchzieht. Egal was dabei raus kommt.« Isabella war gereift und erwachsen geworden. Pünktlich um 10 Uhr standen die drei vor dem Eingang des Amtes für Adoption in Louisiana. Eine lange Autofahrt hatte die Familie bereits hinter sich gebracht. Thomas hatte extra dafür seine Schicht mit einem Kollegen getauscht. Bevor sie hereingingen, nahmen sie ihre Tochter an die Hand. Die Treppen hoch, die Türe geöffnet und schon standen sie in dem großen Gebäude. Annabelle hielt die Nummer bei sich, welche sie für den Termin benötigte. Sechs Ziffern konnten möglicherweise das Tor zum großen Glück sein. Nervös setzten sie sich in den Wartebereich. Auf einer digitalen Tafel wurden die Nummern angezeigt, in welcher Reihe man zu den Beamten durfte. Die Tafel hing weit oben, sodass alle ihre Köpfe überstrecken mussten, um die Zahlen sehen zu können. Nach einer gewissen Wartezeit war es nun endlich so weit. 686 741 zeigte die digitale Tafel an. »Das sind wir«, sprach Annabelle, während Isabella schon in den Startlöchern stand. In dem Besprechungszimmer begrüßte sie eine etwas fülligere, schwarze Südstaaten Dame. »Was kann ich heute für Sie tun?« Eine nette, charmante Einladung für das kommende Gespräch. »Nun also, das ist so …«, Annabelle begann zu erzählen. Sie war es schließlich, um die es eigentlich ging. Damals wurde sie von ihrer hellhäutigen Mutter weggegeben und in eine neue Familie hinein adoptiert. Die Beamtin hörte sich die ganze Geschichte in Ruhe an. Sie sprach weder dazwischen, noch stellte sie Fragen. Es schien alles offen und Isabella konnte die Antwort kaum erwarten, die gleich aus dem Mund der Beamtin kommen sollte. Unendlich lang kam es ihr vor, bis die Dame ihren Mund öffnete: »Ich kann aus den Akten entnehmen, dass sie schon einmal mit ihrem Mann hier gewesen sind.« Annabelle und Thomas schauten sich verwundert an. »Ja. Das ist korrekt. Allerdings auch schon viele Jahre her«, antwortete Isabellas Mutter kurz und knapp. Die zuständige Beamtin war kurz still und schaute die Drei an. Sie schaute in deren Augen und spürte die Hoffnung, die in ihnen lag. »Es tut mir leid. Ich kann Ihnen heute keine andere Auskunft geben, wie die Person es vor mir getan hat. Heißt, ich habe keinerlei

Auskünfte mehr darüber. Die Adoption liegt zu lange zurück. Sie sind 60 Jahre alt. Sie wurden kurz nach der Geburt adoptiert. Da waren sie noch nicht mal ein Jahr alt. Also liegt das Geschehnis schon 59 Jahre zurück. Es tut mir leid. So lange bewahren wir die Akten nicht auf«, die Mitarbeiterin vom Amt, bemitleidete diesen Vorfall. Isabella wollte nicht aufgeben und fragte: »Aber gibt es denn nicht irgend eine andere Stelle, wo die Akte noch existiert? Oder eine andere Behörde, wo wir Informationen bekommen können?« Die Beamtin schüttelte den Kopf und musste verneinen: »Leider nein. Wenn ich irgendetwas wüsste oder einen Anhaltspunkt hätte, dann würde ich ihnen das mitteilen. Damals hat man alles mit der Hand geschrieben. Oder mit der Schreibmaschine. Daher kann ich über ihren Fall nichts in unserer Datenbank finden. Es tut mir aufrichtig leid.« Isabella stand das ganze Mitleid und Bedauern bis zum Halse. Die Familie bedankte sich freundlich bei der Dame und verließ das Besprechungszimmer.

16.

Dieses Mal war Isabella gar nicht die Traurige, sondern ihre Mutter Annabelle. Jahrelang unterdrückte sie den Schmerz und ihre Hoffnung. Erst durch Isabellas Wunsch kam wieder alles in ihr hoch. Sie tat das nur für ihre Tochter und bemerkte erst zu spät, dass sie es für sich selbst getan hatte. Und dabei wieder tief enttäuscht wurde. Einen kurzen Moment ließ sie die Hoffnung an sich heran. Thomas, der seine Frau schon viele Jahre kannte, wusste, welchen Schmerz sie nun ertragen musste. Isabella und er nahmen Mutter und Ehefrau auf dem Parkplatz in den Arm. Die nach Hause Fahrt blieb still, keiner konnte oder traute sich etwas zu sagen. Annabelle stand ein Kloß im Halse. Jetzt, wo sie den *Stein ins Rollen* brachten, wollte Thomas nicht aufgeben und weitermachen. »Wir werden einen anderen Weg finden«, da war er sich sicher. »Hast du nicht gehört, was die Frau gesagt hat? Wir können nichts mehr machen. Der Fall liegt zu lange zurück. Es ist zu spät und das müssen wir akzeptieren«, Annabelle versuchte die Fassung zu bewahren. Doch war sie innerlich gebrochen. Isabella hingegen konnte überhaupt nichts mehr sagen. War sie doch stets die Anführerin der *Großmuttersuchaktion* gewesen. Langsam verstand sie, welch tiefer Schmerz in ihrer Mutter saß. Ein Schmerz, den sie fast 60 Jahre lang ertrug und daran zu zerbrechen drohte. Isabella schämte sich

zutiefst, mit diesem Thema angefangen zu haben.
Sie wollte nicht mehr weiter suchen, doch waren
ihre Eltern nun wieder in das Thema emotional
involviert. Zu Hause angekommen besprachen sich
Thomas und Annabelle, wie weiter vorzugehen sei,
dabei wurden sie von ihrer Tochter unterbrochen:
»Ach wisst ihr, vielleicht ist mir das Thema doch
nicht so wichtig. Ich habe kein Problem damit, wenn
wir jetzt aufhören und unser Leben weiter leben.«
Die Eltern trauten ihren Augen und Ohren nicht.
Das war nicht ihre Tochter, die da gerade stand und
das sagte? Die Situation schien völlig surreal.
Isabella wollte aufhören, nach der eigenen
Großmutter zu suchen? Das konnten die Eltern
nicht glauben, nachdem ihre Tochter wie eine
Kämpferin auf eigene Faust nach der unbekannten
Oma gesucht und dabei ihr Leben riskiert hatte.

Am nächsten Abend kam Thomas von der
Polizeiwache nach Hause und brachte eine Idee
mit: »Ich habe einen Plan. Es gibt einen Anwalt. Der
ist zwar drei Stunden Autofahrt von hier entfernt,
aber er soll der Beste seiner Branche sein. Er ist
Fachanwalt und auf dem Gebiet der Adoption
zuständig. Mein Kollege sagte mir, er soll bis über
die Landesgrenzen hinaus bekannt sein und sogar
schon mal ein Auftritt im Fernsehen gehabt haben.
Ich rufe morgen sofort bei ihm an und frage nach
einem Termin und nach den Kosten. Wenn er so
gut ist, dann ist er bestimmt nicht ganz billig. Aber
das kriegen wir schon hin.« Isabella stand

angewurzelt und wortlos da. Da hatte sie ein Thema losgetreten. Ein Thema, welches sie nicht mehr verfolgen wollte, aufgrund des Gefühlszustandes ihrer Mutter. Annabelle war auch wortlos, umarmte ihren Mann aber trotzdem als Zeichen der Dankbarkeit. »Wir kriegen das gemeinsam hin. Ich verspreche es euch«, fügte er hinzu. Es klingelte, Katy kam wie gerufen. Isabella führte sie sofort in ihr Zimmer. »Was ist denn los? Darf ich deinen Eltern nicht mal mehr *Hallo* sagen, oder warum hast du es so eilig?« Katy fühlte sich überrumpelt. »Nein. So hör doch. Damals und bis vor Kurzem noch wollte ich unbedingt meine Großmutter kennenlernen und sie in unsere Familie einführen. Das war mein sehnlichster Wunsch. Ich hätte alles dafür getan. Und das habe ich auch. Beinahe bin ich dabei drauf gegangen. Und jetzt ist es genau umgekehrt. Ich habe erkannt, dass es keine Chance mehr gibt und dass meine Mutter dafür schon durch die Hölle gegangen ist. Ich will sie nicht weiter verletzen. Das Komische an der Sache ist: Jetzt wollen meine Eltern weiter suchen. Obwohl die Beamtin für Adoption uns schon gesagt hat, dass der Fall zu lange her ist und sie darüber keine Informationen mehr haben. Und trotzdem will mein Dad unbedingt weiter suchen. Meine Mum sagt nicht mehr viel. Die ist wahrscheinlich fix und fertig«, erläuterte Isa die letzten Geschehnisse ausführlich. Die beiden besprachen die Lage der Familie, bis es spät und dunkel wurde. Katy fuhr nach Hause, weil sie am nächsten Morgen arbeiten musste.

Am nächsten Tag war Annabelle kaum ansprechbar. So hatte Isabella ihre Mutter, die sich als Sozialarbeiterin für andere einsetzte und starkmachte, noch nie gesehen. Sie wusste nicht, was sie ihrer Mutter sagen sollte und blieb die meiste Zeit auf ihrem Zimmer. Bis ihr Vater am Abend von der Arbeit nach Hause kam. Er hatte keine guten Nachrichten im Gepäck. »Darling. Folgendes ...«, an den Augen von Annabelle konnte man erkennen, dass sie mit einer unerfreulichen Nachricht rechnete. Thomas sprach weiter: »Ich habe zuerst mit der Sekretärin des Anwalts telefoniert. Der Anwalt selbst hat mich fünf Stunden später zurückgerufen. Es ist wie verhext. Anscheinend haben viele Leute Probleme mit einer ehemaligen Adoption. Er hat zumindest so viel zu tun, das er erst in 10 bis 12 Monaten neue Mandanten annehmen kann. Er wollte mir keine Hoffnung machen. Dann fragte er, ob wir so lange warten können und er uns auf die Warteliste setzen soll? Dann meldet er sich in einem Jahr bei uns zurück. Ich habe ihm gesagt, dass ich es erst zu Hause besprechen werde und mich dann bei ihm melde. Er klang nett und kompetent, aber er hat auch viel zu tun. Typischer Fachanwalt eben.« Hart wie ein Stein antwortete seine Frau Annabelle: »Nein. Es reicht. Ich will nicht mehr!« Sie verschwand nach oben in das Schlafzimmer.

17.

Von Vorwürfen und schlechtem Gewissen geplagt, hätte sich Isabella am liebsten weiterhin in ihrem Zimmer verkrochen. Sie sah in den Spiegel und wollte so nicht sein. Sie wollte nicht die Tochter sein, die ihre Mutter in Verzweiflung stürzen ließ. Statt zurück in ihr Zimmer zu gehen, zog sie es vor, Annabelle im Schlafzimmer zu besuchen. Ihre Mutter lag seitlich auf dem Bett und hatte ihre Augen geschlossen. Isabella schlich sich leise und langsam an das Bett heran und legte sich zu ihrer schlafenden Mutter. Annabelle bemerkte das und legte zaghaft ihren Arm um Isabella, so als wolle sie ihre Tochter schützen. So warm wie eine Decke fühlte sich Isa eingehüllt unter dem Arm ihrer Mutter. Die beiden Frauen schliefen behütet im Elternschlafzimmer ein. Thomas kam später hoch und legte eine weiche Schlafdecke über seine beiden *Schätze*. Er hatte seine Tochter und seine Frau schon sehr lange nicht mehr so innig umschlungen zusammen liegen gesehen. Die Verbundenheit zwischen Mutter und Tochter sollte wieder zum Leben erweckt werden. ›Na endlich. Wenigstens das funktioniert. Danke Gott‹, bedankte sich Thomas für die wiedergewonnene Liebe zwischen seinen beiden Frauen. Isabella hatte die schwere Herztransplantation und einige Rückschläge überstanden. Doch die verbissene Suche nach der unbekannten Großmutter machte

Isabella zur Gegnerin ihrer eigenen Mutter, weil diese nicht mehr Mitsuchen wollte. Nach langer Zeit ließen die Eltern sich auf einen ersten Schritt in der gemeinsamen Suche ein, der aber auch ins Leere verlief. Den wieder ausgelösten Schmerz Annabelles mitzuerleben, war für Isabella noch schlimmer als die Tatsache, die Großmutter nicht gefunden zu haben.

Wie ein Blitzschlag traf die Zwanzigjährige eine Idee. Sie wollte heimlich für ihre Mutter weiter suchen. ›Wenn ich mich unbemerkt auf die Suche nach meiner leiblichen Großmutter begebe und ich kein Ergebnis vorzuweisen habe, dann tut es ihr nicht noch mal so weh‹, so der Plan der jungen Kämpferin. Gesagt – getan. Zwei Tage später, als ihr Vater auf Streife war, kündigte Isabella ihrer Mutter an, draußen walken zu gehen. Eine kleine Notlüge sozusagen. Sie nahm zur Tarnung ihre Walking-Stöcke mit und einen Rucksack, indem sie was zu Schreiben hineinlegte. »Bis später, Mum«, rief sie Annabelle zu und verschwand. Ohne Umwege begab sich Isa direkt in ein Internetcafé. Schnell fand sie einen ruhigen Platz und setzte sich umgehend hin. Da man im Internet alles findet, dachte sie sich hoch motiviert, das *World Wide Web* würde auch ihr bestimmt helfen. Das weltweite Netz sollte *angezapft* werden. Konzentriert begab sich Isabella auf die Recherche nach ihrer vermissten Großmutter. Wie eine freie Journalistin fühlte sich die Herzkranke bei der Suche im Netz. Sie wurde nicht fündig, wollte aber nicht so schnell aufgeben. Im Internet standen viele Artikel über Adoptionen. Auch über Schicksale, die ebenfalls einige Jahrzehnte zurücklagen. Dabei wurde auch *Rassismus* thematisiert. Ähnliche Fälle von Paaren verschiedener Herkunft entdeckte sie außerdem im Internet. Akribisch und genauestens las sie jeden Artikel, um eventuell eine kleine Information über ihre eigenen Großeltern und deren Geschichte zu erfahren. Doch leider war dies nicht der Fall. Stundenlang war Isabella vertieft in die vergleichbaren Bestimmungen anderer Menschen. Als ihr der Nacken anfing zu schmerzen, legte sie eine kurze Pause ein. Sie strich mit ihrer Hand vorsichtig auf den Nacken; ihre Augen waren müde vom ständigen auf dem Bildschirm starren. Um sich abzulenken, schaute sie kurz aus dem Fenster raus. »Das glaub ich jetzt nicht«, Isabella erhob sich vom Stuhl und schaute etwas genauer hinaus. Sie hatte sich nicht getäuscht. Draußen auf der Straße sah sie ihren Ex-Freund Jack mit der ihr bekannten Hillary Spencer anbandeln. »Der hat sich ja schnell umorientiert«, erkannte Isa. Die Situation war komisch für die junge Frau zu sehen, war sie schließlich jahrelang mit Jack zusammen. Trotzdem war es okay für sie und fühlte sich sogar gut an. Sie wünschte ihm innerlich alles erdenkliche Gute und war sich sicher, die richtige Entscheidung getroffen zu haben. Eifersucht oder Neid den beiden gegenüber spürte sie nicht. Solange wie sie die beiden aus dem Fenster sehen konnte, schaute sie auch hin. Neugier machte sich in ihr bemerkbar. Als sie nur noch Autos auf den Straßen sah, setzte sie sich wieder auf den Stuhl und recherchierte weiter nach ihrer Oma. Sie gab Orte und Namen in die Tastatur ein, Schlagwörter, Teile ihrer Geschichte, alles, was ihr einfiel. Sie suchte eine mögliche Antwort in den Tasten. Leider blieb auch diese Suche ohne Erfolg. Lediglich eine wichtige Information sollte sie erhalten. In vermehrten Artikeln wurde von Privatdetektiven geschrieben. Einige Leute beauftragten bei der Suche nach vermissten Angehörigen einen Detektiv, um die gesuchte Person zu finden. Oft mit Erfolg. Diesen Tipp nahm Isabella sich zu herzen. Sie suchte im Internet nach einem passenden Privatdetektiv in der Nähe und auch nach Agenturen, die sich auf solche Fälle spezialisierten. ›Oh nein. Die Agenturen sind viel zu teuer. Ich bleibe bei dem Detektiv. Der hat bestimmt eine gute Ausbildung in dem Bereich‹, dachte sie sich. Anschließend packte sie ihre Sachen zusammen, nahm ihre Wanderstöcke mit und bezahlte. Zu Hause wurde sie schon von ihrer Mutter mit einer heißen Schokolade erwartet. Mit überkreuzten Fingern schwärmte sie, wie toll es war, draußen walken zu gehen. »Schatz, das freut mich, dass es dir mittlerweile wieder besser geht. Weiter so! Ach ja. Katy hat angerufen, du sollst sie mal zurückrufen, wenn du wieder zu Hause bist«, teilte ihre Mutter mit. »Mach ich Mum«, Isabella gab ihrer Mutter einen Kuss auf die Wange und ging nach oben in ihr Zimmer. Von ihrem Handy aus telefonierte sie mit ihrer besten Freundin. Isa berichtete ihr alles über die Internetrecherche und davon, dass sie Jack mit der hübschen und beliebten Hillary Spencer sah. »So ein Blödmann, dass er dich gegen die eingebildete Spencer eingetauscht hat. Er ist selbst schuld«, Katy nahm wie gewöhnlich kein Blatt vor dem Mund. Die jungen Frauen tratschten und lästerten ein wenig über den Verflossenen Jack und seine neue Flamme.

Thomas kam von der Arbeit mit einem großen Blumenstrauß nach Hause. Annabelle stand in der Küche und schaute ihren Mann sehnsüchtig vertraut und liebevoll in die Augen. »Die sind für dich. Weil ich jeden Tag dankbar bin, dass ich dich habe«, und übergab seiner Frau den prächtigen Strauß duftender Blumen. »Die sind wunderschön. Ich danke dir. Und ich möchte mich entschuldigen«, begann Annabelle zu sprechen, doch Thomas fiel ihr ins Wort: »Nein. Ich muss mich entschuldigen. Ich hab dich einfach überrumpelt. Das mit dem Fachanwalt für Adoption meinte ich nur gut, aber ich weiß auch, dass die Suche wieder *alte Wunden* in dir aufgerissen hat. Das habe ich leider zu spät bedacht. Du hast in der Vergangenheit solchen Schmerz erfahren, weil wir mit der Suche nicht weitergekommen sind. Und irgendwann haben wir es gelassen und unser wundervolles Leben weitergelebt. Und für dieses Leben möchte ich dir Danke sagen.« Annabelle begann zu weinen: »Und ich könnte mir keinen besseren Mann an meiner Seite vorstellen als dich.« Das Ehepaar küsste sich innig und verbrachte einen schönen restlichen Abend.

Einen Tag später schwindelte Isabella ihre Mutter zum zweiten Mal an. Mit der Ausrede, sie würde Katy besuchen fahren, begab sie sich aus dem Haus. Den Zettel mit der Adresse vom Privatdetektiv verstaute sie sorgfältig in ihrem Portemonnaie. Die Buslinie 057 fuhr die aufgeweckte junge Frau in Richtung Detektei. Ein altes Gebäude mit braunen Kacheln und grüner Holztür sollte ihr Ziel sein. Auf dem Schild am Eingang stand: *Privatdetektiv B. Carter, ausgezeichnet mit dem goldenen Stern 2018 aller Detekteien.*

Isabella wirkte beeindruckt und öffnete erwartungsvoll die grüne Holztür. Drinnen war reges Treiben angesagt. Die Dame am Empfang war abgeklärt und nicht besonders höflich: »Was gibt es?« Mehr brachte sie nicht in ihrer Freundlichkeit heraus. »Ich bin Isabella und ich möchte gerne zum Gespräch mit Herrn Carter«, gab sich Isa zu erkennen. »Setzen sie sich ins Wartezimmer. Sie werden dann aufgerufen«, auch wieder gab es kurze, knappe Anweisungen von der Empfangsdame. Isabella setzte sich auf den braunen Ledersessel im angegebenen Zimmer. Eine Karaffe mit frischem Wasser und Minze stand für die Kunden bereit. Ebenso die Tageszeitung. Schwarz-Weißfotos von der Arbeit des Detektivs hingen an den Wänden, umrahmt von goldenen Bilderrahmen. Kameras, Aufnahmegeräte, alte Hüte, Zigarren, Whiskey, Autos, feine Mäntel an Garderoben. Die Wände zierten etliche schwarz-weiß Motive aus dem Leben des Herrn Carter und seiner Arbeit. Seine tiefe Stimme inklusive Raucherhusten war deutlich bis in das Wartezimmer zu hören. Er schien sehr beschäftigt. Ständig hörte man ihn telefonieren oder er empfing Kunden in seinem Büro. Dann endlich kam Isabella an die Reihe. Sie setzte alles in den hochgelobten Privatdetektiv. Ein weißer Mann mit schickem Anzug, der ebenso gut auch als *Lebemann* hätte durchgehen können. Alle seine wichtigen und prominenten Kontakte hingen als Fotos an den Wänden. Ebenfalls in Schwarz-weiß fotografiert. Mit rauchiger Stimme fragte er: »Junge Dame, wie kann ich ihnen helfen?« Die Antwort war ihr klar und sie hätte am liebsten geantwortet: »Indem sie meine Großmutter finden.« So schnell vorzupreschen, erschien ihr ein wenig frech. Sie wollte es langsamer angehen: »Ich bin auf der Suche nach meiner Großmutter. Meine Mutter Annabelle wurde kurz nach der Geburt oder nach einigen Monaten zur Adoption freigegeben? Wir wohnen hier in Louisiana. Doch es kann sein, dass ihre leiblichen Eltern woanders gewohnt haben. Meine Mutter hat mich spät bekommen, sie ist schon 60 Jahre alt. Von daher bin ich mir nicht sicher, ob meine leibliche Großmutter überhaupt noch lebt? Mein Großvater war ein schwarzer, er muss nach unserem Wissensstand her schon tot sein. Über meine Großmutter weiß sich nur, dass sie eine weiße ist.« Isabella sprach weiter und sie fühlte sich in guten Händen bei Herrn Carter und seinem Team. Bedacht antwortete der Privatdetektiv: »Isabella, das könnte schwierig werden. Aber es ist nicht unmöglich. Ich habe schon einige komplizierte Fälle in den ganzen Vereinigten Staaten aufdecken können. Dafür bin ich ja da.« Isabella konnte ihr Glück kaum fassen, bis sie die nächsten Worte hörte. Er fuhr fort: »Für mein Bemühen und meine Arbeit verlange ich im Voraus 5.000 $. Den Rest erhalten sie mit meiner Abschlussrechnung, die dann zu begleichen ist.« Ihr stockte daraufhin der Atem und sie wäre beinahe vom Stuhl gekippt. Höflich fragte sie: »Den Rest?« Wie leicht und selbstverständlich antwortete er: »Ja. Die 5.000 $ sind nur eine Anzahlung. Das restliche Geld, kommt darauf an, wie lange ich mit ihrem Fall beschäftigt bin, müssen sie mir dann überweisen.« Herr Carter lehnte sich in seinem Bürostuhl nach hinten und begann seinem Raucherhusten alle Ehre zu machen. Er zündete sich die nächste Zigarre an. Die Rauchwolke zog direkt in Isabellas Gesicht. Mit ihren Händen versuchte sie den stinkenden Rauch wegzuwehen, während sie sich vom Stuhl erhob. »Ich muss gucken, ob ich so viel Geld zur Verfügung habe und melde mich dann wieder bei ihnen. Danke Mister.« Isabella war klar, dass sie diese Summe so schnell nicht aufbringen konnte. Räuspernd und etwas uninteressiert verabschiedete sich Herr Carter von ihr: »Isabella, schau du mal nach. Und dann hören wir uns.« Mit getrübter Stimmung machte sich die junge Frau auf den Heimweg und überlegte schon während der Fahrt, was sie aus ihrem Zimmer verkaufen könnte? ›Das kriege ich niemals zusammen‹, dachte sie sich. Die negative Haltung zu diesem hohen Betrag kam nicht von ungefähr. Wieder zu Hause saßen ihre Eltern vor dem Fernseher und schauten eine Sendung. »Hey Schatz, wie war es bei Katy? Alles gut?«, fragte ihr Dad gut gelaunt. Isabella verschwand in sich gekehrt sofort nach oben. »Ja. Alles gut«, rief sie leise von der Treppe runter. »Ob sich da ein Gewitter zusammenbraut? Hoffentlich kein Streit mit Katy?« Annabelle machte sich Sorgen. »Glaube ich nicht. Die beiden kann nichts auseinanderbringen«, antwortete ihr Mann. Derweil stellte Isabella ihr ganzes Zimmer auf *den Kopf*, suchte vergebens private Wertsachen. Sie wollte weder ihren Eltern irgendetwas wegnehmen, noch sie um so viel Geld bitten. Dabei fand sie eine Halskette, die sie zum Geburtstag geschenkt bekam. Ebenfalls fand sie einen Ring und eine Brosche, die sie von ihren Eltern zum sehr guten Schulabschluss erhielt. Eine alte CD-Sammlung, ebenso teure, aber gebrauchte Sneakers und ihren modernen Fernsehapparat. Zusammen gerechnet ergab das nicht einmal die Hälfte des verlangten Preises. Isa bekam schlechte Laune. Sie beschloss das nötige Geld zu sparen oder vielleicht einen kleinen Job anzunehmen, den sie körperlich gut ausüben könnte. So bekäme sie langsam das Geld zusammen. Gerade wollte sie auf ihrem Handy nach Nebenjobs gucken, da klopfte ihr Vater an die Türe: »Morgen ist Wochenende. Da haben wir eine tolle Überraschung für dich. Wir hoffen, du hast noch nichts Wichtiges geplant.« Isa freute sich, wollte aber lieber nach einem passenden Job Ausschau halten. »Äh. Na ja. Also … Okay, ich komme mit«, stotterte sie. »Super. Dann bis morgen. Schlaf gut«, wünschte Thomas. »Danke. Ihr auch«, Isabella legte sich auf ihr Bett.

Am Samstag fuhr die ganze Familie zu einem großen Basketballspiel. Isa war ein Fan des runden Ballsports und hatte selbst schon vor ihrer Krankheit gespielt. Tausende Besucher waren gekommen, um die *Louisiana Dragons* gegen die *California All Stars* spielen zu sehen und um ihre Mannschaft anzufeuern. Zur großen Freude luden Annabelle und Thomas, die beste Freundin ihrer Tochter, ein mitzukommen. Die Mädels trugen ihre Trikots und sahen selbst wie Cheerleader aus. Als das Spiel begann, tobte die Menge. Isa fühlte sich zurzeit gut und gesund. Jegliche Untersuchungen im Krankenhaus und die Therapiestunden verliefen gut. Die Stimmung in der Halle war vergnügt und ansteckend. Die ganze Familie jubelte mit den anderen Fans mit. »Du, Isa. Schau mal, wer da vorne sitzt«, Katy zeigte in die Ziel-Richtung.

Isabellas Ex-Freund Jack mischte sich ebenfalls unter die Basketballfans. Allerdings nicht alleine. Seine neue Freundin Hillary Spencer, war ebenfalls dabei. Die beiden hielten Händchen, küssten sich und schauten sich das Spiel zusammen an. »Es ist okay. Ich bin drüber hinweg. Letzten Endes war er nicht der Richtige für mich«, erklärte sich Isabella. »Wir sind stolz auf dich. Das ist unsere Tochter«, jubelte Thomas. Jack und Hillary bekamen von Isabella und ihrer Familie nichts mit. Isa interessierte das Thema weiter nicht. Sie konzentrierte sich auf das Spiel ihrer Lieblingsmannschaft. Die Veranstaltung wurde mit Musik und Tanz in den Pausen begleitet. Hochhaus gewannen die *Louisiana Dragons* gegen die *California All Stars*. Einer der Basketballprofis gab hinterher noch Autogramme. Isabella und Katy holten sich ein persönliches Autogramm auf ihrem Trikot ab. Ihr Superstar Brian Mc Neil unterschrieb beiden ihr Sportshirt und lobte seine Fans. Total ergriffen begannen die Freundinnen zu kichern. Isabellas Versuch cool zu bleiben, ging nicht ganz auf. Im Getümmel bemerkte Isa, dass Jack und Hillary Hand in Hand zum Ausgang schlenderten. Innerlich verabschiedete sie sich von ihm und war bereit für ihr neues und eigenes Leben. Sie hatte eine tolle Familie und eine beste Freundin an ihrer Seite, die sie unterstützten. Und neu gewonnene Freunde aus Mississippi zählten mittlerweile auch dazu. Ein aufregender Familientag neigte sich dem Ende zu.

Zurück in heimischen Gefilden beendete die Zwanzigjährige den Liebesroman von Ava zu lesen. Sie schloss das Buch, ihr überkam ein wohltuendes Glücksgefühl. Der Roman endete, wie es sich die meisten Leser/innen wünschen würden. Das sich angekündigte *Happy End* trat ein. Da sie nun fertig gelesen hatte, brachte sie ihrer Mutter den Roman: »Ich hab zu Ende gelesen. Ava ist einfach nur die Beste. Bin gespannt, wie du den Roman findest? Er wird dir bestimmt gefallen!« Dankend nahm Annabelle die Liebesgeschichte entgegen, um diese zu späterer Stunde zu lesen. »Magst du mit mir einen Salat klein schnippeln? Vitamine …«, Annabelle wollte weiter Konversation mit ihrer Tochter führen. »Gerne. Die Zwiebeln schneidest aber du«, grinste Isabella ihre Mutter an. Die fand das nicht schlimm und begab sich an das Kleinschneiden der Pflanze, während ihre Tochter Karotten und Paprika klein schnitt. »Dir geht es im Moment richtig gut. Das ist schön zu sehen«, lobte die ständig besorgte Mutter ihre herzkranke Tochter. Zum Abendessen kam Thomas nach Hause, der noch warmes Baguette-Brot und eine Flasche Wein für sich und seine Frau mitbrachte. Eine angezündete Kerze auf dem Tisch sollte dem Dinner eine gemütliche Atmosphäre verleihen. »Isa, wir müssen dir was sagen«, leitete der Vater ein, während er in Isabellas fragenden Augen sah. »Deine Mutter und ich haben uns besprochen.«

›Was kommt denn jetzt schon wieder?‹, sie rechnete in Gedanken schon mit erneuten Problemen. Heiter und erfreut schauten die Eltern ihre Tochter an. »Das letzte Mal, als du in Mississippi warst, kam es uns so vor, dass du mit neuem Lebensmut nach Hause gekommen bist.« Isabella ahnte, in welche Richtung das Gespräch gehen würde. ›Bitte lasst mich fahren‹, dachte sie sich und faltete unbemerkt die Hände unter dem Tisch zusammen. »Wenn du möchtest, wir wollen dich natürlich nicht zwingen, dann darfst du wieder dahin fahren? Natürlich nur, wenn das für Ava in Ordnung ist? Die Frau ist ja schließlich schon alt«, fuhr Thomas fort. »Und wie ich will! Tausendmal Dankeschön«, Isa fiel ihren Eltern vergnügt um den Hals. »Ich ruf sofort Ava an, um das abzuklären«, Isabella sprintete nach oben in ihr Zimmer, um vom Handy aus Ava anzurufen. Welche Glückseligkeit; Ava freute sich auf Isabellas Besuch und stimmte dem Vorhaben bald anzureisen zu. »Ich darf kommen. Sie hat ja gesagt«, strömte es aus ihr heraus. Sie lief die Treppe nach unten zurück zu ihren Eltern. Die freuten sich über die positive Bestätigung aus Mississippi. Noch bevor sie Katy die tollen Neuigkeiten mitteilte, schrieb sie Benjamin an. Dieser rief sie unverzüglich auf dem Handy an. Wieder flatterten Hunderte von Schmetterlingen durch Isabellas Bauch, als das Handy klingelte. Die Mitteilung, dass Isabellas Eltern die Reise nach Mississippi vorschlugen, machte Benjamin überglücklich und stürzte ihn in Vorfreude. Und die

226

zweite gute Nachricht, dass die achtzigjährige Ava sie in ihrem Hause *willkommen* heißen würde, ließ das *junge Glück* strahlen. Die letzte Reise tat Isabellas Gesundheit gut und die nächste sollte es ebenso werden. »Was packst du ein? Nimm deine tollsten und aufregendsten Klamotten mit. Benjamin wird begeistert sein«, Katy war hin und weg von den *News* um Isabella. »Das ist er auch so. Egal was ich trage«, da war sich die Zwanzigjährige sicher. »Dann ist er ein Guter. Ich freu mich so sehr für dich«, die beiden Freundinnen gönnten sich jederzeit das Glück der anderen.

18.

Bald darauf ging die Reise zum zweiten Mal mit dem *Greyhound Bus* nach Mississippi. Ihre Eltern waren sich sicher, dass auch diese Reise Isabellas Herzen guttun würde. Denn dort war sie ihrer verstorbenen *Herz-Spenderin* Mary wieder nahe. Der Kontakt zu Ava inspirierte ihre Tochter, so bemerkten Thomas und Annabelle. Und Benjamin schien ein ganz netter, junger Mann zu sein, was den Eltern ebenfalls gefiel. Mit wenig Sorgen ließen die beiden ihre Tochter ziehen. »Halt mich auf dem Laufenden. Bin voll gespannt und lass es dir gut gehen!«, verabschiedete sich Katy von Isa. Auch dieses Mal ging die Reise mit dem Fern-Bus mehrere Stunden. Die Freude auf ein Wiedersehen mit Ava und Benji war so groß, dass Isabella am liebsten nach Mississippi hingeflogen wäre, nur um schneller vor Ort sein zu können. Sie *scharte mit den Hufen* und konnte es kaum erwarten. Was würde sie dieses Mal erleben? Auf jeden Fall hatte sie vor, sich einen zweiten Roman der Schriftstellerin auszuleihen, um ihn zu lesen. Und sie hoffte insgeheim, dass Benjamin wieder so einen schönen Ausflug wie damals in den *Bienville National Forest* plante. Die Busfahrt kam ihr unendlich lang vor. Es war so, als würde sie ihr zweites Zuhause besuchen. Ihr war aber auch klar, dass die Reise nur zustande kam, weil Mary ihr Leben verloren und sie durch diese Tatsache ihr noch gesundes Herz transplantiert bekam. Nicht schön, aber wahr. Einzig und allein dieses Schicksal führte sie mit Benjamin, seinen Eltern und Ava zusammen. Sonst hätte sie ihre neuen Freunde höchstwahrscheinlich niemals kennengelernt. Im Zeichen der Achtsamkeit und der Dankbarkeit ließ sie sich auf die lange Reise ein. An der Bushaltestelle gab es die erste Überraschung. Nicht der Nachbar von Ava holte sie ab, sondern Benjamin mit seinen Eltern. Dies war so abgemacht und sollte Isabella fröhlich stimmen. Die Begrüßung hätte nicht freundlicher ausfallen können. Sofort fühlte sich die junge Frau wohl und angekommen im Bundesstaat Mississippi. Das Funkeln in den Augen von Isabella und Benjamin war für seine Eltern kaum zu übersehen. Die Autofahrt brachte Isa direkt zu Avas Haus. ›Würde das weiße, wunderschöne und prachtvolle Gebäude immer noch so stehen, wie es letztes Mal stand? Und würden die bunten Blumen genauso wie letztes Mal im Glanz der Sonne leuchten? Und wie ging es Ava, war sie wieder so schick angezogen und trug ihr Haupt voller Stolz hoch?‹ Frage um Frage stellte sich Isabella. Benji und sie saßen beide auf der Rückbank des Autos seiner Eltern. Sie waren sich gegenseitig am Zulächeln und schmissen interessierte Blicke zueinander. ›Sieht der wieder toll aus. Und dann riecht er auch noch so gut‹, Isa schwärmte in Gedanken. Die Beziehung zu Jack war beendet und würde nicht mehr aufgenommen werden, da war sie sich sicher. Darum tat sie niemandem weh, wenn sie ein wenig mit Benjamin flirtete. Allmählich kamen sie Avas Haus näher, bis sie es schließlich ganz erreichten. Es duftete überall nach Wiesen, Feldern und Blumen. Lieblicher Duft, der durch das offene Autofenster eindrang. Isabella sah Ava am Eingang ihres Hauses stehen. Sie trug ein grünes Kleid und hatte die Haare elegant hochgesteckt. Die passenden Ohrringe zierten ihr Gesicht. Sie hatte noch niemals in ihrem ganzen Leben eine so hübsche, feine achtzigjährige Frau gesehen. Das Ansehen und die Grazie verschlugen Isabella zuerst die Sprache. Aber das wollte sie sich nicht direkt anmerken lassen. Warmherzig wurde Isabella von ihrer Gastgeberin empfangen und die beiden kamen schnell ins Gespräch. »Ich hab deinen Roman zu Ende gelesen. Einfach nur großartig. Meine Mum liest ihn gerade auch. Darum ist er noch in Louisiana«, erklärte der junge Gast aus dem Nebenstaat. »Freut mich, wenn er dir gefallen hat. Ich hoffe, dass deine Mutter die Geschichte ebenso mag wie du?« Überzeugt davon gingen die Damen nach oben. Ava hatte Isabellas Zimmer ein weiteres Mal unglaublich schön und dekorativ hergerichtet. Frische Blumen aus ihrem Vorgarten standen in einer Vase auf der Kommode. Nachdem Isa sich frisch gemacht und ihre Eltern angerufen hatte, ging sie nach unten zu den anderen. Die warteten schon auf ihren Besuch. Auch Benjamins Eltern waren noch anwesend. Beim letzten Besuch wollten sie nichts mit Isabella zu tun haben. Der Schmerz über den Verlust von

Mary saß noch zu tief in Benjamins Mutter. Sie war noch nicht bereit, die Empfängerin des Herzens ihrer Schwester kennenzulernen. Erst als Isabella wieder mit dem Bus abreiste, versöhnten sich Benjamins Eltern mit ihr. Umso schöner waren sie jetzt noch dabei. »Wohin fahren wir?«, wollte Isa neugierig wissen. »Zu meiner Schwester, wenn das in Ordnung für dich ist?«, sprach Benjis Mutter, die sich auf den gemeinsamen Friedhofsbesuch einstimmte.

Mit fünf Personen standen sie am Grab von Mary. Es war das zweite Mal für Isabella, dass sie die letzte Ruhestätte ihrer *Herz-Spenderin* aufsuchte. Auf dem Friedhof fühlte sie sich Mary besonders verbunden. Benjamins Mutter und Ava hatten beide Blumensträuße dabei. In großer Andacht legten beide Frauen die Sträuße auf das Grab der Verstorbenen und Benji sang ein kleines Lobpreislied auf seine Tante. Es war selbst für Fremde zu erkennen, welch tiefe Trauer in den Herzen von Marys Familie steckte. Sie hinterließ ein *großes Loch*. Das konnte man nicht so schnell füllen. Ava stellte immer noch keine neue Haushaltshilfe ein, ihr fiel es generell schwer, fremden Menschen zu vertrauen. Eine zweite Mary zu finden, war nie ihre Absicht und wäre vollkommen utopisch für die Achtzigjährige. Mit wem könnte sie sich so gut austauschen, wem derart blind vertrauen? Die Antwort wusste Ava selbst: niemanden. Darum und weil sie sowieso ihren derzeitigen Roman nicht fertigstellen konnte, begab sie sich selbst an die Hausarbeit. Auch wenn es ihr schwerfiel. Einige Frauen von der ehrenamtlichen Gruppe, in der Ava selbst tätig war, kamen ihr sporadisch helfen. Mehr Hilfe wollte sie nicht annehmen.

Nach dem Besuch auf dem Friedhof saßen alle zusammen an Avas großen Esstisch. Isabella, auch Benjamin mit seinen Eltern und die Gastgeberin selbst dinierten als Familie im Sinne von Mary gemeinsam. Es gab eine frische Meeresplatte, bestehend aus verschiedenen Fischarten, Krabben und Muscheln. Salat und Knoblauch-Creme verfeinerten das Menü. Dazu wurden Weißwein und Wasser gereicht. Isa war erst vor einigen Stunden in Mississippi angekommen, doch fühlte sie sich jetzt schon wie neugeboren. Zu später Stunde fuhr Benjamin mit seinen Eltern nach Hause zurück. Isabella schlief so gut in ihrem Gästezimmer, als wäre es ihr eigenes Bett gewesen. Weil der nächste Tag ein Sonntag war, stand Benji schon frühzeitig auf, um Isabella zu sehen. Nachdem sie Ava morgens nach dem Frühstück in der Küche geholfen hatte, ging sie mit Benjamin nach draußen in den Garten. Dort hatten die zwei ein wenig Privatsphäre und Zeit für sich alleine. Benji stellte Isabella interessiert Fragen zu ihrer Herzerkrankung. Sie erklärte ihm, dass sie eine chronische Herzmuskelentzündung erlitt und deswegen unzählige Male im Krankenhaus war.

Den Begriff *chronische Myokarditis* hörte Benjamin zum ersten Mal. Als sie beinahe gestorben wäre, bekam sie nach einer langen Wartezeit das Herz seiner Tante Mary transplantiert. Und das sollte sie ihr weiteres Leben in sich tragen. Dies alles erklärte sie ihrem Schwarm. »Du hast schon viel mitgemacht. Dass du nach all dem noch so positiv bist, spricht für dich«, Benji nahm Isabellas Hand. Ihre Zuneigung zueinander wurde intimer, genauso wie die Gespräche der beiden. Isabella hatte das Gefühl, Benjamin schon ewig zu kennen und vertraute ihm bedingungslos. Selten fühlte sie sich zu jemandem so hingezogen wie zu ihm. Dies hatte zur Folge, dass die junge Frau *reinen Tisch* machte. Stundenlang hörte Benjamin ihr zu, sie vertraute ihm alles an. Isa erzählte von dem *Familien-Schicksal* und der erfolglosen Suche nach ihrer Großmutter. Davon, dass sie sich von Jack trennte, der aber schon eine *neue Flamme* in Hillary Spencer fand. Und davon, dass sie auf der Intensivstation gelandet war. Von ihren wöchentlichen Krankenhausuntersuchungen und der Therapie bei Doktor Blum berichtete sie ebenfalls. Sie nahm *kein Blatt vor dem Mund* und scheute sich nicht, die *tiefsten* Geheimnisse ihrer Familie an Benjamin weiterzutragen. Weiter erzählte sie, dass sie mit ihren Eltern gemeinsam das Amt für Adoptionen aufsuchte, es dort aber keine Informationen über die Großmutter gab. Schließlich kam sie auf den Fachanwalt zu sprechen, der erst in einem Jahr wieder Zeit finden würde. Daraufhin verließen Annabelle Hoffnung und Zuversicht. Und Isa konzentrierte sich heimlich auf die Internetrecherche. Selbst im *World Wide Web* war nichts herauszubekommen. Zu guter Letzt kam Isabella auf den Privatdetektiv zu sprechen, der für seine Arbeit 5.000 $ im Voraus kassieren wollte. Geld, das ihr bisher fehlte. »Das war alles. Jetzt bist du sicherlich geschockt, oder?« Fragte Isabella ihren Zuhörer nach gefühlten drei Stunden. Sie konnte nicht glauben, dass er sie noch toll finden würde, nachdem was sie ihm alles mitgeteilt hatte. Doch die Sorgen erwiesen sich als unbegründet. Benjamin bedankte sich in vollem Ernst für die Informationen, die er vertrauensvoll von ihr bekam. Er fragte aber nicht weiter nach. »Lass uns aufstehen und Radfahren. So wie letztens«, schlug er der Zwanzigjährigen vor. Isabella schaute sich fragend nach Fahrrädern um. In Avas Garten wuchsen Gras und Blumen, aber keine Räder zum Fahren. »In Avas Schuppen haben meine Eltern und ich vor einigen Tagen zwei Räder hingestellt. Die sind von uns zu Hause«, Benjamin war gut vorbereitet. Was Besseres hätte Isabella sich nicht vorstellen können, sie freute sich wahnsinnig. Nachdem sie Proviant eingepackt hatten, radelten die beiden auch schon los. Den Rest des Tages fuhren sie frei und mit ausgelassener Stimmung durch die wunderschöne Gegend, in der Ava lebte. Das warme Wetter lud zum Verweilen und ausruhen auf den Feldern ein. Die jungen Leute legten sich auf den Boden des Feldes, geschützt und unbeobachtet von einer Menge Mais. Und wieder wurde sie eingeladen, sich in Benjamins Arm zu legen. Die Welt hätte stillstehen können für beide Seelen im Maisfeld. Gemeinsam lagen sie schweigend und mal sprechend dort. Hier wollte sie bleiben und nie wieder aufstehen. Dann lobte Isabella den ausgelesenen Roman von der Schriftstellerin Ava. »Der Liebesroman hat mir richtig gut gefallen. Meine Mum liest ihn gerade selbst. Bin schon gespannt auf den nächsten Roman, den ich von Ava lesen werde. Sie hat, glaube ich, schon 50 Liebesgeschichten verfasst. Komisch, dass ich vorher noch nie etwas von ihr gehört habe. Aber sie meidet ja auch die Öffentlichkeit und die Presse, da ist das ja klar. Ihre Werke vollbringt sie im stillen Kämmerlein.« Benjamin konnte dazu nur schweigen. Isa vermutete, dass sie ihn vorhin doch mit zu vielen Informationen schockte. Er wollte bestimmt keine Freundin mit großem Drama. Der unerfüllte Wunsch, die Großmutter kennenzulernen, dann wäre sie fast gestorben, die Herztransplantation ... Isabella dachte sich, dass Benjis Schweigen mit ihr und den ganzen Informationen um sie zu tun hätte. Sie war der festen Überzeugung, dass er sich von ihr distanzieren würde. »Ich kann dein Schweigen verstehen. Und ehrlich gesagt, hätte ich dir nicht meine ganze Lebensgeschichte erzählen sollen. Du kommst mir halt so vertraut vor. Entschuldige bitte. Ich kann verstehen, wenn dir das alles zu viel ist.« Der junge Mann schwieg weiter und dachte nach.

›Nun sag doch was, bitte. Ich halte das sonst nicht aus‹, redete Isa mit sich selbst. Die Sekunden vergingen, es wurde zunehmend belastender für die Frau, die sich vorhin komplett offenbarte. Sie sah sich schon im nächsten Bus nach Hause sitzen. Dann endlich unterbrach Benji sein Schweigen. »Dass ihr Frauen immer denkt, es hätte gleich alles mit euch zu tun. Ich muss dich enttäuschen. Auch wenn du mir viel erzählt hast, hat das jetzt nichts mit dir zu tun«, erläuterte er. »Mit wem hat es denn was zu tun?«, möchte Isabella wissen, ohne vertröstet zu werden. Benji dachte kurz nach, bevor er Antwort gab: »Du hast eben von Ava gesprochen und ihrem Roman …«, er legte eine weitere Ruhepause ein. Isa wurde immer ungeduldiger. »Richtig. Ich finde ihren Roman klasse und möchte bald den Nächsten lesen.« Benjamin schaute auf den Boden, er redete langsamer und es schien, als wäre er involviert. »Darum geht es eben. Von außen betrachtet sind ihre Romane grandios. Eine alte Frau mit Klasse und Stil; eine weltberühmte Schriftstellerin.« Isabella nickte und stimmte dem zu. Sie verstand lediglich nicht, um was es hier eigentlich gehen sollte? Benji wurde konkreter in seinen Ausführungen: »Wie soll ich das sagen? Es gibt schon länger Probleme mit Ava.« Benjamin erhob langsam seinen Kopf, er schaute seine Gesprächspartnerin an. Die war vollkommen verdutzt und irritiert. »Wie meinst du das? Probleme mit Ava? Das kann ich mir überhaupt nicht vorstellen. Sie wirkt so perfekt. Hast du Streit mit ihr

236

oder deine Eltern?« Ava war die geborene Perfektionistin für Isabella und ein Vorbild in vielerlei Hinsicht. »Nein, so meine ich das nicht. Wir haben keinen Streit mit ihr. Ich habe noch niemals jemanden erlebt, der Streit mit ihr hatte«, erklärte der 25-Jährige. »Heute hast du mir alles anvertraut. Jetzt vertraue ich dir, kannst du das Isabella?«, mit ernst gewordener Miene schaute er ihr in die Augen und fuhr fort. »Ava kann nicht mehr schreiben. Schon seit Längerem …« Isabella begann zu lachen. »Wie, sie kann nicht mehr schreiben? Hat sie sich den Finger verstaucht? Ah, okay. Sie kann nicht mehr schreiben, weil sie einfach zu alt geworden ist. Ich meine, wer schreibt heutzutage mit 80 Jahren noch romantische Liebesromane?« Für Isa schien das der einzig triftige Grund zu sein. Sie machte sich ein wenig über Benjamins Äußerungen lustig. Doch sie hatte sich getäuscht. »Nein, das ist es nicht. Ich kenne sie. Da steckt irgendetwas anderes dahinter. Für ihr Alter ist Ava körperlich und kognitiv wohlauf.« Benji schien mehr an der Sache interessiert, als Isabella zuvor annahm. Ava war ihm sehr wichtig. »Ich glaube dir, dass du sie gut kennst. Aber sie muss dir schließlich nicht alles sagen. Vielleicht hat sie eine Krankheit und verschweigt es einfach nur, weil sie niemandem zur Last fallen will. Dass sie keine neue Haushälterin einstellt, nach Marys Tod, hat eventuell mit Scham um ihr Alter und einer möglichen Krankheit zu tun. Bestimmt will sie nicht, dass irgendjemand was mitbekommt. Auch du nicht«, Isabella reimte und spekulierte sich in ihrer Fantasie einiges zusammen. Benjamin zog seine Kappe runter und schüttelte den Kopf. Er wollte nicht glauben, was Isabella befürchtete. Ratlos stützte er seinen Kopf mit der rechten Hand ab. »Isa, glaub mir bitte. Ich kenne sie lange und gut. Sie hat keine Krankheit. Und sie schämt sich auch nicht. Sie mochte meine Tante sehr gern, sie vermisst Mary wie wir alle. Darum hat sie noch niemand Neuen eingestellt. Sie besitzt ein großes Haus und lässt einige Manuskripte im Büro herumliegen. Vertrauen fällt ihr generell schwer.« Isabella nahm das Anliegen von Benjamin zu seinem Bedauern nicht ernst. Für sie war etwas wichtig, wenn es sich dabei um einen Notfall handelte, wie zum Beispiel eine Herztransplantation oder einen schrecklichen Unfall. »Weißt du was komisch ist?«, wieder schaute er Isa bitterernst und bedenklich an. »Ava, unsere achtzigjährige Freundin. 50 an der Zahl hat sie verfasst. 50 Romane sind einzig und allein ihr Werk. Und immer sind sie gleichermaßen aufgebaut: Sie handeln von zwei Menschen, die sich lieben, Dramatik und einem *Happy End* am Schluss. Fünfzigmal immer dasselbe. Sie hat nie den Kurs gewechselt. Und sag mir Isabella, was gehört zur Liebe?«

Die Zwanzigjährige war durch ihre Krankheit mit viel Lebenserfahrung geprägt. Was für sie zur Liebe gehörte, war ihr eindeutig. »Na ja. Zur Liebe gehört für mich: Dating, sich verlieben, zusammenziehen,

sich gegenseitig zu vertrauen, Heirat, Kinder ...«,
zählte Isabella auf. Dann wurde sie unterbrochen.
»Genau das ist es ja. Du hast es gesagt: Kinder. Ob
du es mir glaubst oder nicht? In keinem ihrer 50
Romane kommt jemals auch nur ein einziges Kind
vor. Ist das nicht komisch? Wenn zwei Menschen
sich lieben, dann wollen sie doch irgendwann mal
ein Kind bekommen, oder liege ich da falsch? In
keiner Geschichte erwähnt sie, dass einer der
Figuren in ihren Büchern ein Kind hat oder es eine
Patchwork-Familie gibt. Dass Neffen, Nichten oder
Enkelkinder existieren. Nicht einmal am Ende der
Story bekommt das Liebespaar ein Kind. Du kannst
sie alle lesen, ich habe es getan. Von fünfzig
Büchern gibt es null, wo ein Kind drin vorkommt.
Und sag mir nicht, dass Ava eine moderne Frau ist
und sie keine Kinder aufgrund von weiblicher
Emanzipation erwähnt hat. Sie ist schließlich 80
Jahre alt.« Benjamin redete sich in Rage. Isabella
verstand langsam, um was es ihm ging und sie
bemerkte, wie wichtig Ava ihm war. Benji legte eine
Redepause ein und nahm eine Flasche Wasser aus
seinem Rucksack. Er war mit seinen Fragen um die
Schriftstellerin so in *Fahrt* gekommen, dass ihm
warm wurde und er anfing zu schwitzen. Beide
teilten sich die Flasche Wasser und überlegten
weiter. »Seit Wochen, es können auch Monate sein,
sitzt sie an ihrem 51. Roman und hat eine
Schreibblockade. Das hatte sie noch nie zuvor. Sie
kriegt den Roman nicht zu Ende geschrieben und
ich frage mich wieso? Manchmal habe ich sie

unauffällig beobachtet. Sie saß am Schreibtisch und ich konnte ihre Verzweiflung förmlich miterleben. Irgendetwas plagte sie. Ava setzte den Stift an und dann wieder ab, sie starrte ins Leere. Irgendwann hat sie gar nicht mehr weiter geschrieben. Da stimmt was nicht. Ich möchte wissen, warum sie den 51. Roman nicht zu Ende schreiben kann?« Benjamin wirkte nachdenklich und auch verzweifelt. Da Isabella ihn sehr mochte, nahm sie seine Hand und hielt diese fest. »Du hast mir zugehört und ich habe dir zugehört. Das machen Freunde so.« Benjamin lächelte seine Vertraute an; sie waren nach kurzer Zeit richtig gute Freunde geworden. Benjis Vermutung war, dass Ava ein Geheimnis mit sich trägt. Gemeinsam beschlossen die beiden, dass sie das Rätsel um Ava lüften wollen. Das sollte dann ihr gemeinsames Geheimnis bleiben. Isabella erlebte die Zeit in Mississippi jetzt schon als spannend und abenteuerreich. Dabei war sie vor Kurzem erst angereist. Dass sie etwas über Ava herausfinden wollten, bedeutete auch, dass sie mehr Zeit mit Benjamin verbringen würde. Was ihr selbstverständlich sehr gut gefiel. Benji schlug vor, im Haus von Ava nach Hinweisen zu suchen, wenn sie wieder zu einer Sitzung der Wohltätigkeitsorganisation geladen sein würde.

Mit den Rädern und ihrem Geheimnis im Gepäck fuhren die beiden zum Haus zurück. Isabella fiel es schwer, sich unauffällig zu verhalten. Nachdem was Benji ihr gegenüber angesprochen hatte, musste sie viel mehr als vorher über ihre Gastgeberin nachdenken. Sie konnte ihr nicht mehr direkt in die Augen sehen. »Wie war euer Fahrradausflug? Hattet ihr Spaß?«, wollte die Achtzigjährige von Isabella wissen. Etwas abgelenkt von den Gedanken um die Frage, warum ihre Romane bisher kinderlos geschrieben wurden, antwortete Isabella: »Ja, es war wirklich sehr schön. Tolle Gegend hier. Und ich bin froh, dass ich nach meinen Krankenhausaufenthalten wieder raus in die Natur kann. Ich danke dir Ava, dass ich hier dein Gast sein darf.« Isa bekam gerade noch so die Kurve. Ava war gerührt von den netten Worten und legte ihre Hand auf Isabellas Schulter. »Du bist in meinem Haus jederzeit willkommen«, antwortete Ava auf die Danksagung. Isa bekam ein schlechtes Gewissen, denn sie und Benjamin hatten schließlich geplant, in Avas Haus nach möglichen Anhaltspunkten zu suchen. Und das, nachdem die Gastgeberin ihr gerade das *ewige Willkommen* angeboten hatte. Zwischen dem Gespräch der beiden Frauen schlich sich Benji in die Küche, um auf Avas Kalender zu schauen. Leise jubelte er, denn auf dem Kalender war in zwei Tagen eine Sitzung der Wohltätigkeitsorganisation für Ava eingetragen. Im Wohnzimmer zeigte er den Zeige- und Mittelfinger hochgestreckt, was *zwei* bedeuten sollte. Isa dachte sich schon, was damit gemeint war, während sie sich weiter mit Ava unterhielt.

In den kommenden eineinhalb Tagen versuchte Isabella unbemerkt Informationen über ihre Gastgeberin herauszubekommen. Wie eine Spionin oder Agentin kam sie sich vor. Ihre Begabung, Informationen über jemanden zu beschaffen, schlug bisher weitestgehend fehl. Schließlich bekam sie in der Welt des Internets keine nützlichen Auskünfte über ihre vermisste Großmutter. Jetzt spielte sie selbst Privatdetektiv. Benjamin war in diesem Spiel ihr Kollege und einziger Verbündeter. Dann war es endlich soweit. Ava kam schick gekleidet die Treppe hinunter und verabschiedete sich für einige Stunden von Isabella. »Wenn irgendetwas sein sollte, dann kannst du mich jederzeit im Wohltätigkeitszentrum anrufen. Die Nummer liegt auf dem Küchentisch.« Draußen hupte auch schon ein Wagen, der Ava mit zu der Sitzung nehmen sollte. Benjamin und Isa hatten nun *freie Bahn,* um mehrere Stunden auf Avas Anwesen *rum zu schnüffeln*. Mal zu zweit, mal getrennt, suchten die beiden in dem riesigen Haus nach Spuren für Avas Probleme. »Schau du im Schlaf- und Badezimmer nach. Ich gucke im Erdgeschoss«, sprach Benjamin seinen Plan aus. Er würde überall suchen, doch Avas Schlafzimmer war für ihn tabu. Zu groß war der Respekt vor der alten Dame. Weil Isabella auch eine Frau ist, sollte ihr das leichter fallen. Alle Räume wurden genauestens *unter die Lupe* genommen und jeder noch so verdächtige Gegenstand ausführlich betrachtet. »Hoffentlich kommt sie nicht bald schon zurück. Sonst war alles umsonst, wenn wir bis dahin nichts gefunden haben«, sprach Benji in leichter Panik. Dann landeten die beiden in dem Schreibzimmer der Schriftstellerin. »Vergiss nicht. Sie darf nicht bemerken, dass wir hier *herumgeschnüffelt* haben. Wir müssen alles genauso hinlegen, wie es vorher auch gelegen hat«, Benjamin bedachte jedes Detail und nahm die Rolle des Anführers bei der Suche ein. »Yes, Sir«, scherzte Isabella. Auf dem Schreibtisch lag einiges an Papierkram und verschiedenfarbige Stifte. Es war schwierig, genau zu suchen und dabei alles so zu hinterlassen wie vorher. Die Schränke und Kommoden wurden von Privatdetektiv Benjamin inspiziert. Er ließ nichts aus und schaute sogar hinter den Vorhängen nach. Isabella studierte einige Akten der Schriftstellerin, um Informationen über sie zu erhalten. Ein wenig merkwürdig dabei fühlte sie sich schon, aber sie wusste, dass sie Ava niemals schaden wollen würde. Das Adrenalin machte sich in ihrem Körper breit, es kam ihr mehr wie ein Spiel vor. Ein Spiel, aus dem schnell ernst werden sollte. »Wofür kann der Schlüssel sein?«, Benji nahm den kleinen Schlüssel sofort an sich, den seine Komplizin gerade im Holz-Stifte-Halter auf Avas Schreibtisch gefunden hatte. »Das müssen wir herausfinden. Beeilen wir uns, bevor sie wieder kommt«, das Team suchte das ganze Büro der Achtzigjährigen ab. »Schau mal die Kiste da oben auf dem Schrank«, entdeckte *Spürnase* Isa. »Du bist die Beste. Da passt der bestimmt drauf. Komm, wir holen die Kiste runter«, er stellte sich auf einen

Stuhl und reichte seiner Freundin die geheimnisvolle Kiste an. Mit zitternden Händen steckte Isabella den kleinen Schlüssel in das Schloss der Truhe. »Er lässt sich drehen. Ein Wunder«, Isa und Benji blickten erwartungsvoll auf die Kiste. Langsam öffnete sie die Truhe, bis das Unentdeckte zum Vorschein kam. Benjamin hielt seinen Mund offen vor Begeisterung. Er war verblüfft und platt zugleich nach der langen Zeit. Das Suchen nach einem Hinweis lohnte sich für ihn auf jeden Fall. Isabella hingegen stand verstört und verwirrt in Avas Büro. »Wir haben es gefunden!«, schrie der begeisterte junge Mann laut heraus. Isabella stand immer noch erschrocken und wortlos daneben. »Was hast du?«, Benjamin konnte nicht verstehen, warum Isabellas Freude so getrübt war? Die junge Frau hielt den Inhalt der Kiste in ihrer Hand.

Ein halbes Herz aus Holz geschnitzt.

Geschockt und mit bedrückter Stimmung sagte sie im leisen Ton: »Genauso eins hat meine Mutter zu Hause bei sich in einer versteckten Kiste liegen. Habe ich als Kind entdeckt.«

Jetzt war Benjamin sprachlos. »Darf ich das Herz mal halten?«, fragte er unaufdringlich. Isa überreichte ihm zaghaft das halbe Herz aus Holz. »Es sieht aus wie selbst geschnitzt. Ist bestimmt schon alt. Bist du sicher, dass deine Mutter auch so eins hat? Kann man ja auch damals irgendwo gekauft haben?« Benji stellte erst mal kritische Fragen. Einen Zusammenhang zwischen Ava und Isabellas Mutter erkannte er noch nicht.

»Das von meiner Mutter sieht genauso aus. Daran erinnere ich mich noch genau. Sie hat die andere Hälfte. Da bin ich mir sicher«, ohne Zweifel rannte Isabella zügig in ihr Gästezimmer und steckte das halbe Herz in ihren Koffer. Schnell richteten die beiden das Schreibzimmer so her, wie es vorher aussah. Die Kiste und den kleinen Schlüssel platzierten sie an der jeweils richtigen Stelle und begaben sich nach unten ins Wohnzimmer, um nicht weiter darüber zu sprechen. Ava kam kurze Zeit später von ihrer Sitzung zurück und berichtete den jungen Leuten von den Gesprächen im Wohltätigkeitszentrum. Benji verabschiedete sich danach, um den Nachhauseweg anzutreten. Für Isabella blieb die kommende Nacht schlaflos. Das gefundene halbe Herz ließ sie gedanklich nicht mehr los. Dementsprechend müde war sie am nächsten Tag. Isa konnte Ava beim Frühstück noch weniger in die Augen schauen als vorher schon. Zusätzlich gähnte sie die meiste Zeit. Der Plan, bei ihr im Haus alles nach Hinweisen abzusuchen, machte der jungen Frau ein schlechtes Gewissen. Und der Erfolg, eine Spur gefunden zu haben, hätte für Isabella nicht skurriler sein können. Ein halbes Herz aus Holz geschnitzt, eingeschlossen in einer Kiste. So eins besaß ihre Mutter auch. Was das bedeuten sollte, zermürbte Isabella den Kopf. Es hatte zur Folge, dass sie der Achtzigjährigen nicht mehr ins Gesicht blicken konnte. Wie sollte sie auf Ava reagieren und wie mit ihr reden? Isa war ihr Leben lang noch nie gut im Geheimnisse für sich bewahren. Diese Aufgabe fiel ihr schwer und sie hoffte, bald eine Antwort auf das versteckte Holz-Herz zu erhalten. Dass sie wieder abreisen musste, ergab sich in diesem Fall wie gerufen für die Zwanzigjährige. Sie kam im Bundesstaat von Mississippi mit ihrer Recherche vorerst nicht weiter und wusste, welche Aufgabe zu Hause in Louisiana auf sie wartete. Die andere Hälfte zu finden und herauszubekommen, welches Geheimnis damit bewahrt wurde. Dies war der nächste Schritt. »Isabella, ich hoffe, du findest in Louisiana heraus, was das alles zu bedeuten hat? Bitte ruf mich an und halt mich auf dem Laufenden. Auch schon wegen deiner Gesundheit«, Benjamin bekundete sein ehrliches Interesse an Isabella. Sie packte im Gästezimmer ihren Koffer und schaute vorsichtshalber noch mal nach, ob das Holz-Herz noch darin lag? ›Puh, zum Glück noch da‹, dachte sie sich. Benji war im Begriff, den Koffer nach unten zu tragen, als er an der Zimmertüre stehen blieb. »Ich habe nichts vergessen, mein Koffer ist komplett gepackt«, griff Isabella zuvor. Benjamin war der Auffassung, dass sie doch was vergessen hatte. »Wir beide haben etwas vergessen«, antwortete er ihr und küsste sie zärtlich auf den Mund. Isabella war hin und weg, sie erwiderte natürlich den romantischen Kuss. Beide lächelten sich an, ihnen war klar, dass sie sich sehr mochten und nicht das letzte Mal gesehen haben sollten. »So, jetzt muss ich aber. Sonst verpasse ich den Bus«, musste Isa sagen, obwohl sie Benjamin gerne weiter geküsst hätte. Die beiden eilten samt gepacktem Koffer die Treppe hinunter. Benjis Eltern brachten die Besucherin zurück zur Haltestelle für Fernreise-Busse. Der *Greyhound* stand schon abfahrbereit in seiner Position. Ava, die glücklicherweise nichts von dem fehlenden Holz-Herzen bemerkte, und der verliebte Benjamin waren ebenfalls dabei. »Schön, dich kennengelernt zu haben. Hoffentlich kommst du irgendwann noch mal zu Besuch? Mein Sohn hält nämlich sehr viel von dir«, sprach Benjamins Mutter, ohne ein *Blatt vor dem Mund* zu nehmen. »Mum. Jetzt ist aber gut«, sagte Benji peinlich berührt, aber auch mit einem Lächeln in Richtung seiner Mutter. Isabella reichte Benjamins Eltern zum Abschied höflich die Hand. Dann stand sie vor Ava und wusste auf einmal nicht mehr, was sie tun sollte? »Es war wieder sehr schön mit dir. Komm gut Heim und bis bald liebe Isabella«, Ava, die selten Gefühle zeigte, teilte der Zwanzigjährigen mit, wie sehr sie ihre Anwesenheit schätzte. »Auf bald liebe Ava«, erwiderte Isabella und schaute der alten Dame endlich wieder in die Augen. Vor den drei anwesenden älteren Personen küsste Benjamin seine Isabella schnell zum Abschied auf den Mund, bevor diese in den Bus einstieg. Ein wenig Scham verspürten die beiden, doch war Benjamin schon 25 Jahre und Isabella 20

Jahre alt. Demnach brauchten sie sich nicht für ihre Gefühle zu schämen. Isa küsste den Neffen ihrer Herz-Spenderin auf den Mund. Sie schien mit Marys Familie verbunden zu sein, auf der einen und auf der anderen Seite.

Der Bus blinkte und fuhr ab, Isabella winkte ihren neuen Freunden vom Bus aus zu. Sie wusste, dass dies kein Abschied für immer war. Während der Fahrt machte sie sich Gedanken um den Zusammenhang zwischen dem halben Holz-Herzen von Ava und dem ihrer Mutter Annabelle. Das Ziel der langen Reise war ihre Heimat Louisiana, wo sie von ihrer Familie herzlich in Empfang genommen wurde.

19.

Isabella hatte nicht die Absicht, sofort nach der anderen Hälfte zu suchen. Sie wollte sich die Möglichkeit offenhalten, es aufzuspüren, wenn sie sich danach fühlte. Außerdem gab es die unschöne Möglichkeit, dass das gesuchte Herz nicht mehr in der Kiste versteckt war, wo Isabella es als Kind einst fand. Manchmal fragte sie sich sogar selbst, ob sie sich das mit dem Herzen in der Kiste nur eingebildet hatte? Die Hoffnung, dass jenes Herz sich dort noch befand, sollte so lange wie möglich aufrechterhalten bleiben. Und wenn es ein Traum war, dann wäre dies auf ewig der schönste Traum gewesen.

Aus diesem Grund wollte sie sich erst mal wieder an ihr zu Hause in Louisiana gewöhnen und lenkte sich anschließend mit ihrem Alltag ab. Sie war so sehr darauf fixiert, das Herz zu vergessen, dass sie sich immer mehr dem Alltagsstress unterzog. Es ging ihr körperlich gut. Von daher bemerkte sie nicht, welche negativen Auswirkungen der Stress ihr bereitete. Die wöchentliche Therapiesitzung und die Krankenhausuntersuchungen wurden konsequent fortgesetzt. Ebenso das Yogatraining und das Walken in freier Natur. Täglich kam ihre beste Freundin Katy zum Quatschen vorbei. Obwohl Isabella sie sehr mochte, erzählte sie Katy nichts von den Vermutungen, die Benjamin über Ava äußerte. Und erst recht nichts von dem

Schlüssel, der die Kiste öffnete, in der sich das halbe Herz aus Holz befand. Und davon, dass Isa meinte, ihre Mutter hätte auch so ein selbst geschnitztes halbes Herz aus Holz in einer Kiste versteckt. Isabella erzählte nichts von alledem. Und das, obwohl sie Katy ihr Leben lang kannte. Nur dass sie eine schöne Zeit in Mississippi erlebte und Benjamin sie liebevoll auf den Mund küsste, vertraute sie ihrer besten Freundin an. Katy hingegen führte eine Story nach der anderen über ihre männlichen Kommilitonen, dem Studium, den *Zicken* in ihrem Studiengang und von der Arbeit aus. Abends saßen Isa und ihre Eltern gemeinsam am Tisch und spielten Scrabble. Oder sie schauten zusammen eine Sendung im TV und bedienten sich am chinesischen Essen, welches sie einmal wöchentlich bestellten. Sie war allmählich wieder zu Hause angekommen. Täglich beantwortete sie Briefe von anderen Freundinnen. Junge Frauen, mit denen sie zur Schule gegangen war und Sport machte. Mit Ava schrieb sie noch nicht, erst musste sie herausfinden, ob das andere Herz nur ein Traum gewesen war oder wirklich existierte? Benjamin hingegen rief jeden Tag an und wollte wissen, ob sie sich schon auf die Suche gemacht hatte? Und natürlich, ob es ihr gut ergangen war? Zu Isabellas Freude teilte Benji ihr mit, dass er sie jederzeit vermisste. Das waren die guten Dinge im Alltag der jungen Frau. Zunehmens stresste sie sich mit dem Gedanken, was sie demnächst arbeiten oder studieren könnte? Die Herztransplantation verlief erfolgreich und die Nachuntersuchungen im Krankenhaus waren vielversprechend um eine möglichst gesunde Zukunft ausgerichtet. Doch was traute sie sich selbst zu und würde sie ausführen wollen? Was machten ihr Körper, Herz und Immunsystem mit? Könnte sie es schaffen, in Vollzeit zu studieren oder arbeiten zu gehen? Welches Studium oder welche Arbeit wären das? Eins war klar: Hochleistungssport konnte und durfte sie nie mehr in ihrem Leben betreiben. Viele Fragen stellten sich ihr, und Isabella *brummte* der Kopf. Es wurde langsam alles zu viel. Annabelle und Thomas drängten ihre Tochter dahin, ein Teilzeitstudium anzustreben. Ein mögliches Stipendium bot eine Organisation für herzkranke Patienten, zu welchen Isabella gehörte. »Die bieten dir persönlich die Möglichkeit, hier in Louisiana ein Studium aufzunehmen. Das heißt, du könntest bei uns wohnen bleiben. In den Semesterferien darfst du selbstverständlich nach Mississippi fahren. Und das Gute ist, du bist nicht verpflichtet, einem Sportteam beizutreten aufgrund deiner Erkrankung. Klingt das nicht toll?« Annabelle und Thomas waren hellauf begeistert und hatten die Zukunft ihrer Tochter schon vor Augen. »Es wäre eine Verschwendung deiner Talente, wenn du nicht studieren würdest«, fügte der Vater hinzu, »Das ist eine einmalige Chance.«

Isabella ging das alles viel zu schnell, sie dachte nach, was sie mit ihrem Leben anstellen wollte?

Spontan antwortete sie: »Ich bin mir nicht sicher, ob ich studieren möchte? Vielleicht werde ich einfach nur was Gutes tun oder zumindest einer guten Sache angehören.« Ihre Eltern waren nicht ganz überzeugt von den Vorstellungen ihrer Tochter. »Wenn du studierst, dann kannst du vielen guten Organisationen beitreten. Oder du gehst in die Politik? Themen, für die du einstehst; dafür kämpfst du dann. Isabella, du hast jedem bewiesen, welch eine große Kämpferin du bist. Und das du was zu sagen hast. Vergeude deine Stimme nicht. Oder du hilfst bei ehrenamtlichen Projekten mit«, wie eine politische Wahlkampfrede klang die Anrede ihres Vaters. Ihr Kopf drehte sich. Sie hatte noch keinen Plan für die Zukunft, außer dass sie eines Tages etwas Gutes für die Allgemeinheit tun wollte. Sichtlich überfordert und erschöpft forderte sie Ruhe ein: »Ich kann und möchte mich noch nicht entscheiden. Wenn ich mich auf etwas Bestimmtes festlege, dann ist das eine weitreichende Entscheidung für die Zukunft. Und danach lebe ich dann. Ich muss mir Gedanken machen und den Kopf frei kriegen.« Auch wenn es nicht das war, was ihre Eltern hören wollten, war es dennoch eine konkrete Antwort. Die Entscheidung lag bei Isabella selbst. Bei den Radtouren in Mississippi fühlte sie sich immer frei und unbeschwert. In Louisiana war sie seit Ewigkeiten nicht mehr Rad gefahren. Sie musste raus von ihrem Zuhause. Ganz alleine fuhr sie mit der Bahn weit aus der Stadt hinaus. In ländlicher Umgebung stieg sie aus und ging zu einem nahe gelegenen Park, wo sie sich ein Fahrrad auslieh. Auch wenn es ohne Benjamin war, fühlte sich Isabella frei wie ein Vogel auf dem ausgeliehenen gelben Drahtesel. Nach einer Weile hielt sie das Fahrrad an und legte sich auf das Gras. Sie schloss ihre Augen und ging tief in sich hinein. Isa fasste sich an ihr Herz und begann mit Mary zu reden: »Du bist mir so nah und doch so fern. Kannst du mir sagen, was ich machen soll? Studieren oder arbeiten gehen? Du hättest bestimmt eine Antwort gehabt. Für andere Menschen Gutes zu vollbringen, gefällt mir auch. Es ist schwierig, allen gerecht zu werden. Meine Eltern wollen, dass ich studiere. Dein Neffe möchte mich bestimmt weiter kennenlernen und mich öfters sehen. Das ist auch mein Interesse. Ich stehe zwischen den Stühlen und weiß nicht, zu was ich berufen bin? Oh Mary, wenn du kannst, dann gib mir bitte eine Antwort.«

Die gewünschte Lösung stand auch dieses Mal nicht sofort parat. Isabella bemerkte, dass sie vom eigentlichen Thema immer weiter entfernt war. Und sich durch Ablenkung das Leben schwer machte. Das große Thema in Mississippi war und blieb doch das gefundene halbe Herz. Was war denn nun damit? Die junge Frau begriff, dass sie sich der Wahrheit stellen musste. Ständig wegzulaufen würde die Sache nur noch schlimmer machen. Sie hatte verdrängt, wonach sie eigentlich suchen wollte. ›Wenn ich auch sonst nichts weiß. So weiß ich, dass sich morgen das Herz suchen werde, wenn Dad arbeitet und Mum beim Zahnarzt ist.‹ Voller Elan und Tatendrang brachte die Zwanzigjährige das geliehene gelbe Fahrrad zurück und fuhr mit der Bahn wieder nach Hause. Thomas und Annabelle waren heilfroh, dass ihre Tochter nicht wieder abgehauen, sondern in guter Verfassung nach Hause gekommen war.

Der nächste Tag brach an und selten fieberte die junge Kämpferin einen Arzttermin ihrer Mutter so entgegen wie diesen beim Zahnarzt. »Bis später Schatz. Du kannst ja in der Zwischenzeit überlegen, welcher Studiengang für dich infrage kommt?« Annabelle sah ihre Tochter schon am Campus studieren, wie einst sie selbst. »Nein Mutter. Ich überlege jetzt, wo sich dein Holz-Herz befindet?«, flüsterte Isabella leise, während ihre Mutter sich hinaus zur Türe begab, um sich auf den Weg zum Zahnarzt zu machen. ›Jetzt oder nie‹, dachte Isa sich und ging auf den Dachboden des Hauses. Der kam ihr schon als Kind so unheimlich vor. Und doch war sie oft oben, um Schatzsuche zu spielen. Wie eine *Goldgräberin* kam sie sich heute vor. »Wo hast du dich denn versteckt?« Isa suchte die Kiste, in der sie das Herz vermutete. Da der ganze Dachboden voller Kisten, Kartons, jeder Menge Gerümpel und voller Staub stand, fiel ihr die Suche zunächst schwer. Die Luft auf dem Dachboden war staubig und stickig. »Wer sucht, der findet. Das könnte die Kiste sein«, Isa führte ein wenig Selbstgespräche.

Gut versteckt entdeckte sie auf dem Dachboden eine alte, verstaubte Truhe. Kindheitserinnerungen wurden in ihr wach und sie spürte, dass dies die gesuchte Kiste sein könnte. Diese hatte sie als Kind entdeckt und geöffnet, es konnte also kein Traum gewesen sein. Es fühlte sich echt an. Wie in einem magischen Augenblick öffnete sie langsam und behutsam den Deckel der verstaubten Truhe. Die quietschte beim Aufmachen etwas, weil sie jahrelang oben stand, ohne permanent geöffnet zu werden. Ihre schwachen Erinnerungen hatten sie nicht im Stich gelassen. Es war kein Traum, denn der Inhalt dieser Kiste stimmte mit dem Inhalt von Avas Kiste überein.

Die andere Hälfte des geschnitzten Herzens aus Holz lag in Annabelles Kiste.

Das halbe Herz wurde jahrelang, wenn nicht sogar Jahrzehnte heimlich oben in einer Kiste auf dem Dachboden versteckt. Sie täuschte sich nicht, das Herz gab es wirklich.

Doch was hatte das zu bedeuten? Gab es einen Zusammenhang? Isabella wirkte zunächst noch ratlos, aber auch überwältigt von den Ereignissen.

Würden die beiden Hälften ineinander passen und zusammengehören?

Das fein geschnitzte halbe Herz nahm sie an sich und verließ den Dachboden, wie sie ihn eben vorfand. Sobald ihre Eltern anwesend sein würden, plante sie das Thema behutsam anzusprechen. Annabelle wollte nach dem Zahnarzttermin noch einkaufen gehen. Dann würde sie ungefähr zur selben Zeit wie Thomas nach Hause kommen. Bald müsste es so weit sein. Schnell zum Hörer gegriffen, wählte Isabella die Nummer von Benjamin in Mississippi und erzählte ihm von dem Wunder, was sie gerade erlebte. Benji konnte es selbst kaum glauben und bat sie darum, ein Foto von dem *halben Herzen* über das Handy zu schicken. Als er die andere Hälfte über sein Handybildschirm erblickte, da war er verblüfft. »Sieht ja wirklich so aus wie das halbe Herz aus Avas Büro. Hast du beide Hälften schon zusammengehalten?«, wollte er voller Neugier wissen. »Nein. Ich habe noch keine Zeit gehabt. Du, ich glaube, meine Eltern sind gerade nach Hause gekommen. Ich lege jetzt auf«, verabschiedete sich Isabella von Benjamin. »Viel Glück«, rief er noch in den Hörer hinein, aber er war zu langsam. Isabella hatte schon aufgelegt. Die Treppe hinuntergelaufen, war es Isa diesmal vollkommen egal, den richtigen Moment abzuwarten. Denn den würde es nie geben. In der Vergangenheit versuchte sie oft bei der Ansprache von schwierigen Themen den idealen Moment abzupassen. Doch leider ohne Erfolg. Darum wollte sie diesmal nicht so lange abwarten und das *ungeliebte* Thema schneller ansprechen. Annabelle und Thomas unterhielten sich in der Küche über den Zahnarzttermin und wollten gerade anfangen zu kochen. Ein wenig Small Talk folgte. Thomas erzählte von einer Diskussion bei der Arbeit, die er mit einem unbelehrbaren Autofahrer führte. Seine Frau berichtete von ihrer unbeliebten Wurzelbehandlung und dem anschließenden Einkauf im Supermarkt, wo sie nervige und gesprächslustige Menschen traf, in dessen Konversation sie sich nicht verwickeln lassen wollte. Ihr knurrte der Magen, sie mochte nur schnell kochen, essen und sich dann ausruhen. Zwei Stunden war der Zahnarztbesuch her und sie durfte nun etwas Nahrhaftes zu sich nehmen. Die Rechnung machte sie heute ohne ihre Tochter. Isa war innerlich nervös, wie selten zuvor. Ihr Herz pochte zu schnell, was nicht gut für sie war. Doch beabsichtigte sie es schnell hinter sich zu bringen und mit ihrer Mutter zu reden. Die eine Hälfte von Annabelle hatte sie dabei. Die andere Hälfte von Ava war noch oben versteckt. »Was hast du da unter deinem T-Shirt?«, wollte ihre Mum wissen. ›Augen zu und durch‹, dachte sich die Zwanzigjährige und holte das halbe Herz aus Holz unter ihrem T-Shirt hervor. Ihre Mutter erschrak bei dem Anblick so sehr, als hätte sie einen Geist gesehen oder einen Einbrecher, der gerade versucht, in ihr Haus einzudringen. »Wo hast du das her?«, fragte sie nervös. Leicht angriffslustig antwortete Isabella geradeaus: »Ich hatte das als Kind schon mal oben auf dem Dachboden gefunden. Jetzt bin ich wieder ganz nach oben gegangen, um nachzuschauen, ob es noch da ist? Es war kein Traum, dieses Herz existiert wirklich.«

Ihr Vater Thomas schaltete sich sofort ein. »Gib mir das bitte!«, befahl er ihr in einem kurzen Satz. Isabella fand das Verhalten ihrer Eltern komisch und ließ nicht locker. »Wieso denn? Was ist denn damit?« Annabelle stand mit Tränen in den Augen zunächst sprachlos in der Küche. »Es ist sehr wichtig für mich. Gib es bitte her«, selten verzog sich das Gesicht ihrer Mutter so stark wie in diesem Moment. »Ich will ja nur wissen, was damit ist?«, Isa wurde aufmüpfig, »Woher hast du das? Und von wem? Das liegt ja schon lange oben versteckt.« Die Grenze schien langsam überschritten. »Das geht dich nichts an.« Annabelle wurde lauter und erhob ihre Stimme. »Ich will doch nur wissen, wo du das herhast?« Nun funkte ihr Vater dazwischen, der sich gezwungen sah, die Fragerunde zu beenden. »Es reicht Isabella. Ist genug für heute«, er nahm ihr das halbe Herz aus der Hand, so schnell die junge Frau nicht gucken konnte. Ein gekonnter Handgriff als Polizist eben. Die junge Kämpferin wollte nicht aufhören nachzufragen. »Du könntest gut als Cop durchgehen. Schon mal daran gedacht?«, jetzt wurde ihr Vater etwas ironisch und bissig. Während sich Vater und Tochter in eine Grundsatzdiskussion verstrickten, tat sich auf einmal ein dumpfes Geräusch auf. Annabelle war zusammengebrochen. »Oh, mein Gott«, rief ihr Mann und eilte sofort zu seiner Frau hin. »Ruf den Krankenwagen, sofort!«, Isabella folgte den Anweisungen ihres Vaters und griff schleunigst zum Hörer, um die 911 zu wählen. Schlechter hätte ihr

Gewissen nicht sein können. Isabella liefen vor Scham, Pein und Traurigkeit die Tränen am Gesicht runter. Was hatte sie ihrer Mutter bloß damit angetan? ›Mum ist meinetwegen umgekippt. Ich bin schuld. Einzig und allein nur ich. Warum habe ich nicht aufgehört mit der Fragerei?‹, tausend Gedanken rasten durch ihren Kopf. »Mum, halte durch. Bitte!«, sie streichelte ihrer Mutter, die immer noch bewusstlos am Boden lag, über die Haare und das Gesicht. Die letzten Male und fast das ganze Leben lang war Isabella diejenige, die ins Krankenhaus eingeliefert wurde. Heute sollte es anders sein. Kurze Zeit später traf der Rettungsdienst an ihrem Haus ein. Der Notarzt begann mit ersten medizinischen Maßnahmen, während ein Sanitäter die Trage in den Krankenwagen schob. Mit Blaulicht fuhr der Wagen in das nächstgelegene Krankenhaus. Thomas und Isabella fuhren mit dem Familienwagen hinterher. Die beiden schwiegen während der Autofahrt. Lediglich die Tränen auf Isabellas Wangen sprachen für sich. Im Hospital wurde Mutter Annabelle sofort gründlich untersucht. »Können sie sich den Grund für die plötzliche Ohnmacht ihrer Frau erklären? Ist irgendetwas Außergewöhnliches in den letzten Stunden bei ihnen passiert?«, der Arzt war aufgeweckt und stellte die richtigen Fragen an der richtigen Stelle. »Nun ja. Es gab einen Streit bei uns zu Hause. Das lief zwischen meiner Frau und meiner Tochter ab. Meine Tochter ließ nicht locker, sie sprach immer wieder ein Thema an, was meiner Frau nicht guttat«, erklärte Thomas dem behandelnden Arzt. Isa spürte die Blicke vom Doktor, darum errötete sie im Gesicht. Und sie schämte sich in Grund und Boden, am meisten für sich selbst. ›Was habe ich bloß getan? Das kann ich nie wieder gutmachen‹, Isabella war geplagt von schweren, selbstauferlegten Vorwürfen. Ihr Vater, für den sie immer noch *die kleine Prinzessin* war, schaute sie mit Verachtung an. Es kam ihr zumindest so vor. Isa war klar, dass ihr Vater keinen wirklichen Hass gegen sie hegte, doch liebte er seine Frau sehr und machte sich nun mal große Sorgen um sie. »Heute liegt mal eine andere Frau aus unserer Familie im Krankenhaus«, versuchte er mit einem bekannten Pfleger zu scherzen. »Ach, die wechseln sich bei ihnen ab?«, fragte der Pfleger leicht ironisch. Die Zeit verging eine Weile, bis Thomas sich zu seiner Tochter setzte. »Sie muss hierbleiben. Wir können jetzt nichts für sie tun. Morgen fahren wir wieder hin«, mit getrübter Stimme, berichtete er seiner Tochter von dem Gespräch mit dem Arzt. Zu Hause angekommen, war für Vater und Tochter der Appetit vergangen. Isabella zog sich quälend in ihr Zimmer zurück. Auf ihrem Handy schaute sie sich Fotos von ihrer Mutter an. Hoch emotional verkroch sie sich in das *Tal der Tränen.* Dann rief sie Benjamin in Mississippi an. Er war der Einzige, der wusste, dass es bei dem Streit um die zwei Hälften von Herzen ging. Benji hätte nie geahnt, dass das Gespräch zwischen den beiden Frauen so ausgehen würde. Irgendwie fühlte er sich mitverantwortlich für die Umstände, in der sich Isabellas Mutter gerade befand. An Ava schrieb Isabella einen Brief; um lediglich mitzuteilen, dass ihre Mutter zusammengebrochen war und nun im Krankenhaus lag. Zu den Umständen und wie es dazu kam, erwähnte sie nichts in dem Brief. Isa war selbst tief getroffen und ihr ging es nicht gut, das teilte sie Ava in dem kurzen Brief noch mit. Dasselbe sagte sie zu ihrer besten Freundin Katy am Telefon. Einfach nur, dass Annabelle in Ohnmacht gefallen war und nun im Krankenhaus bleiben musste. Ansonsten hielt sich die Zwanzigjährige mit Informationen um den Auslöser des Zusammenbruchs ihrer Mutter sehr bedeckt. Sie richtete in der Vergangenheit schon genug Unheil an, so fühlte sie zumindest selbst. Die halbe Nacht schaute sie sich alte Fotoalben aus ihrer Kindheit an. Auf vielen Fotos lächelte sie bei ihrer Mutter im Arm. Die Liebe von Annabelle begleitete sie durch ihr Leben und stärkte sie in ihrer Krankheit. Isabella verdankte ihrer Mutter alles. Sie wusste, dass ihre Mum ohne ihre leibliche Mutter aufwuchs und darunter heute noch litt. Auch wenn sie es ständig für abgeschlossen erklärte. Weiter schaute sie jedes Familienfoto in liebevoller Erinnerung genauestens an, bis sie irgendwann zwischen den Alben einschlief.

Am nächsten Tag besuchten Thomas und Isabella ihre *Liebste* im Krankenhaus. Ein großer Strauß Blumen durfte selbstverständlich nicht fehlen. Der

Arzt nahm Thomas zuvor an die Seite, während Isa daneben stand und zuhörte. »Ihre Frau benötigt jetzt Ruhe, viel Ruhe. Wir lassen sie einige Tage zur Beobachtung hier«, der Doktor teilte den weiteren Verlauf mit. »Was hat sie denn? Konnten sie etwas Genaues finden?«, wollte Thomas unbedingt wissen. »Sie ist höchstwahrscheinlich ohnmächtig geworden, aufgrund von Stress und einer Auseinandersetzung bei ihnen zu Hause. Möglicherweise könnte es das sein, denn ihre Blutwerte und die Untersuchungen waren so weit in Ordnung, wie ich feststellen konnte«, der Arzt gab zumindest in diesen Punkten Entwarnung. Thomas bedankte sich für die Informationen und ging mit seiner Tochter in das Krankenzimmer von Annabelle. Das Ehepaar begrüßte sich voller Liebe und erfüllter Zuwendung, der Anblick hätte für ihre Tochter Isabella nicht schöner sein können. Annabelle nahm die Blumen dankend entgegen. Nun musste sich Isa stellen. Mit ein wenig Angst vor der Reaktion ihrer Mutter stellte sie sich neben dem Krankenbett und begegnete ihr mit einem rührenden Blick. »Es tut mir so leid, Mum. Ich wünschte, ich könnte es ungeschehen machen. Und ich schäme mich für mein Verhalten«, Isabellas Entschuldigung klang aufrichtig und wurde ohne Umstände von ihrer Mutter angenommen. Annabelle schwächelte noch etwas, waren die letzten Monate auch nicht spurlos an ihr vorbeigegangen. »Du bist mein Kind und wirst es immer sein«, antwortete sie darauf und nahm die

Hand ihrer Tochter. Sollte wohl so viel bedeuten wie *Entschuldigung angenommen*. Die beiden Frauen umarmten sich und es schien, als würde wieder alles gut werden. Thomas erfreute die Situation und hoffte auf eine ruhigere Zukunft in seinem Haus.

Auf einmal ging die Türe auf. Katy samt ihren Eltern standen im Zimmer von Annabelle. »Was macht ihr denn hier?«, wollte die Patientin wissen. »Wir wollten mal nach dir und euch allen schauen. Deine Tochter hatte Katy angerufen und ihr gesagt, dass du ohnmächtig geworden bist. Darum sind wir hier. Und wir wollten fragen, ob ihr bei irgendetwas Hilfe benötigt? Isabella ging es wohl auch nicht so gut wie Katy sagte«, teilte die Mutter von Katy mit. Mit solcher Fürsorge und Hilfsbereitschaft hatte Annabelle nicht gerechnet. Das Interesse von Katys Familie an Isabellas Familie war ehrlich gemeint. Isabellas beste Freundin überreichte Annabelle ebenfalls einen Blumenstrauß. Die Familie blieb einige Stunden zu Besuch, am Abend verabschiedeten sie sich wieder. »Danke, dass ihr da ward. Und wenn wir Hilfe brauchen, dann sagen wir euch Bescheid«, Thomas war überwältigt von dieser Freundschaft. Sich derart gegenseitig zu unterstützen, rührte den Polizisten aufs Neue. Der Tag ging für alle mit einem guten Gefühl zu Ende. Isabellas Familie versöhnte sich friedlich und sie bekamen noch dazu *Rückendeckung* von Katys Familie. Eine tröstliche und dankbare Empfindung kehrte in Isabella ein.

Schon am nächsten Tag sollten neue Ereignisse in das Leben um Isabellas Familie eintreten. Thomas und seine Tochter kamen wieder zu Besuch ins Krankenhaus. Annabelle machte einen soliden Eindruck und gab keinen Grund zur weiteren Sorge. Frischer Wind zog in das Krankenhaus ein und brachte viele Neuigkeiten. Es standen tatsächlich zwei Personen aus Mississippi auf dem Flur der Krankenstation und erkundigten sich, in welchem Zimmer Annabelle liegen würde? Isa spürte innerlich, dass sich irgendetwas verändern würde. Doch sie wusste noch nicht was? Beim Klopfen an der Zimmertüre von Annabelle schlug Isabellas Herz aufgeregt und schnell. Irgendetwas sollte passieren. Es traten Ava und Benjamin zur Türe herein. »Das glaube ich nicht. Was macht ihr denn hier in Louisiana? Und dann noch im Krankenhaus. Ist das ein Traum?« Isa bemerkte umgehend, dass dies kein Traum war. Wahrhaftig standen die beiden vor ihr. Isabella umarmte ihre Gäste überschwänglich. »Mum, Dad, das sind meine Freunde aus Mississippi. Benjamin, der Neffe meiner Herz-Spenderin Mary. Und Ava, bei ihr hat Benjis Tante gearbeitet und war eine besonders gute Freundin von Mary. Bei ihr habe ich immer übernachtet, wie ihr wisst«, Isabella stellte alle Personen einander vor. Freundlich gaben sie sich die Hand zur Begrüßung. »Es ist ja schön, dass sie den weiten Weg hier hergekommen sind, um uns zu besuchen. Nur leider muss ich gerade passen. Liege hier fest«, grinste und schmunzelte

Annabelle. »Wir wollen ihnen keine Umstände machen. Isabella war schon zweimal bei uns in Mississippi. Und als sie uns angerufen und geschrieben hatte, dass sie im Krankenhaus liegen und das es ihr selbst nicht gut gehen würde, da dachten wir, dass es nun an der Zeit wäre, mal selbst nach Louisiana zu kommen. Sie hat mich auch immer unterstützt, als sie unser Gast in Mississippi war. Und jetzt erschien es uns, als bräuchte ihre Tochter Hilfe«, erklärte Ava den Besuch. Benjamin und Isabella lächelten sich an und nahmen sich in den Arm. Auch Benji überreichte einen üppigen Blumenstrauß an Annabelle. Das Krankenzimmer war in ein *Blumenmeer* verwandelt worden und leuchtete in allen Farben. »Wir sind auch mit dem *Greyhound* gefahren. Und haben in dem Hotel in der Nähe eures Hauses eingecheckt«, Benjamin war glücklich, Isabella wiederzusehen und nahm sie an seine Hand. »Na, dann. Herzlich willkommen in Louisiana und in unserer Familie«, Thomas begrüßte die beiden Neuankömmlinge. Die frisch verliebten jungen Leute zogen sich kurzerhand in eine ruhige Ecke des Krankenhauses zurück. Benjamin ergriff die Initiative und küsste seine Isabella wieder auf den Mund. In jenem Augenblick hätte sie nicht glücklicher sein können. Die beiden beschlossen, dass sie nun offiziell ein Paar sein wollten. Die weite Entfernung sollte kein Hindernis für die Liebe der beiden darstellen. Überglücklich und mit Endorphinen ausgeschüttet, schlenderten sie Hand in Hand durch das Krankenhaus. »Bist du mutig?«, fragte Benji seine Freundin. »Meistens. Wieso?«, wollte sie wissen. »Hast du rein zufällig die zwei Hälften mit?«, fragte der junge Mann weiter forsch und wagemutig. »Rein zufällig ja«, Isa und ihr Freund schmiedeten einen riskanten und waghalsigen Plan. Würde er aufgehen, so wie sie es sich vorstellten? Die beiden wussten selbst nicht, was sich hinter der Geschichte um die zwei Herzen verbergen sollte? Als die zwei Hand in Hand und glücklich strahlend wieder in das Krankenzimmer kamen, bemerkten alle drei Erwachsenen, dass die beiden von nun an zusammengehörten. Thomas fand Benjamin auf Anhieb sympathisch und war mit der Beziehung einverstanden. Ava und Isabellas Eltern waren gerade dabei, einen Tee zu trinken, als Isa entschlossen und furchtlos etwas in die Wege leitete. Was sie damit anrichten würde, wusste sie in der Minute noch nicht? Der Fälligkeitstag war gekommen und er sollte ihr Leben einschlägig verändern.

Isabella nahm eine Hälfte des Herzens aus ihrer Tasche hervor und stellte es auf den Beistelltisch am Krankenbett ihrer Mutter. Benjamin beobachtete die Situation eingehend. Annabelle und Thomas sahen zu und konnten nichts machen. Die achtzigjährige Ava war kurz davor zusammenzubrechen, als sie das Herz wahrnahm.

»Warum hast du mein Herz weggenommen, Isabella?«, wollte die alte Dame wissen.

»Das ist nicht deins. Das hier ist von meiner Mutter Annabelle. Sie hatte es in einer Kiste auf dem Dachboden versteckt. Deins habe ich noch in meiner Tasche«, Benjamin reichte seiner Freundin die Umhängetasche.

Isabella nahm die andere Hälfte heraus und führte beide Herzen zusammen.

Aus zwei Hälften wurde ein Ganzes.

Unter der akribischen Beobachtung der vier Anwesenden stand das zusammengeführte Herz nun auf dem Beistelltisch.

Ava kippte um.

20.

Thomas lief sofort zu der Achtzigjährigen hin. Auch Benjamin machte sich nützlich, indem er schnellstens einen Arzt herbeiholte. Annabelle sah unterdessen ihre Tochter fragend an. Die Krankenschwestern und der Arzt führten Ava ab, um sie zu untersuchen. »Was hat das zu bedeuten?«, fragte Annabelle ihre Tochter, als Ava den Raum verließ. »Na was wohl? Ich glaube, wir wissen jetzt Bescheid«, Isa schaute in das verdutzte Gesicht ihrer Mutter. Diese schwieg fortan und dachte nach. Nach der Untersuchung wurde Ava auf dem Krankenbett neben Annabelle gelegt. »Wir hatten überlegt, sie in ein anderes Zimmer zu legen. Sie ist auch durch eine Stresssituation, die offensichtlich in diesem Raum geschehen ist, umgekippt. Das scheint in ihrer Familie ja öfters zu passieren. Bedenken Sie, dass die Frau schon 80 Jahre alt ist und Ruhe braucht. Falls die Dame keine Ruhe findet, werden wir sie verlegen müssen«, der sonst so nette Arzt verhielt sich auf einmal gar nicht mehr so nett. Annabelle und Thomas schauten sich verlegen an. Ava wurde an den Tropf angeschlossen, damit ihr Körper genug Flüssigkeit bekam. Langsam kehrte ihr Bewusstsein zurück und sie öffnete die Augen. Isabella, Benjamin und Thomas standen um die achtzigjährige Frau herum und wollten sich kümmern. »Das hätte ich vor ein paar Stunden noch nicht gedacht. Dass ich jetzt neben ihnen liege«, scherzte Ava noch leicht benommen in Richtung Annabelle, der die ganze Situation höchst leidtat. Da kam die alte Frau extra aus Mississippi angereist, war keine zwei Stunden da und wurde schon mit einem schwierigen Thema konfrontiert, welches sie vorher nicht erahnen konnte.

»Ich will euch was erzählen«, gab Ava von sich. Alle Augen waren auf sie gerichtet. Annabelle stockte fast der Atem und Isabella wartete bereits sehnlichst auf diesen Moment. Sie erwartete schon, dass irgendetwas folgen würde, was mit den zwei Herzen zu tun hat. »Sie müssen nichts erzählen, wenn es ihnen dabei nicht gut geht«, schritt Thomas beschützend ein. Isa hätte ihren Vater am liebsten unterbrochen, denn es schien so, als würde die sonst so verschwiegene Ava *reinen Tisch* machen wollen. »Es ist in Ordnung. Ich glaube, es ist jetzt an der Zeit, das zu erzählen…«

Sie lag also neben Annabelle auf ihrem Krankenbett, das Kopfteil erhöht, sodass sie aufrecht saß und erzählen konnte. Isabella, Benjamin und Thomas saßen um Ava und Annabelle herum. So, als wären sie ein geschlossener Kreis. Gespannt und mit großen Erwartungen lauschten sie den Worten der alten Dame.

»Also, das war so …«, Ava begann ihre Geschichte zu erzählen.

Mississippi 1946

Als der Krieg vorbei war, wurde meine private schulische Vorbildung zu Hause beendet. Ich konnte endlich die *Elementary School* besuchen.

Später, im Jahre 1951, wurde ich von meinen Eltern auf ein Internat für Mädchen geschickt. Ich sollte die beste Schulbildung genießen. Die erste Zeit habe ich nur geweint und wollte nach Hause. Aber ich blieb mit dem Ziel, den höchsten Schulabschluss dort zu erreichen. Alles war so stocksteif und streng. Dort wohlgefühlt habe ich mich erst Jahre später. Die anderen Mädchen und jungen Frauen waren mir teils zu hinterhältig und arrogant. Töchter aus den reichsten und angesehensten Familien Amerikas, Töchter von Politikern und Millionären. Jeder mit Rang und Namen aus den Südstaaten sollte seine Tochter in dieses Elite-Internat bringen. Meine Kindheit und Jugend verliefen damit, dass ich Geschichten schreiben wollte und es mir von jedem Erwachsenen aus meinem Umfeld verboten wurde. Alles, was ich erlebte, verarbeitete ich in meinen Geschichten, die ich so umschrieb, dass es nicht jeder auf Anhieb verstand. Fiese und ungeliebte Personen verwandelte ich in tierische Wesen. Schlimme Situationen wurden in Zauberwelten eingetaucht. Doch einige Lehrkräfte und Professoren waren hochintelligent, kulturell gebildet und im Deuten von Literatur Koryphäen auf ihrem

Gebiet. Für meine Eltern, besonders für meinen Vater, waren meine Texte nur *Schande* und lächerlicher *Kindskram*. Sie nahmen mich nicht ernst und erzählten nie jemandem, wie gerne ich mich im Schreiben versuchte auszudrücken. »Das müssen wir ihr austreiben. Die Leute werden sich über sie amüsieren. Unser Ruf ist damit gefährdet«, mein Vater wollte mir verbieten, weiter Geschichten zu schreiben. So etwas mache eine feine junge Dame aus angesehenem Hause nicht. Für mich waren Cello spielen, Turnen und in erster Linie lernen angesagt. Aus mir sollte was werden und es war selbstverständlich für meinen Vater, dass ich später einmal standesgemäß heirate und Kinder in die Welt setze, am besten drei Buben. Als meine zweideutigen Geschichten eines Tages wohl überhandnahmen, wurden meine Eltern ins Büro des Professors für Literatur geladen. »Ihre Tochter ist außergewöhnlich begabt. Das muss man ihr schon lassen. Allerdings auf dem falschen Gebiet, wie ich zu denken pflege. Sie wollen sicherlich nicht, dass aus ihrer Tochter die nächste *Gertrude Stein* wird!«, warnte Professor Dr. Dr. Philipps meine Eltern. »Wir belustigen und ignorieren solche Personen«, wertete mein Vater die Schriftstellerin und Kunstsammlerin ab. Meine Mutter bildete sich selbst keine eigene Meinung. Vielmehr war ihre Meinung dieselbe meines Vaters. Hart wie ein Stein, kalt und gefühllos, nannten die Leute sie. Man Vater war der oberste Direktor einer großen Bank. Der größten in ganz Mississippi. Er war bekannt für seine *harte Hand* und seinen Willen, ein Geschäft zu leiten. Ich denke, dass seine Angestellten unter ihm leiden mussten. Mitleid kannte er nicht. Je reicher ein Kunde war, desto höher war die Chance, dass mein Vater sein Büro verließ, um die Marmortreppe hinunter zu schreiten, um den männlichen Kunden zu beobachten, welche Geschäfte er in der Bank tätigte und wie er aussah. Erst als mein Vater das wusste, ging er nach oben zurück in sein Büro. Wurde jemand aufmüpfig oder konnte seine Kredite nicht abbezahlen, wurde derjenige einfach so aus der Bank geworfen. Für jede unangenehme Situation hatte mein Vater seine Handlanger. Über solche Situationen sprach man nicht offen bei uns im Haus. Aber mitbekommen habe ich es oft genug, und das, obwohl ich die meiste Zeit im Internat verbrachte. Genauso wenig sprachen wir offen über die Tabletten- und Alkoholsucht meiner Mutter. Dies war ein offenes Geheimnis. Ich war ein Einzelkind, womit meine Eltern beide nicht gerechnet hätten. Mein Vater wollte am liebsten noch zwei Jungen bekommen, die dann in seine Fußstapfen treten sollten. Das Thema *Kinder bekommen* lag über unserer Familie wie ein dunkler Fluch. Eine Fehlgeburt nach der anderen musste meine Mutter erleiden. Entweder verlor sie ihre ungeborenen Kinder aufgrund ihrer Süchte oder die zweite Vermutung, die Fehlgeburten machten sie erst Alkohol- und tablettensüchtig. Was zuerst da war, wusste man nicht? Sie wollte stets schlank, schön und gesellschaftsfähig wirken. Den Druck, perfekt aussehen zu müssen, Kinder zu gebären und in der Luxusgesellschaft angesehen zu werden, waren nicht immer leicht für sie. Als ich noch jünger war, hörte ich meine Eltern oft mitten in der Nacht schreien und streiten. Dabei zerbrachen Unmengen an Geschirr in der Küche. Meine Mutter kam von einer privaten Arztpraxis zurück, in der die Fehlgeburt verschwiegen wurde. Und zu Hause unterdrückte sie ihre Tränen in Tabletten und häufiger im Alkohol. Und dann gab es wie so oft Streit. Meinem Vater passten die Fehlgeburten nicht in sein Leben und Mitgefühl für meine Mutter hatte er erst recht nicht. Und dann gab es noch ein anderes Problem. Meine Mutter hielt die Rassentrennung für die Erfindung der Menschheit. Darum echauffierte sie sich besonders, als eine dunkelhäutige Frau die Frechheit besaß, in der Praxis unseres Privatarztes zu arbeiten. Meine Mutter wollte auf gar keinen Fall, dass diese Frau sie unten herum entblößt sehen sollte. Die dunkelhäutigen Menschen wurden von meiner Mutter wie Insekten begutachtet. »Was bildet diese Frau sich eigentlich ein, mich unten herum nackt sehen zu dürfen? Dieses Weib hat wahrscheinlich selbst zehnmal geworfen, während ich da liege und die nächste Ausschabung bekomme«, meine Mutter hatte so viel Hass in ihren Augen, als sie im Alkoholrausch und unter Tränen diese Sätze von sich gab. Ich konnte das alles von der Treppe aus beobachten, als ich an einem Wochenende zu

Hause war. Sie versuchte sogar, meinen Vater zu schlagen, der aber blieb in diesem Fall ausnahmsweise selten *anti-aggressiv*. Er war dabei, meine Mutter festzuhalten und sie zu beruhigen. Später schlief sie ihren Rausch in einem unserer vielen Schlafzimmer aus. Und ich dachte mir, dass ich nie so enden wollte. Über diese Ereignisse konnte ich mit niemandem reden, darum schrieb ich sie in Geschichten auf. Ich schrieb es mir sozusagen in Metaphern von der Seele. Doch dies war ja verboten für mich. Weil ich die einzige Nachfahrin war, hatten meine Eltern große Erwartungen an mich, die ich niemals erfüllen konnte; ich war eben kein Junge.

1956

Ich war 16 Jahre alt und fand mittlerweile Freundinnen auf dem Internat. Mit Sophia und Abigail verbrachte ich einen tollen Abschnitt meines Lebens in der Lernanstalt, die wir manchmal auch *Ehevorbereitungsanstalt* nannten. Wir waren zu Späßen und jeglicher Art von Quatsch auferlegt. Heimlich probierten wir Alkohol auf dem Internatsgelände aus oder versteckten uns vor den Professoren und den Aufsehern auf der Toilette, um zu rauchen. Wie rebellierten und kamen uns dabei richtig außergewöhnlich vor. Sophia war die Furchtloseste. Sie hielt Wache an der Türe und schaffte es dennoch, sich dabei unbemerkt eine Zigarette zu rauchen. Und trinken konnte sie wie ein

Loch. »Wir saufen uns diese Irrenanstalt einfach schön«, grölte sie heraus. »Leise! Sophia, wenn du weiter so laut schreist, dann kommt die Zicke von Aufseherin und wir werden von der Schule geschmissen«, Abigail bekam es mit der Angst zu tun und ich stand einfach nur lachend daneben, in der Hoffnung, dass uns keiner hörte. Mit den beiden Freundinnen war ich endlich auf einer Wellenlänge. Sie waren nicht so spießig und offensichtlich angepasst wie die anderen Streberinnen in diesem Internat. Wir behielten uns den Spaß und ich erinnere mich heute zurück, dass ich in meinem ganzen Leben selten so einen Spaß hatte wie mit Sophia und Abigail zu dieser Zeit. Erst mit Mary kam dieses Gefühl wieder zurück und hielt viele Jahre an.

Den Sommer verbrachte ich mit meinen Eltern in den Hamptons. Hier traf sich die *High Society* der Vereinigten Staaten von Amerika. Während die Damen sich zum Champagner und Austern schlürfen trafen, wickelten die Herren neue Geschäfte ab. So liefen die Wochen in den Hamptons für gewöhnlich ab. Ich saß meistens an meinem Fenster und beobachtete, wie meine Eltern und die anderen Gäste des Luxushotels die dunkelhäutigen Bediensteten herablassend behandelten. Meist waren sie Fahrer oder Kofferträger. Dazu verfasste ich eine Geschichte, in der mein Vater als Drache auftrat und meine Mutter in Gestalt der rollenden Zunge des Drachen vorkam. Der Drache war in meiner Fantasie überdimensional groß und der Kofferträger hingegen ganz klein. Er versuchte mit einer Mistgabel in die rollende Zunge des Drachen zu stechen. Aber der Drache war größer und stärker. Er verschlang den Mann samt seiner Mistgabel. Ich musste gut aufpassen, dass niemand, aber auch wirklich niemand diesen Text je finden würde. Meine Eltern hätten mich daraufhin wahrscheinlich auf ewig weggesperrt. Mein Glück, dass ich immer gut darin war, Verstecke für meine eigenen Zwecke zu nutzen.

Meine Eltern verfolgten diesen Sommer noch einen anderen Plan, von dem ich erst später erfuhr. Sie waren besessen davon, dass eine Verbindung zwischen mir und Matthew Harris zustande kommen sollte. Sein Vater handelte mit Diamanten und war einer der reichsten Männer von ganz Amerika. Für meine Eltern war diese Verbindung enorm wichtig, sie sollte unser Ansehen in der Öffentlichkeit weiter steigern. Matthew war der begehrteste Junggeselle, den es auf dem *Markt der Reichen* gab. Jedes Mädchen war interessiert an ihm, nur ich nicht. Was meine Eltern natürlich bemerkten. Es war eine Sache der Zeit, bis er mich ansprach. »Du musst Ava sein. Ich habe schon viel von dir gehört«, war sein erster *Flirt-Spruch,* um mich anzumachen. »Gutes oder Schlechtes?«, fragte ich ihn. Wie ein Schleimer kam er daher und gab mir einen Handkuss. »Natürlich nur Gutes.

Oder hast du etwa versteckte *Leichen im Keller*?«,
Matthew zeigte sich selbstsicher mir gegenüber.
Den Abend gingen wir am Strand spazieren, was
natürlich alle sehen konnten. Und zum Wohle
meiner Eltern wurden sie ständig gefragt, ob sich
etwas zwischen ihm und mir entwickeln würde?
»Die beiden sind wie geschaffen füreinander. Ava
ist die Schönheit und Intelligenz in Person«, protzte
mein Vater mit mir. Den Eltern der anderen ledigen,
jungen Damen gefiel das überhaupt nicht. Von dort
an klebte Matthew wie eine *Zecke* an mir, die ich
nicht gebrauchen konnte. Seine Art missfiel mir.
Meine Mutter ließ es sich nicht nehmen, mich
darauf hinzuweisen, wie beliebt und begehrt
Matthew sei, und dass ich mich doch gefälligst mehr
anstrengen sollte, um ihm zu gefallen. Meine
Bemühungen seien noch ausbaufähig, kritisierte sie
mein Desinteresse. Kurz vor unserer Abreise gab
es ein Dinner samt Ball. Alle kamen in
Abendgarderobe daher. Auch ich wurde fein
herausgeputzt. Dieses Schaulaufen hasste ich
immer mehr, je älter ich wurde. Matthew gefiel es
natürlich, als ich wie eine *halbe Erwachsene* vor
ihm stand. »Du siehst bezaubernd aus«, flüsterte er
mir ins Ohr, während ich versuchte, mich nicht zu
übergeben. Dann gab er mir seine Anstecknadel.
Was so viel bedeutete, wie, dass wir
zusammengehören. Ich hasste es, dass mich alle
anstarrten und über mich redeten. Und noch mehr
hasste ich es, dass Absprachen über mich getroffen
wurden, ohne mich danach zu fragen. Ich konnte

weder meine Eltern noch Matthew noch die anderen Gäste weiter ertragen. Ich begann sogar das strenge Internat zu vermissen. Als der Urlaub vorbei war, fuhr ich mit schlechter Laune und einer Anstecknadel zurück ins Internat. Dort sprach sich bereits herum, dass Matthew und ich Bekanntschaft gemacht hatten. Diese ungewollte Tatsache bescherte mir noch mehr Neid und Missgunst von meinen Kameradinnen. Nur Sophia und Abigail hielten bedingungslos zu mir. Sie hatten sogar Mitleid mit meiner Person.

1957

Bezaubernde 17 Jahre alt war ich und stürzte mich in die Welt der *zukünftigen Hausfrauen*. Unser Internat war nicht nur dazu da, unsere intellektuellen Fähigkeiten zu beflügeln und das Beste aus uns zu machen. Wie mir vorkam, war dies ein Vorwand, um die Mädchen aus ihren Häusern zu locken und den Vätern das Geld aus den Taschen zu ziehen. In erster Linie ging es nämlich darum, und das bemerkten wir schnell, Kurse zu absolvieren, die uns darauf vorbereiten sollten, die perfekte Ehefrau, Mutter und Hausfrau zu werden. Die Kurse nannten wir ironischerweise *Vorbereitungskurse auf den schleichenden Tod*. Das einzelne Individuum sollte gegen das Massenprodukt *Ehe* getauscht werden. *Tausche Bücher gegen Kochplatte*, diesen Deal wollte und konnte ich so nicht eingehen. Ich hatte nicht vor, weiterhin den aalglatten Matthew Harris kennenzulernen, geschweige denn ihn zu heiraten. Ich wollte nach der Schule studieren und mich selbst erfüllen. Bestimmt auch heiraten und Kinder in die Welt setzen, aber gewiss nicht mit Matthew. Den sollte sich gerne eine andere Frau *angeln*. Dass Schöne daran war, dass Sophia und Abigail das genauso sahen. Darum hassten wir die Kurse auf dem Internat. Literatur, Musik, Kunst, Mathematik und Philosophie; diese Fächer gefielen uns. Hausarbeiten, Nähen, Kochen, Kindeserziehung und die *Knigge-Regeln* waren die reinste *Folter* für uns drei. Bücher wie*: Die perfekte Gastgeberin* mieden wir unauffällig, während unsere Klassenkameradinnen dieses Buch in sich aufsaugten wie Schokolade. Olivia Preston, eine Klassenkameradin, beschwerte sich letztens bei einer Lehrerin, warum wir lernen müssten zu bügeln, wo es doch schließlich Hausangestellte gäbe? So dachten die meisten unter uns. Ich fand es abscheulich, so zu denken. Und alles, was ich abscheulich fand, veröffentlichte ich unter einem Pseudonym in der Schülerzeitung. Jeder wusste, dass die Texte von mir geschrieben wurden. Jedoch durften meine Eltern und der Lehrkörper das nie erfahren. Alle hielten still, sogar die Mädchen, die mich nicht mochten. Das bisschen Solidarität war in diesem Fall gedeckt und galt es nicht anzutasten. An einem ziemlich schwülen und warmen Freitagabend ergab es der Zufall, dass Abigail, Sophia und ich nicht nach Hause zu unseren Eltern fuhren. Und wir wussten, dass einige Professoren im Spätsommer-Urlaub verweilten. Somit war auch nicht genug Aufsichtspersonal im Internat vorhanden, was man uns Schülerinnen versuchte zu verschweigen. Sophia war immer über alles informiert und gab *grünes Licht* für einen verbotenen Freitagabend Ausflug. Wir machten uns frisch und drehten die Lockenwickler in unser Haar. Die schönsten Blumenkleider holten wir aus unseren verstaubten Uniform-Schränken heraus, um uns danach mit rotem Lippenstift in Szene zu setzen. Ich hatte keine Ahnung, wohin Sophia uns bringen würde? Nachdem wir uns in aller Dunkelheit heimlich aus dem Internat geschlichen hatten, holte uns ein Freund von Sophia mit seinem Wagen ab. Wir waren lange Zeit mit dem Auto unterwegs in eine ziemlich verlassene Gegend gefahren, wo uns bestimmt niemand kennen sollte. »Wo sind wir hier?«, ich kannte solche Gegenden nicht. »Im Paradies«, antwortete mir der gute Freund von Sophia. Abigail war es mulmig zumute. Ich hingegen wurde von der Musik angezogen, die aus dem Inneren des Gebäudes drang. Auf dem Parkplatz fand reges Treiben statt. Viele Autos parkten hier, was bedeutete, dass es drinnen voll sein würde. Als wir hereingingen, wurden wir zwar komisch angeguckt, aber voll respektiert. Viele Menschen tummelten sich hier, es war heiß und stickig. Ich war fasziniert von der Musik, der ausgelassenen Stimmung und den Leuten hier drin. Zweifelsohne, wir waren in einer Jazz-Bar gelandet.

Der Kellner bot uns den letzten freien Tisch an. Wir drei Freundinnen hatten Spaß und genossen den Abend sichtlich bei einem kühlen Bier. Meine Welt bestand hauptsächlich aus weißen Leuten. In der Jazz-Bar war es andersherum. Hier war die Welt der Dunkelhäutigen. Ich beobachtete diese Welt gerne, in der die Menschen tanzten und nicht die Koffer weißer Damen tragen mussten. Es war anders und spannend, vor allem ungewohnt. Aber ich fühlte mich wohl. Diese Welt gefiel mir. Meine Freundin Abigail verhielt sich beängstigt. Sie vermutete, dass uns etwas Schreckliches passieren könnte. Und das nur aufgrund der Tatsache, dass wir weiß waren. Diese Angst konnte ich nicht teilen und erwies sich als gänzlich unbegründet. Wir saßen auf den Barhockern und klatschten zum Rhythmus der Musik. Ich fühlte mich frei, so unglaublich frei von jeglichen Zwängen. Ich war ich, ich war Mensch. Ein ebenfalls junger, dunkelhäutiger Mann fiel mir auf, der mit seinen Freunden einen Tisch in unserer Nähe teilte. Er war sehr hübsch für meinen Geschmack und sah freundlich aus. Den Abend verhielt er sich ruhig und was ich besonders toll fand, er war nicht betrunken. Es erschien mir, als wäre er im selben Alter wie ich. Unauffällig versuchte ich ihn zu beobachten. Er gefiel mir auf Anhieb. Doch außer einem Blick meinerseits war nichts weiter passiert. Der hübsche, unbekannte Mann schaute lediglich ein einziges Mal zu mir rüber, das war es dann aber auch für den Abend.

Am darauffolgenden Freitag bot sich ein weiteres Mal die Chance, uns heimlich *aus dem Staub* zu machen. Dies war das letzte Wochenende, bevor der reguläre Schulstress starten sollte. Abigail, Sophia und ich erzählten unseren Eltern, dass wir uns am Wochenende schon mal auf das kommende Schuljahr vorbereiten und lernen wollten. Darum war es uns unmöglich, nach Hause zu fahren. Einige unserer Lehrer waren diesen Freitagabend bei einem Sponsor des Internats zum Dinner eingeladen.

Also führte uns der Weg in die Jazz-Bar, in der wir schon den letzten Freitagabend verbrachten. Abigail war diesmal lockerer und ließ sich gehen. Den ganzen Abend suchte ich verzweifelt den jungen Mann, der mir letzte Woche *ins Auge* gefallen war. Ich hatte Pech, entgegen meiner Erwartung war er nicht da. Seine Freunde hingegen schon, was mir Hoffnung machte, dass er doch noch irgendwann auftauchen sollte. Dies war leider nicht der Fall. Und so fuhren wir zu später Stunde zurück ins strenge Internat. »Aha. Da seid ihr ja wieder. Das gibt einen Verweis und heftigen Ärger für euch. Macht euch auf einiges gefasst. Und jetzt entfernt euch diese widerliche Malerei aus dem Gesicht. Das ist ja nicht anzuschauen. Wenn eure Väter nicht so viel für eure Bildung bezahlen würden, dann könntet ihr jetzt dahin zurückgehen, wo ihr hergekommen seid. Geht jetzt endlich eure Gesichter abwaschen!«, das Geschrei der Aufseherin war nicht zu überhören.

Sie brachte noch eine Kollegin als Zeugin mit, die uns anstarrte, als wären wir *der letzte Dreck* gewesen. Erwischt und mit trüber Stimmung zogen wir uns nach dem Waschen in die Schlafzimmer zurück. Wir trauten uns nicht mehr zu reden. Die Aufseherin kontrollierte uns, bis wir in den Betten lagen. Irgendwann ging auch diese Nacht vorüber.

Bald darauf fuhr ich mit meinem Fahrrad in die Druckerei, die für unsere interne Schülerzeitung zuständig war. Weil wir organisierte Mädels waren, finanzierten wir die Zeitung mittels nicht versteuerter Spendenbeträge. Und dann sagte noch mal einer, junge Frauen könnten keine Geldgeschäfte machen. Oliver war unser Ansprechpartner in der Druckerei. Wöchentlich nahm er die Texte entgegen, die nur noch richtig gesetzt und in den Druck gehen mussten. Meistens empfing er mich schon am Eingang. Dass er zwischen der seriösen Tageszeitung auch unser *Schüler-Blatt* druckte, war den zusätzlichen drei Flaschen Whisky zu verdanken, die er monatlich von uns Autorinnen bekam. Als ich wieder draußen mein Fahrrad aufschließen wollte, entdeckte ich den interessanten Mann, den ich einst in der Jazz-Bar gesehen hatte. Er ging auf der gegenüberliegenden Straßenseite mit einer älteren, ebenfalls dunkelhäutigen Frau. Ich dachte mir, dass diese Dame vielleicht seine Mutter sein könnte? In seinen Händen hielt er mehrere Einkaufstüten, die er seiner Begleitung freundlicherweise abnahm. Ich musste ihn einfach angucken und hoffte, dass er ebenfalls Notiz von mir nehmen würde. Meine Blicke ließen nicht von ihm ab. Und dann geschah es; er hatte mich auch bemerkt und schaute über die Straße direkt in mein Gesicht. Schüchtern schauten wir beide dann wieder weg, bevor sich unsere Blicke wieder trafen. Er ging weiter mit der älteren Dame die Straße hinab und schaute mir noch einmal hinterher. Ich war wie vom *Blitz getroffen*, so schön fand ich diesen Mann. Anschließend setzte ich mich auf mein Fahrrad und fuhr zurück ins Internat, jede Sekunde dachte ich dabei an ihn. In meinem Zimmer erzählte ich Sophia und Abigail davon, dass ich den jungen Mann in der Nähe der Druckerei sah und unsere Blicke sich trafen. Selbstverständlich wollte ich daraufhin am kommenden Freitag wieder in die Jazz-Bar gehen. »Ava spinnst du? Das kannst du nicht machen. Wenn die dich erwischen, dann fliegst du vom Internat. Du weißt, was das bedeutet. Deine Eltern werden ausrasten und dich entweder ins Kloster schicken oder dich sobald verheiraten. Und das willst du doch nicht. Bleib hier und lass es sein!«, empfahl mir Sophia eindringlich und Abigail nickte auch noch zustimmend. Ich konnte es kaum glauben, dass ausgerechnet sie mir das sagte. Sophia war die Wildeste unter uns dreien. Alles, was gefährlich und verboten war, hatte sie bereits ausprobiert. Jeder kannte sie. Sie war berühmt-berüchtigt. Und jetzt riet sie mir, ich solle im Internat bleiben. Doch ich konnte nicht. Der Mann mit den schönen dunklen Augen ging mir nicht mehr aus dem Kopf. Also schlich ich mich am nächsten Freitag alleine aus dem Internat hinaus. Sophias Freund brachte mich in die Jazz-Bar, allerdings ohne zu bleiben. Er traf eine andere Verabredung und warnte mich ebenfalls davor, als weiße Frau alleine in die Bar zu gehen. Ich ging trotzdem rein. Zu groß war die Neugier nach diesem Mann. Wie jeden Freitag war es auch dieses Mal sehr voll in der Jazz-Spelunke. Ich bemühte mich, einen Platz zu finden, wo ich mich hinsetzen konnte. Unbedingt wollte ich den attraktiven Mann wiedersehen. Es ging mir ehrlich gesagt um nichts anderes. Ich wäre vor Nervosität am liebsten im Erdboden versunken. Die Musik gefiel mir ausgesprochen gut, ebenso die gute Laune der anwesenden Menschen. Auf einmal schlug mein Herz wie verrückt, denn da war er. Der attraktivste Mann, den ich bis dato gesehen hatte. Er setzte sich zu seinen Freunden an den Tisch und bemerkte mich kurze Zeit später. Es war streng verboten für mich hier zu sein, doch gab es gerade nichts Schöneres. Ich lächelte ihm zu und er lächelte zurück. Dann stand er auf und ich dachte, er kommt zu mir. Stattdessen holte er sich an der Theke zwei Getränke. Ich wollte die Chance nutzen, um ihn kennenzulernen. Also erhob ich mich von meinem Hocker und ging geradewegs auf ihn zu. Er kam mir schon mit zwei Erfrischungsgetränken entgegen. »Hallo. Ich bin Ava«, stellte ich mich vor. »Oh, hallo Ava. Ich heiße Jacob. Schön, dich kennenzulernen.« Wir lächelten uns bis über beide

Ohren an. Als er so nah vor mir stand, fand ich ihn noch attraktiver als von Weitem. Wir versuchten uns zu unterhalten, doch es war zu laut. Dann zogen wir uns in eine ruhigere Ecke zurück und redeten eine Weile. Ich hätte die ganze Nacht mit ihm an diesen Ort sitzen bleiben können. Die Uhrzeit machte mir einen *Strich durch die Rechnung*, ich hätte schon längst zurück im Internat sein müssen. »Jacob, es tut mir leid. Es ist schon spät. Ich muss zurück«, teilte ich ihm mit. »Wohin musst du zurück? Ich kann dich nach Hause bringen«, genauso eine Reaktion erwartete ich von ihm. Er war ein Guter. Das merkte ich sofort. Er konnte Auto fahren und lieh sich den Wagen eines Freundes aus. Diesmal bekam ich wirklich Angst. Wenn die Polizei nachts einen schwarzen Mann am Steuer mit einer weißen Frau auf dem Beifahrersitz erwischte, dann säßen beide danach zu 100 % im Gefängnis. Das war mir zu riskant. Ich ließ ihn fahren und versteckte mich auf der Rückbank. Da ich schlank war, konnte ich mich gut hinlegen, ohne von außen bemerkt zu werden. Am Internat angekommen, bedankte ich mich bei Jacob. Dann verschwand ich schnell, da ich nicht schon wieder erwischt werden wollte. Das war gerade noch mal gut gegangen und ein purer Glücksfall. Keiner der Aufseher bemerkte mich.

Am Samstagmorgen war ich damit beschäftigt, für das klassische Konzert zu üben. Ich spielte Cello. Da Sophia und Abigail ebenfalls am Konzert teilnahmen, waren sie auch zum Üben angetreten und nicht nach Hause gefahren. In der Pause rannte ich zu den beiden hin, die es schon kaum erwarten konnten, was ich zu erzählen hatte. »Es war herrlich. Und seine Augen ...«, ich schwärmte von Jacob und die Mädels hörten mir gespannt zu. Die kommende Woche probten wir ohne Unterbrechung für das wichtige Konzert. Alle Eltern sollten sehen, welch herausragenden Fähigkeiten ihrer Töchter an den Instrumenten besaßen. Meine Eltern ließen sich dieses Ereignis ebenfalls nicht entgehen. Aber nicht etwa, weil sie mich sehen wollten, sondern weil es ein gesellschaftliches Ereignis war. Verhüllt in der Internatsuniform spielte ich wie eine Meisterin am Cello. Meine Eltern hätten allen Grund gehabt, stolz auf mich zu sein. Die Menge klatschte Beifall, das war nicht zu überhören. Doch von meinen Eltern kam nichts. Kein Lob oder sonst ein gutes Wort zu mir. Ich hatte weder meine Mutter noch meinen Vater lange Zeit nicht gesehen. Als wir einen kurzen Moment alleine in der Empfangshalle standen, zeigten meine Eltern ihr wahres Gesicht. »Wir haben unerfreuliche Nachrichten über dich gehört. Du hast dich an einem Freitagabend unerlaubt aus dem Internat geschlichen und bist erst nachts wiedergekommen. So hat man uns berichtet. Und das du geschminkt und mit einem kurzen Kleid draußen gewesen bist. Wenn du das Zuhause gemacht hättest, dann ... und hör gefälligst auf diesen Unsinn zu schreiben. Wir wissen, dass ihr eine Schülerzeitung betreibt. Hast du denn nichts als Unfug in deinem Kopf? Das soll dir noch ausgetrieben werden. Du bist eine Schande, Ava. Sobald du deinen Schulabschluss gemacht hast, wirst du Matthew Harris heiraten. Ich hoffe, der bringt dir mehr Vernunft bei«, sagte mein Vater im ernsten Ton zu mir. Ich kam mir vor, wie auf der Anklagebank zu sitzen. »Ich will ihn nicht heiraten!«, rebellierte ich dagegen. »Doch das wirst du Fräulein, und bis dahin verhältst du dich ruhig. Ist das klar?«, meine Mutter konnte mit ihren Blicken töten. Ich lief heulend zur Toilette und versteckte mich dort, bis der Trubel vorbei war. Meine Eltern fuhren nach der Veranstaltung nach Hause, ohne mir ein nettes oder wohlwollendes Wort mitzuteilen. Ich ging zu Bett und wollte so nicht leben. Mit offenen Augen lag ich in meinem Bett und konnte nicht einschlafen. Bis es plötzlich an meinem Fenster klopfte. Ich bekam einen Schock, denn mein Zimmer befand sich weiter oben im Wohngebäude. Wer sollte an meinem Fenster klopfen können? Ich schob die Vorhänge an die Seite und sah tatsächlich Jacob vor meinen Augen. Erfreut, aber auch irritiert reagierte ich auf das Wiedersehen. »Hallo, schöne Ava. Wie geht es dir?«, er war tatsächlich auf den Baum vor meinem Fenster nach oben geklettert und saß auf einem Ast. Ich kam mir vor wie in *Romeo und Julia*. »Woher? Ich meine, woher wusstest du, an welches Fenster du klopfen solltest? Und wie hast du dich auf das Gelände geschlichen?«, wollte ich wissen und war zugleich höchst beeindruckt von seinem Engagement. Er hatte mir nie erzählt, woher er wusste, wo mein Zimmer lag und wie man dorthin kommen würde. Auch verschwieg er mir allezeit, wie er auf das bewachte Gelände kam, ohne aufzufallen. »Ein wahrer Gentleman genießt und schweigt«, war alles, was er dazu zu sagen hatte. Ich spürte ein Kribbeln im Bauch, es fühlte sich magisch an. Ein Moment, der nie zu Ende gehen sollte. Wir schauten uns tief in die Augen, dann streichelte er sanft und liebevoll über mein Gesicht. »Du bist so wunderschön«, sagte er zu mir. Für mich war er es auch. Und obwohl ich ihn gar nicht genau kannte, hätte ich lieber ihn als Matthew Harris geheiratet. Aus purer Zuneigung zueinander küssten wir uns das erste Mal. Das fühlte sich schöner an, als alles, was ich je fühlte. »Geh lieber, bevor du erwischst und eingesperrt wirst«, musste ich ihm leider sagen. Wir küssten uns noch einmal zum Abschied, bevor er vom Baum hintersprang. Er rannte weg und ich schaute ihm so lange hinterher, bis ich nichts mehr erkennen konnte. Erst dann schloss ich mein Fenster und legte mich ins Bett. Voller Glückshormone konnte ich immer noch nicht einschlafen. Aber das war egal. Ich hatte ja schließlich Jacob gesehen und einen Kuss von ihm bekommen. Irgendwann bin ich doch eingeschlafen und begann süßlich zu träumen.

Ab da an begannen wir uns heimlich zu treffen. Er hinterließ eine Adresse bei mir im Internat, die mir durch einen *Mittelsmann* zugesteckt wurde. Zu der angegebenen Adresse sollte ich hinkommen. Es entstand zunächst ein Flirt zwischen mir und Jacob, aus dem noch mehr werden sollte. Meine Freundinnen bekamen natürlich mit, dass ich in jeder freien Minute zu ihm gefahren bin. In der ersten Zeit sagten sie nichts dazu, denn sie wussten, dass ich Jacob auf irgendeine Art und Weise sehr mochte. Unsere Zeit im Internat ließ wenig Möglichkeit für Freizeit. Die Tage waren von morgens bis abends mit Bildung durchgeplant. Alles war hier bis auf das kleinste Detail organisiert und strukturiert. Neben dem üblichen Unterricht gab es noch den *Ehevorbereitungskurs*, die Musikstunden und die Projektarbeit. Wir hielten Debatten und Vorträge, nahmen wissenschaftliche und politische Arbeit auf. An uns wurden *die Frauen von morgen* herangezüchtet. Eine gebildete Amerikanerin sollte natürlich auch was für ihre Figur tun. Also gab es diverse Stunden, in denen wir uns körperlich betätigen mussten: turnen, schwimmen, reiten, Tennis oder Golf spielen. Dies alles wurde uns gelehrt. Damit waren meine Tage üblicherweise durchstrukturiert und es blieb mir neben dem Lernen kaum private Zeit. Außerdem stand ich kurz vor dem Schulabschluss. Ich musste Kompromisse schließen, um Jacob sehen zu können. Mein Verlassen des Internats deckte ich mit der Ausrede, zur Druckerei zu fahren. Es war bekannt, dass wir junge Frauen eine interne und geschlossene Schüler-Zeitung unter uns publizierten. Von daher ließ man mich ohne Aufhebens ziehen. Die zweite Ausrede kam mir in den Sinn. Ich müsste für die

Zeitung Recherche betreiben. Weil dies eine journalistische Tätigkeit ist, die es zu erlernen galt, wurde ich auch davon nicht abgehalten. Also nutzte ich die Ausreden für mich und fuhr raus auf das Land, um Jacob zu besuchen, wann immer es mir möglich war. Er arbeitete als Schreiner; dies war nicht nur sein Beruf, sondern auch seine Leidenschaft. Zuerst führte er mich in der Schreinerei herum. Ich war sichtlich beeindruckt, was er aus Holz zu machen pflegte. Er war begabt und besaß großes Talent. Darum ging er auch täglich mit Begeisterung an seine Arbeit heran. Ich hatte mich nicht nur in Jacob verliebt, sondern auch in seine Schnitzereien. Was er mit seinen Händen schaffte, war für mich fast unvorstellbar. Jeder Mensch hat ein Talent erhalten, eine besondere Gabe. Und Jacobs Gabe war es, in der Werkstatt zu arbeiten und mit seinen Händen schöne Dinge aus Holz herzustellen. Ich fühlte mich bei ihm und in der Schreinerei, wo wir uns immer trafen, sehr wohl. Es waren zwei Welten, in denen ich lebte. Die eine Welt hätte nicht reicher an Geld sein können. Dort gab es Erziehung und Bildung, die auf Wohlstand der Eltern aufgebaut wurden. Doch man blieb unter sich. Elite wurde mit Elite verbunden. Dunkelhäutige Menschen blieben nur Hilfsarbeiter und Bedienstete. Die andere Welt war Jacob für mich. Er war arm und trotzdem strahlte er eine Glückseligkeit aus, wie ich sie zuvor noch nie gesehen hatte. Mit der Zeit entwickelte sich zwischen uns große Zuneigung und aus Zuneigung wurde ernsthafte Liebe. Eine Liebe, wie ich sie bis dato noch nie erleben durfte. Außer Sophia und Abigail war er der Einzige, der mich kannte, wie ich wirklich war. Unsere Verbindung gefiel natürlich nicht jedem. Außerhalb der Schreinerei wurden wir ständig verachtend angeschaut. Die Blicke trafen uns und wir wussten genau, warum man uns bestaunte, wie die Menschen im Zirkus. Es war unsere Hautfarbe, die nicht unterschiedlicher hätte sein können. Ich war eine weiße junge Frau, er ein schwarzer junger Mann. Wir hatten kein Problem damit, aber viele unserer Mitmenschen schon. Am Anfang sagten unsere Freunde nicht viel zu der Freundschaft. Irgendwann wandten sie sich von uns ab. Sie hielten nicht mehr zu uns. »Ava, du weißt, wie gefährlich diese Liebschaft ist. Willst du für diesen Mann dein Leben riskieren? Bestimmt ist Jacob nett, viel netter als Matthew. Doch wenn das rauskommt, dann bist du tot!«, Sophia konnte knallhart formulieren. Eine Verschönung der Situation gab es bei ihr nicht. Abigail nickte abermals zustimmend. Fortan waren wir auf uns alleine gestellt. Keiner unserer Freunde hielt noch zu uns. Dafür war unsere Beziehung umso stärker geworden. Jacob stand zu mir und ich zu ihm. Unsere Beziehung zueinander basierte auf einem respektvollen Umgang. Er war lieb zu mir und brachte mich ständig zum Lachen. Wir taten uns gegenseitig gut und ich konnte viel von ihm lernen. Menschlichkeit, Hilfsbereitschaft und Vertrauen wurden mir nicht *in die Wiege* gelegt. Jacob hingegen konnte ich vertrauen, jeden Tag mehr und mehr.

1958

Eines Tages blieb ich bis abends in der Schreinerei. Ich wollte noch nicht zurück ins Internat. Zu schön war es bei dem Mann, den ich liebte. Er schenkte mir Wärme und Geborgenheit, die ich zuvor immer vermisste. Es wurde dunkel und die Sterne leuchteten am Himmelszelt. Wir waren mittlerweile die einzigen Personen in der Schreinerei. Die anderen Männer waren schon nach Hause gegangen. Es gab eine Scheune hinter der Tischlerei. Vielleicht war es der Mond, der uns dorthin brachte. Ich weiß es nicht mehr. Hand in Hand standen wir in der Scheune und küssten uns innig. Seine Hände berührten mich. Es fühlte sich gut und richtig an. Während die Sterne am Himmel hell aufleuchteten, erlebte ich an diesem Ort die größte Leidenschaft und Liebe, wie ich sie mir je zu träumen wagte. Wir entdeckten die Liebe, wir machten die Liebe. Keine Sekunde meines Lebens bereute ich dieses Glück. Wir waren verbunden mit den Elementen dieser Erde. Der Himmel lag über uns wie eine schützende Decke. Arm in Arm lagen wir danach in der Scheune und genossen stillschweigend den Moment. So schön der Abend auch war, ich musste zurück ins Internat. Am liebsten hätte ich die ganze Nacht bei ihm verbracht, wenn möglich sogar für immer. Doch ich

293

konnte und durfte nicht. Jacob brachte mich mit dem Wagen seines Onkels zurück an dem Ort, der so anders war, als wo ich vorher verweilte. Unser Abschiedskuss war noch romantisch, dann flitzte ich rational realistisch ins Internat zurück. Ich hatte zuvor den Wärter am Eingang mit einer Schachtel Zigaretten bestochen, damit er mich später ohne Aufsehens hereinlassen würde. Dies gelang mir zum Glück. Einige Professoren hörte ich sich in der Bibliothek unterhalten, sodass ich mich leise auf Zehenspitzen an ihnen vorbeischlich. Dem Himmel sei Dank, verkroch ich mich in mein Zimmer, ohne dabei aufgefallen zu sein. Ich kam mir wie eine Agentin vor, die ein Doppelleben führte. Spannend, aber auch gefährlich.

Kurze Zeit später absolvierte ich erfolgreich meinen Schulabschluss. Nur sollten Jacobs und mein Glück nicht ewig anhalten. Die Nacht in der Scheune blieb nicht ohne Folgen für uns. Meine Periode blieb aus und mir war morgens häufig übel. Ich war schwanger. Hatte meinen Abschluss gerade in der Tasche und war noch zarte 18 Jahre alt. Als ich Jacob die Nachricht mitteilte, lächelten seine Augen vor Freude. Er nahm mich in den Arm und zeigte mir damit, dass er zu mir und dem Kind steht. Wir wussten beide nicht, wie es weiter gehen sollte? Darum ließen wir es in unserer unerfahrenen Art auf uns zukommen. Meine Eltern drangen mich dazu, gegen meinen Willen Matthew Harris zu heiraten. In aller Frühe ließ meine Mutter mich abholen, um mit mir in das exklusivste Brautmoden-Geschäft von ganz Mississippi zu fahren. Ich wehrte mich mit Händen und Füßen dagegen und machte einen Aufstand, aber es half nichts. Das teuerste Kleid war natürlich für mich bestimmt. Während die Verkäuferin das Korsett des Kleides immer enger schnürte und ich kaum mehr Luft bekam, saß meine Mutter um zehn Uhr morgens schon trunken mit einem Glas Champagner in der Hand auf einem Sessel und schaute mir zu, wie mir immer schlechter wurde. Ich musste mich schließlich übergeben. Die Verkäuferin schaute meine Mutter beschämt an, als das kostbare Kleid Opfer meines Erbrochenen wurde. »Ist das die Aufregung oder fehlt dir etwas?«, fragte meine Mutter mich in der Tonart einer Befehlshaberin. Ich wagte es doch tatsächlich, das teuerste Kleid voll zu brechen. Am liebsten hätte meine Mutter mich aus dem Geschäft an den Haaren herausgezogen, doch dazu war sie schon zu beschwipst. Ihren Instinkt verlor sie trotz des Alkohols nicht und sie zählte eins und eins zusammen. »Warte mal. Du weigerst dich, den beliebtesten Junggesellen der ganzen Südstaaten zu heiraten und dann musst du dich am Morgen übergeben. Ava, du bist doch nicht etwa schwanger?« Mein Schweigen gab ihr die Antwort. Der Zorn in ihrem Gesicht war schlimmer als jedes Gefängnis, in das man mich stecken würde. Wir fuhren in das Haus meiner Eltern. Dort wurde ich in mein Zimmer eingesperrt, bis mein Vater abends von der Bank nach Hause kam. Am nächsten Tag ließen sie mich von ihrem Privatarzt und guten Freund der Familie, Doktor Houston Senior, untersuchen. Der bestätigte umgehend meine Schwangerschaft, was für meine Eltern die größte Katastrophe ihres bisherigen Lebens darstellte. Sie fragten nicht mal nach, von wem das Kind sei? Es interessierte sie nicht. »Die Abtreibung ist nächste Woche. Bis dahin bleibst du auf deinem Zimmer!«, meine Mutter schmiss mir die grauenvolle Information an meinen Kopf. Ich konnte nicht glauben, was ich da hörte. Abtreibung? Ich? Alles nur nicht das! Lieber hätte ich mich selbst getötet, als das ich zuließ, dass mein ungeborenes Kind getötet werden sollte. Genau wie im Internat stand bei mir zu Hause ein hoher Baum vor meinem Zimmerfenster. Dadurch war ich auf die Idee gekommen, durch mein Fenster auf den Baum zu klettern. Von dort aus irgendwie vorsichtig hinunter auf den Boden zu gelangen. Ich war sportlich und traute mir das zu. Außerdem hatte ich es bei Jacob schon einmal beobachtet. Mein Vater war bei der Arbeit und meine Mutter dabei, die Hausangestellten zu ärgern. Sie bemerkte erst spät, dass ich nicht mehr in meinem Zimmer war. Ich lief weg, mein Ziel sollte mich zu Jacob führen. Er empfing mich mit offenen Armen und gab mir alles, was ich brauchte. Ich fühlte mich umsorgt und geliebt. Tagsüber verbrachte ich die Zeit bei ihm in der Schreinerei oder bei seiner Familie. Abends haben wir gemeinsam mit seiner Familie gegessen. Sie lebten in ärmlichen Verhältnissen und doch im

Glauben an Gott und dem Wunder einer positiven Lebenseinstellung. Ich war dort willkommen. Trotzdem hatten Jacob und ich große Angst, dass jeden Moment die Polizei uns einander entzweien könnte. Seine Familie mochte mich sehr, aber ich konnte merken, dass sie sich ebenfalls vor den Konsequenzen unserer Liebesbeziehung fürchteten. Jacob gab mir zu essen und schaffte ein Gefühl von Liebe und Zuwendung in der schwierigen Zeit zwischen uns. Ich war ihm so dankbar. Er versuchte sich seine Angst nicht anmerken zu lassen. Ich hingegen konnte es nicht so gut verbergen. Trotz der Angst blieb ich in Armut bei ihm. Es hätte für mich einen einfacheren Weg geben können, doch wollte ich das nicht. Das Einzige, was ich wollte, waren Jacob und unser Kind. Meine Eltern informierten selbstverständlich umgehend die Polizei. Mit einem großen Suchaufgebot wurden sie schnell fündig. Irgendwer teilte ihnen mit, wo ich mich zu jener Zeit aufhielt. Als das Polizeiauto in unsere Richtung fuhr, versteckten Jacob und ich uns in der Schreinerei. Ich hatte noch nie solche Angst um meine Zukunft gehabt. Ein Leben ohne Jacob konnte und wollte ich mir nicht mehr vorstellen. Die Polizisten tauchten mit mehreren bei uns auf. Sie rissen uns auseinander, als wären wir wilde Tiere. Jacob wollte mich und das ungeborene Baby beschützen und festhalten, doch gegen die Cops kamen wir nicht an. Sie zogen mich brutal in den Streifenwagen und fuhren anschließend zum Polizeirevier. Vom

Rücksitz aus schaute ich meinem Liebsten hinterher. Auf der Wache steckten sie mich dann in eine karge Zelle. Jacob erwischte es schlimmer. Drei Polizisten verprügelten ihn bis aufs Blut. Seine Freunde und Familie mussten dabei zusehen. Sie wären erschossen worden, wenn sie ihm geholfen hätten. In seinem eigenen Blut lag er da und konnte sich nicht regen. Ich wurde am nächsten Tag gegen Kaution von meinen Eltern aus dem Gefängnis entlassen und von dort in das nächste Gefängnis, meinem eigenen Zuhause, gebracht. Mein Bauch war gewachsen, sodass es zu spät für eine Abtreibung gewesen war. Ich blieb in meinem Zimmer im Ungewissen, was mit Jacob geschehen war. Nichts sehnlicher hätte ich mir gewünscht, als ein Lebenszeichen von ihm zu hören.

1959

Ich war 19 Jahre alt und damit noch nicht volljährig in den USA. Somit behielten meine Eltern immer noch die größte Macht über mich und mein Leben. Meine eigenen Entscheidungen durfte ich erst zwei Jahre später fällen. Das kam mir in diesem Fall nicht zugute. Froh, dass es für eine Abtreibung zu spät gewesen war, dennoch erschüttert, in den Fängen meiner Eltern verstrickt gewesen zu sein. Den Rest der Schwangerschaft musste ich alleine und ohne jeglichen Kontakt zur Außenwelt in meinem Zimmer verbringen. Natürlich war es mir auch verboten, Kontakt zum Vater meines ungeborenen Kindes zu halten. Auch er kam leider nicht an mich heran. Was Jacob und ich gemacht hatten, war in Mississippi polizeilich verboten. Genauer genommen, sogar strengstens verboten. Unsere Liebschaft und das daraus erzeugte Resultat könnten für uns beide den Tod bedeuten. Meine Eltern waren weder an mir noch an dem Kind in meinem Bauch interessiert. Wie es mir ging, war ihnen vollkommen gleichgültig. Als die Wehen einsetzten, war ich alleine in meinem Zimmer. Erst als ich laut anfing zu schreien, kam meine Mutter angewidert in mein Zimmer hinein. Abgeschirmt brachten sie mich in die Praxis unseres Privatarztes Dr. Houston Senior. Er war nicht nur unser Arzt, sondern auch ein Freund der Familie. Meine Eltern kannten ihn gut und umgekehrt. Unter größten Wehen-Schmerzen lag ich dort und bekam heimlich mein erstes und einziges Kind. Eine wunderschöne, bezaubernde Tochter. Die Blicke meiner Eltern hätte ich mir nicht schlimmer vorstellen können. Vielleicht hofften sie immer noch insgeheim, dass ich ein Kind mit weißer Hautfarbe gebären würde. Doch war es nun mal so, dass der Mann, den ich liebte, ein farbiger war. Und damit wurde unser Kind, genau wie Jacob mit einer dunklen Hautfarbe gesegnet. Doktor Houston und eine farbige Hebamme halfen mir bei der Geburt. Meine Eltern waren erbost, dass unser Freund und Doktor eine farbige Hebamme für mich zur Verfügung stellte. Und sie waren noch erboster, weil mein Kind nicht ihren Erwartungen entsprach. Ich strahlte vor Glück bei dem Anblick meiner Tochter. Sie war das Schönste, was ich jemals in 19 Jahren zu Gesicht bekam. Aber ich vermisste Jacob unendlich. Er wäre höchstwahrscheinlich bei der Geburt in Tränen ausgebrochen. Als die Geburt vorbei war, wollten meine Eltern schnell zur Tagesordnung übergehen. Keiner nahm Rücksicht auf mich. So schnell wie wir unbemerkt gekommen waren, so schnell verschwanden wir bei Nacht und Nebel wieder. Zu Hause wurde ich erneut in mein Zimmer gesperrt, nur dieses Mal nicht alleine. Meine Tochter ließen sie bei mir. Ich war noch geschwächt und am Bluten. Die Geburt war keine drei Stunden her. Mein Kind fühlte sich wohl in meinem Arm und es spürte meine übergroße Liebe. Ich musste weinen, weil ich so gerührt war vom Antlitz meiner Tochter. Es dauerte etwas, bis sie ihre Augen öffnete. Als sie dann endlich aufgingen, glänzten und strahlten ihre Augen wie Diamanten im Morgenlicht. Und ich genoss die Zeit, die sie in meinen Armen lag. Mir war nicht klar, was passieren würde? Darum schöpfte ich Kraft und Erinnerung aus jedem Moment, den ich mit ihr verbrachte. Die Hebamme aus der Arztpraxis kannte die Familie von Jacob, darum hielt sie ihn auf dem Laufenden. Er wusste, dass seine Tochter und ich in meinem Elternhaus eingesperrt waren. Es kam zum schönsten Moment meines ganzen Lebens. Mitten in der Nacht war Jacob auf unser Gelände eingedrungen und kletterte den Baum vor meinem Fenster hinauf. Er schmiss einen Stein gegen die Fensterscheibe. Ich spürte sofort, dass er es war. Ich weiß nicht mehr genau, wie er es schaffte, aber er sprang vom dicken Ast direkt in mein Zimmer hinein. Am liebsten hätte ich jubiliert vor Freude, doch wir verhielten uns ruhig. Die Gefahr war zu groß, dass meine Eltern uns bemerkten und unseren einzigen Moment als Familie zerstörten. Wir küssten uns zur Begrüßung, so als hätten wir uns Jahre nicht gesehen. Jacob nahm meine Hand und ging Schritt für Schritt mit mir zum Bett, wo unsere Tochter lag. Sie musste ein *Augenschmaus* für ihn gewesen sein. Jacobs Augen füllten sich mit grenzenloser Liebe. Er weinte vor Glück. Die Erscheinung unserer Tochter war der *Höhepunkt* unserer Liebe füreinander. »Hallo. Herzlich willkommen auf der Welt meine kleine Tochter«, er nahm sie in den Arm und konnte es dennoch kaum fassen. »Wie ist es dir ergangen? Und wie war die Geburt? Ava, es tut mir so aufrichtig leid, dass ich nicht dabei gewesen bin. Ich wollte so gerne. Aber Hauptsache, euch beiden geht es gut. Sobald du wohlauf bist, nehme ich euch mit zu mir. Wir schaffen das schon!«, Jacob machte mir Hoffnung und ich glaubte ihm jedes Wort. Er wollte unbedingt mit mir und unserer gemeinsamen Tochter zusammen leben. In dem Augenblick wusste ich, dass ich den richtigen Mann liebte. Er riskierte bereits so viel für mich, was nicht jeder Mann in solch einer Situation vollbringen würde. Wir flüsterten die ganze Zeit über. Es gab nie wieder einen derart glücklichen Moment für mich. Jacob küsste mich, hielt meine Hand und streichelte mir über meinen Rücken. Wir waren beide unendlich stolz, so etwas Großartiges geschaffen zu haben. Er hielt voller Fürsorge unser Baby im Arm, als sei sie die schönste Rose auf der ganzen weiten Welt. »Annabelle?«, fragte er mich. »Ja, Annabelle«, antwortete ich ohne Umschweife. Der Name unserer Tochter war für uns beide freiheraus perfekt. Jacob schaute mir liebevoll in die Augen, alsdann er etwas hervorholte. »Was hast du da?«, flüsterte ich ihm neugierig und fragend entgegen. »Meine Ava. Das ist ein Geschenk für euch beide. Ein Herz, welches ich selbst geschnitzt habe. Wenn man es auseinanderzieht, dann entstehen zwei Hälften. Eine Hälfte soll für dich sein und die andere Hälfte für unsere Tochter Annabelle. Und wenn man die zwei Hälften wieder zusammenfügt, dann entsteht ein ganzes Herz. Ihr zwei seid mein Herz; auf immer und ewig«, Jacob überreichte mir eine Hälfte und legte die andere Hälfte neben unserem Nachwuchs. Annabelle wusste, dass wir ihre Eltern waren. Ich war so gerührt von dem persönlichen Geschenk, dass Jacob für immer mein in mir schlagendes Herz besitzen sollte. »Ich hole euch so schnell es ebenso geht zu mir. Auf bald. Ich liebe euch«, Jacob küsste mich und Annabelle zum Abschied. Dann verschwand er durch mein Fenster, sprang auf den Baum und verschwand in die Nacht.

Es war das letzte Mal, dass ich ihn lebend sah.

Er wurde am nächsten Tag heimtückisch von zwei weißen Männern erschossen. Sein Blut verteilte sich in der gesamten Schreinerei an dem Ort, wo er das Herz für mich und unsere Tochter zu jener Zeit schnitzte. Hier schlug sein eigenes Herz zum allerletzten Mal. Als ich von seinem Tod erfuhr, brach ich zusammen. Ich wollte selbst nicht mehr leben, doch musste ich für unsere Tochter Annabelle weitermachen. Wenn sie größer werden würde, dann wollte ich ihr alles über ihren Vater erzählen und das er ein guter Mensch war. Der Gärtner, der unser Anwesen pflegte, ließ mir die Nachricht zukommen, in der Jacobs Eltern mich über dessen Tod informierten. Ich weiß nicht, wer die zwei weißen Männer waren, die ihn hinterrücks umbrachten? Sie wurden jedenfalls nie gefunden und angeklagt. Für mich war das kein Zufall. Jacob war ein freundlicher und respektvoller Mensch. Er machte keine Schulden, tat niemals jemandem etwas Bösartiges an. Das Einzige, was er tat, war mich zu lieben. Und ich war überzeugt davon, dass er darum mit seinem Leben bezahlen musste. Das Recht auf Leben für jeden Einzelnen galt anscheinend nicht bei uns. Seiner Tochter wurde mit seinem Tod die Chance genommen, ihn jemals kennenzulernen. Seine Familie und seine Freunde konnten nie mehr mit ihm sprechen oder ihn sehen. Der Schmerz um den Verlust des Mannes, den ich über alles liebte, war kaum zu ertragen für mich. Meine Welt, meine Hoffnungen und Wünsche wurden mit seinem Tode zunichtegemacht. Innerlich wurde ich zerstört.

Es sollte noch schlimmer kommen. Meine Eltern trafen eine erhebliche Entscheidung, die mein ganzes Leben nachhaltig und weitreichend verändern sollte. Allerdings auf die schlimmste Art und Weise. Am nächsten Morgen kam meine Mutter ohne Vorankündigung in mein Zimmer gestürmt. Ihr Hass gegen mich und mein Kind kannte keine Grenzen. Sie riss mir meine schlafende Tochter aus dem Arm. Annabelle wurde wach und fing an, laut zu schreien. »Gib mir mein Kind zurück!«, flehte ich meine Mutter an. Die reagierte nicht auf meine Worte und ging in Richtung Türe. Ich war schneller, in *Windeseile* konnte ich die Türe zuhalten. »Was machst du da? Wo bringst du meine Tochter hin? Sie gehört zu mir. Gib sie mir sofort zurück!«, ich redete auf meine Mutter ein. Ungewissheit, Angst und Panik machten sich in mir breit. Was auch immer geschehen sollte, ich konnte das nicht zulassen. Doch sie blieb weiterhin kalt wie ein *Eisblock*. Mein Vater stand von außen an der Türe und drückte sie feste auf. Ich wurde zur Seite gestoßen und meine Mutter konnte mit Annabelle entkommen. Ich gab nicht auf, wehrte mich und kämpfte unerschütterlich. Schreiend lief ich die Treppe hinunter und meiner Mutter so schnell ich konnte hinterher. In der Auffahrt stand ein Wagen, aus dem eine alte Dame ausstieg. Meine Eltern begrüßten die Frau, die dann rasch Annabelle entgegennahm. Die Hausangestellten wurden vorab von meinen Eltern dazu beauftragt, mich festzuhalten. Ich kam nicht an mein Kind heran. Die alte Dame stieg samt meiner Tochter in den Wagen ein, sie wurden weggefahren. Die fremde Frau drehte sich nicht um, sie schaute nicht noch einmal zu uns rüber. Mein Geschreie ignorierte sie teilnahmslos gekonnt. Sie kam mir genauso kalt und herzlos vor wie meine Eltern. »Wer ist diese Frau? Und was macht sie mit meinem Kind? Holt mir Annabelle zurück. Holt sie zurück!«, ich war außer mir. Meinen Aufschrei hätte man in ganz Mississippi hören müssen. Ich trat um mich und lag halb auf dem Boden. Ich konnte meine Tochter nicht kampflos aufgeben. Für meine Eltern war das nur eine Abhandlung von Dingen, die es zu erledigen galt. Es war für sie eine formelle Sache und keine emotionale. Mein Vater und meine Mutter teilten mir lediglich mit, dass ich meine Tochter niemals wiedersehen würde. Die alte Dame von vorhin wäre dafür zuständig gewesen, mein Kind in eine Pflegefamilie zu bringen. Dort sollte meine Tochter für immer bleiben und von der Familie adoptiert werden. Das war alles. Meine Eltern verschwanden, ohne mir auch nur ihr geringstes Mitleid auszusprechen. Mein Vater erledigte seine Arbeit in der Bank und meine Mutter ging zum städtischen Gesellschaftstreffen hoch angesehener Damen. Und ich, ich blieb zurück. Noch niemals zuvor verspürte ich solchen Kummer und Schmerz. Ich hatte alles verloren, die Liebe meines Lebens und unsere gemeinsame Tochter. Die beiden Menschen, die ich liebte, sollten nicht in meinem Leben bleiben dürfen. Meine Eltern nahmen alles, was mir lieb war. Ich wollte sterben, mein Leben machte ohne Jacob und Annabelle keinen Sinn mehr. Meine Eltern ließen mich in mein Zimmer bringen, die Türe wurde mehrfach abgeschlossen. Sofort nahm ich die eine Hälfte des geschnitzten Herzens an mich. Es war im Eifer des Gefechts zu Boden gefallen. Dann suchte ich mein ganzes Zimmer nach der zweiten Hälfte ab, zum Enttäuschen meinerseits fand ich nichts. Ich fragte mich ernsthaft, ob meine Eltern der alten Dame das Herz für Annabelle mitgaben? Und woher sollten sie davon wissen? Das konnte ich mir zwar nicht vorstellen, aber ließ es sich zumindest nie mehr auffinden. Ich weinte mehrere Tage lang und dachte über Selbstmord nach.

Nach langer, endloser, verzweifelter Trauer verließ ich mein Elternhaus, um Literaturwissenschaften zu studieren. Möglichst weit weg von zu Hause. Meine Eltern sagten derweil die arrangierte Hochzeit mit dem überaus reichen Matthew Harris ab, was ihrem Ansehen in der *Upperclass* zunächst schadete. Sie erfanden eine plausible Ausrede, um die Familie Harris zu besänftigen und um sich weiter an ihnen profilieren zu können. Es kam zu einem Bruch zwischen mir und meinen Eltern. Ich wollte und konnte sie nicht mehr sehen. Sie hatten mir zu großes Leid zugefügt und mich nie so akzeptiert, wie ich in Wirklichkeit war. Meine verfassten Artikel und Geschichten, Jacob und Annabelle wurden von den beiden *unter den Teppich* gekehrt. Ich sah meine Eltern nie wieder. Über meine Mutter sagte man, sie sei eines Tages an ihrer Alkohol- und Tablettensucht gestorben. Mein Vater habe sich danach mit seinen verschiedenen Geliebten vergnügt und sein Vermögen jährlich durch harte Methoden gesteigert.

Ich hingegen habe nie mehr einen Mann so geliebt, wie ich Jacob einst liebte. Unendlich und täglich vermisste ich ihn und Annabelle. Bei Jacob war mir klar, dass er nie zurückkommen würde. Er war gestorben und diese Tatsache war nun mal nicht rückgängig zu machen. Unsere Tochter Annabelle lebte noch. Das war der Unterschied. Ich wusste nicht, wo und bei wem? Als ich mein Studium der Literaturwissenschaften mit hohem Abschluss beendete, wollte ich meine Tochter unbedingt zu mir holen. Es gab nichts Wichtigeres für mich. Jahrelang dachte ich Tag und Nacht an sie. Mein Herz war gebrochen und der Schmerz war immer noch so, als hätte man mir sie gestern weggenommen. Ich suchte sie überall und holte mir Informationen. Jegliche Behörde, die für Familien und Adoptionen zuständig war, bekam einen Besuch von mir abgestattet. Doch keiner konnte oder wollte mir eine Auskunft über meine Tochter geben.

Dann begann ich zu schreiben. Ich wurde Schriftstellerin von Beruf und sogar unerwartet erfolgreich. 50 Romane über *Liebe* habe ich bisher verfasst. Liebesromane zu schreiben, erinnerte mich an die Liebe meines Lebens, an Jacob. Ich hatte ihn verloren, doch die Liebe, die er mir damals gab, blieb unvergessen für mich. Und warum kein einziges Kind in meinen Romanen vorkam, lag daran, weil mein einziges Kind gegen meinen Willen weggegeben wurde. Dieser Schmerz sitzt bis heute tief und fest in mir drin. Der Versuch, ein Kind als Figur in meinem 51. Roman vorkommen zu lassen, schlug bisher fehl. Ich fühlte mich gehemmt und blockiert. Der Roman wurde nie fertiggestellt.

Das war meine Geschichte …

21.

Wieder zurück im Krankenhaus von Louisiana

Ava saß immer noch in dem Krankenbett neben
Annabelle, als sie ihre persönliche Geschichte zu
Ende erzählte. Alle Anwesenden waren ergriffen
und in Tränen aufgelöst von den Ereignissen, die
sie von der alten lebenserfahrenen Dame hörten.
Sie berichtete ausführlich von ihrem ganzen Leben
aus Mississippi. Isabella, Benjamin und Thomas
saßen um die beiden Krankenbetten herum. Selbst
Benji, der Ava jahrelang gut kannte, war nicht über
die schicksalhafte Historie der Achtzigjährigen
informiert. Er war so berührt von den Erlebnissen,
die Ava in früheren Jahren mitmachte, dass er sie
nun verstand. Jetzt wusste er, warum die
Schriftstellerin nie ein Kind in ihren Romanen
erwähnte. »Was für eine Geschichte«, Isabella war
sichtlich gerührt. Annabelle und Ava schauten sich
nach diesen Neuigkeiten anders an wie vorher. Ava
fand nach 60 Jahren ihre vermisste Tochter wieder.
Und Annabelle endlich ihre Mutter. Beide Frauen
fanden nach so langer Zeit sehnsüchtiger Hoffnung
wieder zusammen. Unter Tränen erhoben sich
beide aus ihren Krankenhausbetten und umarmten
sich; erst zaghaft, dann innig. Thomas, Isabella und
Benjamin klatschten Beifall. Die Familie war
schließlich vereint. Beide Damen schlossen sich in
die Arme, legten ihre Hand auf das jeweilige
Gesicht der anderen und konnten ihre Blicke nicht

voneinander abwenden. Ava gab ihrer sechzigjährigen Tochter einen Kuss auf die Stirn. »Jetzt hab ich dich endlich gefunden. Und das nach so langer Zeit. Ich hätte nie gedacht, dass ich das jemals noch erleben werde. Und jetzt bist du hier. Du stehst leibhaftig vor mir, Annabelle«, Ava war gerührt und von ihren Gefühlen überwältigt. Sie wusste, dass nur das Herz von Jacob sie und ihre Tochter wieder zusammenbrachten. Das war sein Geschenk. Er erfüllte von *oben* seine letzte Aufgabe und vereinte somit die Liebe seines Lebens mit seiner Tochter endlich zusammen. Auch Isabella fand letztendlich, was sie so lange suchte. Die *Nadel im Heuhaufen* gab es tatsächlich. Sie holte ihre Großmutter in ihr Leben. Isa stand weinend im Arm ihres Vaters. Einen kurzen Moment hielt die Zwanzigjährige inne. Ihr Herz vermisste die ganze Zeit jemanden. Und auf einmal war dieses Gefühl von Sehnsucht nicht mehr vorhanden. Ava war ihre Großmutter. Das Schicksal, der Zufall oder die Bestimmung, was auch immer es war, führte sie in diesem Leben zusammen. »Ich hakte es für mich ab, weil mich das Thema zu sehr belastete. Die Sehnsucht nach dir war groß und ich hätte auch nie gedacht, dass du jemals vor mir stehen würdest. Ich bin heute 60 Jahre alt«, Annabelle teilte sich aus gegebenem Anlass und einem Bedürfnis heraus mit. »Es war reine Glückssache, dass ich kurz nach meiner Geburt in eine liebevolle Pflegefamilie gebracht wurde. Viele Kinder, die das gleiche Schicksal wie ich teilten, wechselten oft die

310

Familien. Ich hingegen wurde von meinen Pflegeeltern adoptiert. Ich bin dort aufgewachsen und hätte mir keine bessere Pflegefamilie wünschen können. Von Anfang an waren sie für mich da. Sie waren an meiner Seite und hielten zu mir, selbst wenn es mal Probleme gab. Und doch hielt ich meine Hälfte von dem selbst geschnitzten Herzen immer bei mir. Ich trug es mit mir, sodass ich auf der einen Seite meine Adoptiveltern bei mir wusste und auf der anderen Seite das Herz meiner Geburtsfamilie. Ich wusste nie, was dieses Herz aus Holz zu bedeuten hatte? Und von wem ich es bekam oder wer die andere Hälfte besitzt? Aber ich habe immer gespürt, dass ich von irgendjemanden da draußen noch geliebt werde. Dieses Wissen brachte mir Kraft. Es war immer da, man hatte es mir mitgegeben, als ich zu meinen Pflegeeltern kam. Es war das Einzige, was man mir von zu Hause mitgab. In der Schule war ich immer Klassenbeste, eine kleine Streberin sozusagen. Und ich glaube Isabella, dass du Gutes tun möchtest, hast du von mir geerbt. Nach der Schule studierte ich Sozialpädagogik mit der Intention, den armen und dunkelhäutigen Menschen zu helfen. Und genau das mache ich mein Leben lang schon beruflich. Und ich liebe es, gute Taten zu vollbringen. Natürlich habe ich in den letzten Jahren meine Arbeitszeit reduziert, ich hätte es nie anders machen wollen«, Isabella und Thomas schauten Annabelle dankend an. Sie wussten, dass Annabelle beruflich extrem zurücksteckte. Die

chronische Herzmuskelentzündung und die damit
verbundenen Krankenhausaufenthalte ihrer Tochter
machten es nicht mehr möglich, in Vollzeit zu
arbeiten. Isabella wurde allmählich klar, wie viel ihre
Mutter für sie aufgab. Isa schloss ihre Mutter und
ihre Großmutter beide in die Arme. Die drei
zusammen ergaben ein *wunderschönes Bild*.
Annabelle fuhr fort: »Ich habe den besten Mann an
meiner Seite, den es für mich geben kann. Auch
wenn ich mir ständig Sorgen wegen seinem Beruf
mache, danke ich Gott jeden Tag, dass ich ihn bei
mir habe. Ich habe mich daran gewöhnt, mir
andauernd Sorgen zu machen. Meine Tochter war
schwer krank und mein Mann arbeitet als Polizist.
Da weiß man die Dinge, die man im Augenblick hat,
mehr zu schätzen. Aufgrund dessen, dass ich
meine *richtige Mutter* nie kennenlernte, wollte ich
selbst zunächst kein eigenes Kind. Aber Thomas
war der Richtige für mich. Darum entschied ich mich
doch Mutter zu werden und bekam relativ spät mit
40 Jahren meine einzige Tochter Isabella. Meine
kleine Familie stellte sich als das größte Glück für
mich heraus. Ich bekam die Information, dass mein
Vater ein dunkelhäutiger Mann war, der leider
schon früh verstorben sei. Und ich besaß die
Nachricht, dass meine Mutter eine hellhäutige Frau
sei. Ansonsten wusste ich überhaupt nichts über
meine Eltern und deren Situation. Eine Zeit lang
habe ich mit voller Willenskraft versucht, noch mehr
Wissen über meine leiblichen Eltern
herauszubekommen, aber das war mir nicht

gelungen. Mein Mann unterstützte mich bei der Suche selbst er als Polizist und wir beide zusammen, fanden nichts heraus. Keiner konnte uns Angaben oder Auskunft erteilen. Überall hinterließ ich meine Adresse und Telefonnummer mit der Bitte, sich bei mir zu melden, falls es jemals in meinem Fall Neuigkeiten geben würde. Es meldete sich niemals irgendjemand bei mir. Mir blieb nur eines übrig. Ich musste die Situation so wie sie war, akzeptieren. Und das tat ich. Ich kam klar damit. Doch im Hinterkopf blieb immer die Sehnsucht zu wissen, wo ich herkomme? Heute habe ich ein Geschenk bekommen. Meine Mutter Ava. Und ich danke meiner Tochter Isabella für die Hartnäckigkeit bei der Suche nach ihrer leiblichen Großmutter.«

In Tränen überströmt, nahmen sich Mutter und Tochter wieder in den Arm. Thomas und Benjamin ließen ihren Gefühlen ebenfalls freien Lauf. Und Isabella? Sie fühlte sich, als ob sie gerade Geburtstag und Weihnachten zusammen erlebte. Ava ging es gesundheitlich besser, sie brauchte nicht mehr im Krankenhaus als Patientin zu bleiben. Annabelle wurde ebenfalls aus dem selbigen Krankenhaus entlassen. Zusammen fuhren alle in das Haus von Annabelle und ihrer Familie. Ava verbrachte ein paar schöne Tage im Kreise ihrer Familie. Sie genoss jede Stunde mit ihrer Tochter Annabelle und ihrer Enkeltochter Isabella. Benjamin war selbstverständlich auch geblieben. Er gehörte irgendwie zu Ava und war der neue Freund an Isabellas Seite. Somit war er ein Teil und vollständiges Mitglied dieser Familie. Für Ava und Annabelle war die geschenkte, gemeinsame Zeit wie ein *farbenfroher Traum.* Sie erzählten sich viel voneinander und versuchten die verloren gegangene Zeit so gut es eben ging aufzuholen. Auch wenn sie wussten, dass dies nicht möglich war. Sie wussten, dass Zeit ein kostbares Gut ist. Zeit ist endlich. Ava war schon 80 Jahre und ihre Tochter Annabelle 60 Jahre alt. Beide konnten nicht erahnen, wie viele Momente ihnen gemeinsam noch blieben? Die gemeinsame Zeit war ihr teuerstes Geschenk. Nach einigen wundervollen Tagen reisten Ava und Benjamin wieder nach Mississippi. Ava bekam selbstverständlich ihre Hälfte von dem Herzen zurück, welches Isabella sich zuvor heimlich bei ihr borgte. Das Herz führte schließlich die Familie zusammen. »Danke an meinen Großvater Jacob, da oben im Himmel. Ich grüße dich«, rief Isabella nach oben und schaute zum Horizont. Sie grüßte auch Mary dort oben im Himmel. Denn Mary borgte Isabella ihr Herz und führte sie somit zu Ava. Und Jacobs Herz führte letzten Endes Ava zu Annabelle.

Die Familie wollte sich bald wiedersehen und nie wieder verlieren.

22.

Ava und Benji waren einstweilen in ihrer Heimat Mississippi angekommen. Benjamin schilderte seinen Eltern die unglaublichen Neuigkeiten aus Louisiana. Zwei Dinge gab es für die Eltern zu verarbeiten. Erstens waren ihr Sohn und Isabella nun ein Liebespaar. Die Isabella, die das Herz seiner verstorbenen Tante Mary empfing. Und zweitens, und das war wohl die größte Neuigkeit für Benjamins Eltern, Ava war die vermisste Großmutter von eben dieser Isabella. Fassungslos nahmen Benjis Mutter und Vater die Nachrichten entgegen. »Dann gehört deine Isabella jetzt wohl richtig zu unserer Familie«, freute sich Benjamins Vater. Seine Mutter, die zuerst kritisch über Isabella dachte, sah die Beziehung zu der Zwanzigjährigen mit Wohlwollen entgegen. »Irgendjemand da oben wollte wohl anscheinend, dass unsere Familie und ihre Familie zusammenkommen. Und damit sind wir auch auf Ewigkeiten mit Ava verbunden. Das hätte deiner Tante sicherlich gefallen«, sprach Benjamins Mum zu ihrem Sohn. »Sie ist ein gutes Mädchen und wenn ihre Eltern genauso gute Leute sind, dann nennen wir sie bei uns in Mississippi *herzlich willkommen*«, fügte der Vater noch hinzu. »Ja, das sind sehr gute Leute. Ihr werdet sie mögen«, Benji schwärmte von den Eltern seiner festen Freundin.

Unterdessen war eine andere Person vollkommen in sich vertieft und beschäftigt. Ava verkroch sich in ihr Schreibzimmer, um den 51. Roman fertigzustellen. Doch vernichtete sie ihr bisheriges Manuskript bis auf die letzte Seite und fing nochmals von vorne an zu schreiben. Und dieses Mal keinen typischen *Ava Liebesroman,* sondern etwas für sie Unübliches. In Erinnerung an Jacob, ihre einzigartige Liebe, ihre Tochter und ihr bisheriges Leben, fand sie die Kraft, den Mut und die Stärke, diese Geschichte in Worte zu verfassen. Ava schrieb ihre authentische Geschichte, die dieses Mal nicht konventionell formuliert war. Sie wusste nun, was sie zu schreiben hatte. Von der ersten bis zur letzten Seite zog sie sich in ihr Büro zurück und hörte nicht auf, bevor ihre Story fertig geschrieben war. Sie erzählte darin ihre Lebens- und Liebesgeschichte. Die Geschichte von den dreien, die eigentlich für immer zusammengehören sollten. Die Geschichte über Ava, Jacob und Annabelle. Sie holte sich alle Erinnerungen von damals in ihr Gedächtnis zurück und schrieb sie auf. Es fühlte sich so an, als würde sie es gerade noch einmal selbst erleben. Jede Situation durchlebte sie erneut. Die Erinnerungen wurden zum Leben erweckt. Ihre Story und ihre Liebe wurden von nun an nicht mehr verschwiegen. Jeder sollte lesen können, was eine der berühmtesten Schriftstellerinnen der USA früher persönlich erlebte. Jede Leserin und jeder Leser besaß ein Bild, eine Vorstellung von der Schriftstellerin Ava im Kopf. »Die gebildete, weiße, alte Dame. Sie ist durch ihre Romane sehr reich geworden. Damit muss es ihr ja gut gehen«, so dachten die meisten ihrer Leser über sie. Keiner von ihren Anhängern wusste, welches Schicksal sie in der Vergangenheit erlebte. Also schrieb sie bis zur letzten Seite bis zum Ende. Notizen und Erinnerungen formulierte sie mit einem Stift auf Papier. Die autobiografische Zusammenfassung ihrer persönlichen Geschichte tippte Ava auf ihrer alten Schreibmaschine. Dies sollte ihr letztes Werk gewesen sein. Als sie fertig war, schob sie die Schreibmaschine beiseite und atmete ganz tief und feste durch. Sie lehnte sich zurück und wurde müde.

Einige Stunden später in Louisiana

Im Hause von Annabelle läutete das Telefon. Die Sechzigjährige ging ran und wurde ganz still. Sie sagte kaum ein Wort und es schien so, als hätte sie soeben keine freudige Nachricht empfangen. Thomas ging auf seine Frau zu und fragte sie, was geschehen sei? Voller Trauer fiel sie ihm in die Arme. »Wie sollen wir das bloß Isabella erklären?«, Annabelle schaute ihren Mann fragend an. Der sonst so wortgewandte Polizist war in diesem Fall selbst ahnungslos. »Ich weiß es nicht. Schatz, ich weiß es einfach nicht. Es tut mir unsagbar leid für euch beide«, er versuchte die richtigen Worte zu finden. Die beiden gingen die Treppe nach oben und mussten ihrer Tochter etwas mitteilen. Das hatten sie so schnell nicht gewollt. Sie klopften an Isabellas Zimmertüre und traten dann ein. Ohne ein Wort zu sagen, schauten sie ihre Tochter an und nahmen sie feste in den Arm. Isabella spürte sofort, dass etwas nicht stimmte. Und so war es auch.

Es war Avas Tod, den ihre Eltern unter Trauer verkündeten.

»Das kann doch nicht sein. Wir hatten noch so viel mit ihr vor. Weihnachten wollten wir zusammen verbringen«, nun suchte Isabella ihre Großmutter lange Zeit; fand sie dann endlich und verlor sie wieder. »Schatz, ich weiß. Es tut unendlich weh. Vielleicht war es aber genau der richtige Zeitpunkt für sie zu gehen? Ihr ist viel widerfahren. Gutes und

Schlechtes. Und alles, was es noch zu erledigen galt, war erreicht. Sie hatte mich als ihre Tochter gefunden. Und dich als Enkelkind, Isabella. Dann bekam sie die Möglichkeit, uns ihre ganze Geschichte zu erzählen. Jetzt weiß ich, warum ich adoptiert wurde und wer mein Vater war. Benjamins Mutter sagte eben zu mir am Telefon, das es Ava in den letzten Wochen ausgesprochen gut ergangen sei. Sie war glücklich und wirkte sehr zufrieden. Dann stimmte wohl alles in ihrem Leben, sie hatte alles erledigt und erlebt. Ihr persönlicher Kreis wurde geschlossen, nichts blieb offen oder unerfüllt. Anscheinend erwählte sie diesen Zeitpunkt für sich, um unsere Erde zu verlassen«, Annabelle fand passende Worte, um ihre gerade erst kennengelernte Mutter zu beschreiben. Isabella konnte die Argumentation nachvollziehen, war dennoch traurig, ihre Großmutter nicht mehr leibhaftig sehen zu können.

Schon am nächsten Tag stand Benjamin bei Isabella vor der Türe. Er fuhr mit dem *Greyhound* Bus von Mississippi die ganze Nacht über bis Louisiana durch. Überrascht und überglücklich wurde der junge Mann von Isa und ihren Eltern empfangen. Katy war auch bei Isabella zu Besuch. Sie stellte die beiden einander vor. Ihre beste Freundin war sofort zufrieden mit der Auswahl ihres neuen Freundes. »Bei eurer Hochzeit will ich die erste Brautjungfer sein«, kündigte Katy schon mal freudig vorab an. Die drei mussten lachen.

»Wer weiß schon, was die Zukunft bringt? Aber eines weiß ich gewiss. Du bist ein Teil meiner Zukunft«, die Nachricht von Benjamin ging an seine Isabella. Die beiden nahmen sich an die Hand und wussten, dass sie füreinander bestimmt waren. Schon am nächsten Tag unterbreitete der verliebte Benji Isabellas Eltern einen Vorschlag: »Nach Avas Beerdigung in Mississippi würde ich es in Betracht ziehen, zu ihrer Familie nach Louisiana zu ziehen. Ich möchte gerne ernsthaft mit ihrer Tochter zusammen sein. Natürlich nur, wenn sie damit einverstanden sind?« Isabella wusste von alledem nichts, konnte ihre Begeisterung aber kaum verbergen. Was würden ihre Eltern dazu sagen? »Nun ja, erst mal brauchst du nicht *Sie* zu sagen. Du darfst uns duzen. Und dann denken meine Frau und ich, dass du gut zu unserer Tochter passt. Darum darfst du gerne in ein paar Wochen zu uns ziehen«, bestätigte Thomas auch im Namen seiner Frau. Isabella und Benjamin küssten sich vor Freude und drückten damit ihre Zuneigung füreinander aus.

Doch zuerst sollte die Beerdigung der geliebten Ava in Mississippi stattfinden.

Der Epilog

Heute in Mississippi, USA

Es ist derweil schon Nacht geworden. Ich habe unsere Geschichte von Anfang bis Ende erzählt. Alle Trauergäste sind geblieben, um unsere gemeinsame Story bis zum Schluss anzuhören. Meine Eltern sitzen beide neben mir und halten meine Hand. Benji sitzt auf der Lehne der Couch hinter mir und hält schützend seine Hand auf meine Schulter. Im Wohnzimmer ist es unterdessen still geworden. Die anwesenden Trauergäste weinen und reichen sich gegenseitig Taschentücher. »So, etwas haben wir noch nie gehört«, geben die aufgeweckten Nachbarn als Rückmeldung an mich. »Da kannten wir Ava so lange und wussten doch nichts über sie«, sagen andere wiederum. »Traurig. Einfach nur traurig«, erwähnt eine Frau von der hilfsbereiten Wohltätigkeitsorganisation.

Wir verabschieden die Trauergäste an Avas Haustüre. Jeder gibt uns die Hand. »Schön, dass ihr doch noch zusammengefunden habt«, sagt der eine. »Danke, dass du uns alles so offen erzählt hast. Ich hätte nie von diesem Schicksal geahnt«, meint die Frau mit der *Lockenmähne* auf dem Kopf. Uns wird viel Mitgefühl, Liebe und Dankbarkeit entgegengebracht. Natürlich bemerken wir auch große Trauer um eine großartige Frau. Meine Großmutter Ava.

Meine Eltern, Benjamin, seine Eltern und ich räumen gemeinsam das Haus auf. Das benutzte Geschirr stellen wir in Avas Küche, die ohne sie und Mary so leblos erscheint. Wir wollen alles sauber und ordentlich hinterlassen. Aber schlafen können wir zu diesem Zeitpunkt noch nicht in Avas Haus. Keineswegs direkt nach der Beerdigung. Benjamins Eltern laden uns ein, bei ihnen zu übernachten. Dankend nehmen wir das Angebot an, nachdem Avas Haus wieder glänzt und strahlt.

Am nächsten Tag führt uns der Weg noch einmal zum Grab von unserer schmerzlich vermissten Ava. Wir wollen ihr noch ein letztes Geschenk mit auf dem Weg geben. Meine Mum und ich legen die beiden Herz-Hälften zu Ava ins Grab, die ihre große Liebe Jacob einst für sie und meine Mum schnitzte. Wir legen beide Hälften als ein Ganzes auf den Sarg. Mein Dad und Benji schütten nun gemeinsam mit dem Pastor der Gemeinde das Grab mit Erde zu. So geht meine Großmutter Ava dahin und mit ihr das Herz, das uns alle zusammengeführt und wiedervereint hat. Gemeinsam verlassen wir den Friedhof in bester Erinnerung an ihr Leben. Ich weiß, dass ich sie eines Tages wiedersehen werde. Doch bis dahin wartet auf mich ein großartiges Leben, das ich erleben möchte. Und wenn die Zeit eines Tages gekommen ist, dann bin ich bereit, ihr wieder in die Augen zu schauen, um ihr zu sagen, wie lieb ich sie habe.

Zwei Monate später

Benjamin erbt aus heiterem Himmel das Haus von meiner Großmutter Ava. Sie hat immer gespürt, wie viel es ihm bedeutet, sie und Mary besuchen zu können. Benji lernte in der Vergangenheit viel von den beiden Frauen zusammen und von jeder einzelnen der ihren. Dieses Haus hielt ihn davor ab, auf die *schiefe Bahn* zu geraten. Ava schaffte einen Ort des Friedens, der Geborgenheit und des Beisammenseins mit diesem Gebäude. Wahrscheinlich hat sie es Benjamin darum vermacht. Sie wusste, dass er diesen Ort zu schätzen weiß. Benji ist aus *allen Wolken gefallen*, als er die Nachricht von dem Erbe erhalten hat. Somit ist der Plan zu mir nach Louisiana zu ziehen, nicht mehr aktuell.

Was wir mit dem Haus und unserer Liebe gemacht haben?

Die Zeit vergeht und ich werde dieses Jahr 23 Jahre alt. Demnach bin ich schon lange volljährig in den Vereinigten Staaten von Amerika. Als Benjamin mir den Vorschlag machte, ich solle zu ihm nach Mississippi ziehen, da musste ich keine drei Sekunden lang überlegen. Wir gehören zusammen und mein Herz schlägt nun endlich im *richtigen Takt*. Ich habe gefunden, was ich so lange suchte. Aus Avas Haus haben wir einen *Ort für jedermann* gemacht. Gemeinsam betreiben und leiten wir das Haus in Erinnerung an Jacob, Ava und Mary. Sie wären sichtlich stolz auf das, was wir geschaffen haben. In dem *Ort für jedermann* wird täglich gesungen, geredet und ein friedvolles Beisammensein geschaffen. Es werden Schreibkurse für Analphabeten geboten. Die Schreibkurse nennen wir liebevoll *die Ava-Kurse*. Außerdem hat die Wohltätigkeitsorganisation, der Ava und Mary angehörten, hier ihren neuen Sitz. Ich bin komplett nach Mississippi umgezogen und könnte mir für mein Leben nichts Besseres vorstellen. Meine Mum hat letztens noch gesagt: »Es ist gekommen, wie es kommen musste. Es sollte so sein, dass du etwas Gutes für andere Menschen machst.«

Und abends, wenn ich auf deiner Veranda sitze, dann schaue ich nach oben zu den funkelnden Sternen. Neben mir sitzt Benjamin und hält meine Hand. Mein Leben könnte nicht schöner sein. Wer hätte das gedacht, nach meiner langen Krankheit, der endlosen Suche und dem Verlust? Mir wird klar, dass man oft durch eine dunkle Zeit gehen muss, um eines Tages wieder Licht im eigenen Herzen zu spüren. Und ich fühle mein Licht bist du. Mein Herz bist du. Du bist bei mir und in mir. Du bist in jedem funkelnden Stern, in jedem Sonnenstrahl und in jeder leuchtenden Blume deines Gartens. In deinen Geschichten und in unseren Herzen lebst du weiter. Ich bin ein Teil deiner Geschichte und deine Geschichte ist ein Teil von mir.

Deine *zwei Herzen im Himmel* haben uns zusammengeführt. Mary, indem sie mir ihr Herz borgte und ich dich dadurch kennenlernte. Jacob, indem er die beiden Herz-Hälften schnitzte, die meine Mutter und dich wieder vereinigten.

Ich trage das Herz deiner besten Freundin in mir, als ob es mein eigenes wäre. Auch wenn es mir Mary nur geliehen hat, passe ich darauf auf, als wäre es mein wertvollstes Geschenk.

Doch mein Herzschlag kommt allein durch dich. Du bist der Antrieb des Taktes, welches mein Herz in vollkommener Liebe schlagen lässt. Du bist für immer, Du bist ich. Deine Liebe zu Jacob, lebt in mir durch meine Liebe zu Benjamin weiter.

Mein Herz, es schlägt nach dir.

Ende.

Jeder von uns trägt ein Herz in sich.

Nutze dein Herz friedvoll.

Nutze den Frieden zum Wohle für Mensch, für Tier, für Natur, für unsere Erde.

Gehst du in Frieden, so gehst du mit deinem Herzen.

Gehst du mit deinem Herzen, so wird an jedem deiner hinterlassenen Orte Frieden herrschen und Liebe folgen.

Quellenangaben:

Covergestaltung: Stephanie Doench, 2021

[1]Sehnsucht (Gedicht), Doench, Stephanie 2021: Seite 137